Machado de Assis

do Folhetim ao Livro

Machado de Assis

do Folhetim ao Livro

Ana Cláudia Suriani da Silva

nVersos

Copyright da tradução © 2015 nVersos Editora e Ana Cláudia Suriani da Silva.
Copyright © 2010 Modern Humanities Research Association and W. S. Maney & Son Ltd.

DIRETOR EDITORIAL E DE ARTE
Julio César Batista

EDITORA ASSISTENTE
Letícia Howes

EDITOR DE ARTE
Áthila Pereira Pelá

CAPA, PROJETO GRÁFICO E EDITORAÇÃO ELETRÔNICA
Erick Pasqua

PREPARAÇÃO
Norma Suematsu

REVISÃO
Maria Dolores D. Sierra Mata
e Alan Bernardes Rocha

Publicado originalmente na língua inglesa, sob o título *Machado de Assis's Philsopher or Dog? From Serial to Book Form*. Esta edição em língua portuguesa foi publicada mediante acordo com a Maney Publishing e a Modern Humanities Research Association, UK. Traduzido pela autora.

TODOS OS DIREITOS DE PUBLICAÇÃO RESERVADOS À nVersos EDITORA

1ª edição – 2015
Esta obra contempla o novo Acordo Ortográfico da Língua Portuguesa

Impresso no Brasil
Printed in Brazil

01311-917
São Paulo
SP

nVersos editora
Av. Paulista, 949, 9º andar

www.nversos.com.br
nversos@nversos.com.br

Dados Internacionais de Catalogação na Publicação (CIP)
(Câmara Brasileira do Livro, SP, Brasil)

Silva, Ana Cláudia Suriani da
  Machado de Assis : do folhetim ao livro / Ana Cláudia Suriani da Silva. -- 1. ed. -- São Paulo : nVersos, 2015.

ISBN 978-85-8444-003-0

1. Assis, Machado de, 1839-1908 - Crítica e interpretação I. Título.

14-11961   CDD-869.98

Índices para catálogo sistemático:

1. Escritores brasileiros : Apreciação crítica :
Literatura brasileira   869.98

SUMÁRIO

INTRODUÇÃO
15

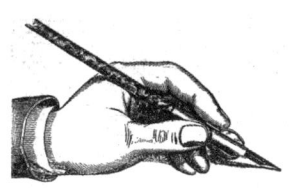

Demarcação do objeto e metodologia
23

Nota à edição brasileira
10

A edição crítica de *Quincas Borba*
25

Convenções adotadas
12

Revisão bibliográfica
29

Plano do livro
32

PARTE I:

O FORMATO E CONTEXTO DA LEITURA

1

ROMANCES DE MACHADO DE ASSIS EM FOLHETIM E EM LIVRO
36

Código linguístico versus código bibliográfico
37

Modo de publicação dos romances anteriores a *Quincas Borba*
43

Traços do romance-folhetim nos romances de Machado de Assis
51

A participação do autor na composição do livro
62

2

QUINCAS BORBA E O CADERNO DE MODA DE *A ESTAÇÃO*
66

Tiragem da revista e número de leitores do romance
68

A Estação, aliás *Die Modenwelt*, um empreendimento internacional
71

A audiência global de *Die Modenwelt* e o público-alvo de *Quincas Borba*
97

A sociedade em mutação de *Quincas Borba*
104

3

QUINCAS BORBA E A "PARTE LITERÁRIA" DE *A ESTAÇÃO*
114

A diversificação do conteúdo de *Die Modenwelt*
115

A "Parte Literária" de *A Estação*
124

PARTE II:

RECURSOS NARRATIVOS E AS DUAS VERSÕES

4 — O CALEIDOSCÓPIO NARRATIVO DE *QUINCAS BORBA*
150

Gogol, matriz de *Quincas Borba*
151

O caleidoscópio narrativo
164

Narrador confiável ou não confiável, eis a questão
169

5 — A PRIMEIRA VERSÃO: SOB O SIGNO DO FOLHETIM
175

Um folhetim que ficou incompreendido?
176

Unidades narrativas de *Quincas Borba*
179

O desenlace da trama romanesca
215

6 — DO FOLHETIM AO LIVRO: VISÃO GLOBAL DO ROMANCE
218

Centralização do foco em Rubião
219

O enlouquecimento progressivo de Rubião
228

7
RETÓRICA FICCIONAL DE *QUINCAS BORBA*
240

O narrador e autor implícito em *Dom Casmurro* e *Memórias póstumas de Brás Cubas*
241

O narrador e autor implícito em *Quincas Borba*
248

O romance como exemplificação do Humanitismo
257

CONCLUSÃO
QUINCAS BORBA: O INÍCIO DO DECLÍNIO DO FOLHETIM?
265

Apêndice: Capítulos 58 a 62
273

Referências
280

A ESTAÇÃO.
Jornal illustrado para a familia

NOTA À EDIÇÃO

Este livro apresenta os resultados da minha pesquisa de doutorado realizada entre 2003 e 2007. Foi publicado primeiro em inglês, em 2010, pela Legenda, e agora sai em português, com poucas modificações e acréscimos. De 2010 a 2014 foram publicados alguns trabalhos sobre as duas versões de *Quincas Borba* e sobre a revista *A Estação*, os quais já levam em consideração os resultados da minha pesquisa. De lá para cá eu também avancei nos meus estudos sobre a relação entre moda, literatura e imprensa, tendo publicado sistematicamente sobre o assunto tanto na Inglaterra quanto no Brasil. Resisti à toda tentação de reconsiderar alguns dos argumentos da minha tese e de enriquecer o presente texto com os desdobramentos mais recentes da minha pesquisa, porém não resisti à tentação de incluir mais algumas gravuras!

Gostaria de reiterar os meus agradecimentos a Thomas Earle, Peter D. McDonald e a John Gledson, que orientaram os meus estudos, a Leslie Bethell e Julie Smith por terem me proporcionado um excelente ambiente de trabalho no Centro de Estudos Brasileiros da

BRASILEIRA

Universidade de Oxford. Agradeço aos amigos e professores do Wolfson College, especialmente a Rajeswari Sunder Rajan e Fiona Wilkes, a John Wainwright, da Taylor Institution Library, a Adelheid Rasche, da Sammlung Modebild-Lipperheidesche Kostümbibliothek, a Cristina Antunes, da Biblioteca Brasiliana Guta e José Mindlin, e a José Luís Garaldi, da Livraria e Sebo A Sereia, por terem facilitado o acesso a material raro relacionado à revista *Die Modenwelt* e a edições de romances do século XIX.

A pesquisa aqui apresentada não poderia ter sido concluída sem a ajuda financeira da Swiss National Science Foundation, do Centro de Estudos Brasileiros, do Wolfson College e da Faculdade de Línguas Modernas e Medievais da Universidade de Oxford. Gostaria também de agradecer a Tania Pellegrini, Sandra Vasconcelos, Ana Maria Machado e a José Murilo de Carvalho pela leitura rigorosa de versões iniciais dos capítulos deste livro. Finalmente, a minha gratidão, como sempre, à minha família e aos meus filhos.

CONVENÇÕES

A Comissão Machado de Assis publicou edições críticas dos romances de Machado de Assis[1]. Para as citações e apresentação das variantes, utilizo as edições críticas. A ortografia foi atualizada segundo a norma vigente, inclusive para as citações retiradas dos periódicos consultados e no estabelecimento do texto dos capítulos 58 a 62 apresentados no apêndice. No caso da primeira versão de *Quincas Borba*, indico a data de publicação em *A Estação*, além da página em que a citação se encontra na edição crítica. Para a descrição do aspecto material do texto, utilizo as primeiras edições e os periódicos em que os romances em folhetins foram originalmente publicados. Para facilitar a leitura, os capítulos do romance aparecem aqui em números arábicos, ao invés de em números romanos, como nas edições originais e críticas. As citações em francês, inglês e alemão foram traduzidas para o português.

ADOTADAS

1   *Ressurreição, A mão e a luva, Helena, Iaiá Garcia, Memórias póstumas de Brás Cubas, Quincas Borba, Dom Casmurro, Esaú e Jacó* e *Memorial de Aires*. Edições críticas de obras de Machado de Assis (Rio de Janeiro: Civilização Brasileira, INL, 1975). A Comissão Machado de Assis foi criada pelo Ministério da Educação e Cultura em 1958. Era composta por Antônio Houaiss, Antônio José Chediak, Augusto Meyer, Aurélio Buarque de Holanda Ferreira, Celso Ferreira da Cunha, Ciro dos Anjos, Eugênio Gomes, Francisco de Assis Barbosa, Hélcio Martins, José Barreto Filho, José Brito Broca, José Galante de Sousa, José Simeão Leal, Lúcia Miguel Pereira, Manuel Cavalcanti Proença, Marco Aurélio de Moura Matos, Mário Gonçalves de Matos, Raimundo Magalhães Júnior e Peregrino Júnior. A Comissão foi responsável pela prepação de quinze edições críticas de contos, romances e poesias publicados em volume em vida do escritor, os quais foram editados pela Civilização Brasileira em 1975.

INTRODUÇÃO

O escritor brasileiro Joaquim Maria Machado de Assis não é totalmente desconhecido dos ingleses e norte-americanos. Grande parte de sua obra já foi traduzida para o inglês e o escritor chamou a atenção de alguns intelectuais norte-americanos importantes. Susan Sontag, por exemplo, em um artigo publicado na *New Yorker Magazine*, observou que a "vida póstuma" de Machado "não trouxe à sua obra o reconhecimento que ela merece" ["the afterlife has not brought his work the recognition that it merits"][1]. Mais recentemente, no seu livro *Genius*, Harold Bloom enfatizou a conexão, já muito estudada, entre Machado de Assis e Laurence Sterne[2].

---

1   Susan Sontag, "Afterlives: The Case of Machado de Assis", *New Yorker Magazine*, 7 de maio de 1990, p. 102.

2   Harold Bloom, *Genius: A Mosaic of One Hundred Exemplary Creative Minds* (Warner Books, 2002). Por exemplo, os estudos de José Guilherme Merquior, "Gênero e estilo nas *Memórias póstumas de Brás Cubas*", *Colóquio/Letras* 8, Lisboa, 1972, p. 12-20; Eugênio Gomes, *Machado de Assis: influências inglesas* (Rio de Janeiro: Pallas Editora e Distribuidora, 1976); Luiz Costa Lima, "Sob a face de um bruxo", in *Dispersa demanda: ensaios sobre literatura e teoria* (Rio de Janeiro: Francisco Alvez, 1981), p. 57-123; Enylton José de Sá, *O calundu e a panaceia – Machado de Assis, a sátira menipeia e a tradição luciânica* (Rio de Janeiro: Forense Universitária, 1989); Sergio Paulo Rouanet, *Riso e melancolia: a forma shandiana em Sterne, Diderot, Xavier de Maistre, Almeida Garret e Machado de Assis* (São Paulo: Companhia das Letras, 2007).

Entretanto, a obra de Machado de Assis só chamou a atenção de poucos acadêmicos fora do círculo de especialistas na América Latina e mais especificamente no Brasil. Vale a pena mencionar o artigo de Franco Moretti, "Conjectures on World Literature", no qual o autor promove a comparação dos romances de Machado de Assis aos de outros escritores periféricos – da Índia e do Japão, por exemplo. No seu artigo, Moretti não se debruça sobre obras específicas. Ao contrário, ele sugere um método crítico diferente, que capte a riqueza e variedade da literatura mundial. Ele sugere que se empreenda uma leitura distante ao invés da leitura atenta – em inglês, *distant* ao invés do *close reading* –, pelo uso extensivo de fontes secundárias, de estudos críticos de obras de todas as partes do mundo. Seguindo essa metodologia, ele descobriu que todos os críticos consultados concordam que "quando uma cultura começa a se mover em direção ao romance moderno, isso *sempre* se dá por meio do compromisso entre a forma estrangeira e materiais locais" ["when a culture starts moving towards the modern novel, it's *always* as a compromise between foreign form and local materials"][3]. Um dos objetivos do presente livro é verificar se o argumento de Moretti se aplica à relação que Machado de Assis manteve com o romance-folhetim enquanto gênero e formato de publicação de ficção inventados na Europa, com os meios de publicação disponíveis no Rio de Janeiro do século XIX e com os materiais locais[4].

---

3   Grifo do autor. Franco Moretti, "Conjectures on World Literature", *New Left Review*, I (Jan/Feb 2000), p. 55-68, p. 60.

4   Romance-folhetim é entendido como romance publicado em periódicos, jornais ou revistas, de forma seriada e que possui uma estrutura narrativa novelesca específica: corte sistemático, suspense, simplificação da caracterização das personagens etc. O folhetim é entendido mais geralmente como um formato de publicação seriada, em periódicos, de obras literárias de tamanhos variados, podendo ser, desta forma, conto, novela, ou romance. Folhetim também designa, segundo o dicionário Aurélio Século XXI, "a seção literária de um periódico que ocupa, de ordinário, a parte inferior de uma página" e "fragmento de romance publicado em um jornal dia a dia, suscitando o interesse do leitor". Para uma definição de folhetim, ver Marlyse Meyer, *Folhetim: uma história* (São Paulo: Companhia das Letras, 1996).

O ponto de partida deste livro é uma leitura de *Quincas Borba*. É um dos romances mais importantes de Machado, cuja produção criativa e publicação são as mais problemáticas dentro do contexto da obra do escritor. *Quincas Borba* foi originalmente publicado entre 1886 e 1891 na revista *A Estação*, que era a edição brasileira de um periódico alemão de moda e entretenimento. Depois, saiu em formato de livro pela editora B. L. Garnier ainda em 1891. Existem muitas diferenças fundamentais entre essas duas versões. Além disso, o escritor enfrentou tantas dificuldades durante a serialização do romance em *A Estação*, que teve de interromper sua publicação mais de uma vez e acabou por abandonar o folhetim como meio de publicação de seus romances subsequentes.

Apesar de meu ponto de partida ser as duas versões, tenho como objetivo provar que *Quincas Borba* é o ponto de virada na relação de Machado com o folhetim, ou seja, com o formato de publicação mais corriqueiro no século XIX. Tentarei demonstrar que, no conjunto da obra romanesca de Machado de Assis, *Quincas Borba* apresenta uma grande inovação em relação à forma artística. O escritor promove uma abordagem totalmente nova da matéria narrativa, a qual poderíamos chamar *visão global* do romance.

Como escrito anteriormente, *Quincas Borba* foi publicado originalmente de forma seriada na revista *A Estação*. Por isso, a composição da primeira versão resulta da tensão entre a visão da narrativa considerada como um todo, para ser lida de um só fôlego, e a importância dada à progressão linear pela publicação em fascículos. A incompatibilidade inicial entre a visão global que o escritor queria dar ao texto e a necessidade de publicá-lo em fatias gerou um impasse criativo, o qual resultou em interrupções subsequentes na publicação do romance e no emprego de soluções narrativas temporárias, emprestadas de formas literárias populares, como o próprio romance-folhetim e o melodrama. A versão seriada documenta, assim, o embate gerado no processo criativo entre as condições de publicação e o arcabouço narrativo do plano geral da obra.

No processo criativo, o texto de *Quincas Borba* cede e desobedece às injunções do folhetim no que diz respeito não somente à sua estrutura narrativa, mas também aos temas que explora. O diálogo entre o conteúdo de *Quincas Borba* e a inclinação ideológica de *A Estação* é visível, porque seu imaginário criativo é alimentado pela revista e, em retorno, dialoga com os temas disseminados pelas outras colunas, por suas gravuras e mesmo pelos anúncios comerciais. Desta forma, um melhor conhecimento da revista se faz necessário para a compreensão do grau de atração que o romance possivelmente exerceu nos assinantes, e mesmo para a compreensão de sua ironia. Acredito que boa parte da ironia de *Quincas Borba* resulte do ajuste entre a sua temática e os valores culturais veiculados pela revista. Um dos desafios deste livro é, então, comprovar que existe uma relação intertextual – complexa e irônica – entre *Quincas Borba* e *A Estação*.

A versão seriada não deve ser vista somente como documento do processo criativo, produto inacabado, campo de experimentação de formas e temas para o livro. O texto de *Quincas Borba* em folhetim apresenta unidade em si – início, meio e fim – e foi bem-sucedido no cumprimento de sua função mais imediata: entreter os assinantes da revista. Mesmo que tenha sido por tentativas e erros, o escritor já havia alinhavado ali a rede intricada de relações interpessoais de densidade e estirpe muito variadas, as quais tão bem conhecemos através da leitura do livro, deixando muito claro já no folhetim o entrecruzamento dos destinos de todas as personagens e ao mesmo tempo o papel que cada uma exerceu na definição da trajetória de Rubião.

Não precisamos duvidar de que, durante sua serialização em *A Estação*, de 15 de junho de 1886 a 15 de setembro de 1891, *Quincas Borba* tenha alcançado um público significativo. A tiragem reivindicada pela revista em 1882 é de dez mil assinaturas, o que muito provavelmente representa apenas uma parcela dos que efetivamente a folheavam quinzenalmente. O número de leitores de um periódico é sempre potencialmente muito maior do que o de assinantes. No caso de *A Estação,* particularmente, os editores acreditavam que cada assinante representava, "termo médio, dez leitores, o que nos dá uma circulação de cem mil leitores, quando, aliás, nossa tiragem é apenas de dez mil assinaturas" (*A Estação*, 15 de março de 1882).

Podemos imaginar que, pelo menos para uma fração desse público, o romance tenha proporcionado alguma experiência de leitura, diferente, no entanto, da experiência do leitor do livro. Boa parte do argumento deste livro se fundamenta, assim, na constatação de que folhetim e livro proporcionam experiências de leitura diferentes, em primeiro lugar, por causa do formato de publicação. A leitura estendida ao longo de mais de cinco anos e feita em intervalos ritmados pela periodicidade quinzenal (ou desritmados pelas interrupções na publicação do romance) é um elemento crucial na determinação do envolvimento do leitor com a história e das suposições temporárias que iam sendo construídas à medida que o texto se desdobrava de fascículo em fascículo.

Além disso, o processo de leitura na revista embutia-se em uma armação material muito diferente da do livro em volume. Cada número, com seu caderno de moda e seção literária, pode ser visto como um único texto de autoria múltipla. Tinha-se no campo de visão a continuação da narrativa seriada e outros elementos textuais e iconográficos, todos amarrados pelo mesmo princípio editorial. Eu levanto a hipótese de que o leitor do folhetim, predominantemente feminino, estava mais propenso a ligar imediatamente a trama de *Quincas Borba* à moda, assunto principal de *A Estação*. Deve-se esclarecer aqui que a moda não se aplica somente às tendências predominantes na indumentária e em seus acessórios durante um certo período e que vão sendo substituídas por novos estilos em um ritmo ditado, às vezes, pela própria alternância das estações do ano. Abrange também outros setores da atividade social, como o lazer (incluindo a leitura), a voga dos bairros habitacionais de prestígio e as profissões em alta. Em *Les lois de l'imitation,* Gabriel Tarde distingue a moda dos costumes. Os costumes estão ligados à tradição, ao passado, enquanto a moda cultua o presente e é guiada pela novidade[5]. Veremos que a revista *A Estação* não somente cultua a moda, mas também os hábitos da elite, entre eles a filantropia, os quais, por sua vez, também serão imitados pelas personagens de *A Estação* que ambicionam a ascensão social ou tentam a todo custo manter-se no mesmo patamar.

---

5   Gabriel Tarde, *Les lois de l'imitation* (Paris: Feliz Alcan, 1895), p. 267. Sobre o assunto, ver também James Laver, *Taste and Fashion: from the French Revolution to the Present Day* (London: George G. Harrap, 1945); e Gilda de Mello e Souza, *O espírito das roupas: a moda no século XIX* (São Paulo: Companhia das Letras, 1987).

Como toda revista de moda, *A Estação* promovia o desejo de ascensão social, porque a moda desempenha papel muito importante na mobilidade dentro da sociedade. Veremos que a inclinação editorial da revista atuou na construção imaginária do romance, por transformar em ficção as aspirações sociais do seu público-alvo. Mas, como não poderia deixar de ser, em se tratando de Machado de Assis, o piparote no assinante fica por conta da sátira à pompa imperial de *A Estação*, veiculada, sobretudo, pelas ilustrações alemãs. Mostrarei que a ironia de *Quincas Borba* se sintetiza na megalomania imperial de Rubião, construída sobre o desajuste entre a inclinação imperial do periódico e o estado decadente da Monarquia brasileira antes da Proclamação da República. O piparote vem, na verdade, em dose dupla porque o folhetim já chamava a atenção de seus leitores para o alto preço que as personagens, mesmo as bem-sucedidas, acabam no final pagando por participarem do jogo social.

Em segundo lugar, as experiências de leitura nos formatos folhetim e livro são diferentes por causa das alterações feitas no texto pelo escritor. Ao mesmo tempo em que a primeira edição em volume fica desprovida dos artigos, gravuras e anúncios com que dividia espaço nas páginas de *A Estação*, ela oferece ao leitor um texto profundamente revisado. Machado retrabalhou a narrativa desde o nível microscópico, da reestruturação da frase, até o nível macroscópico, da reordenação de eventos, sem nos esquecermos de que ele também suprimiu ou condensou grandes sequências de episódios e acrescentou alguns trechos ou capítulos.

Argumento que o trabalho de reescrita do romance foi guiado pela preocupação do escritor com a organização do enredo e com o sentido que ele ganharia na leitura em volume. Enredo é entendido aqui como "uma operação estruturante desencadeada por esses significados, os quais a tornam necessárias e se desenvolvem por meio da sucessão e do tempo" ["a structuring operation elicited by, and made necessary by, those meanings that develop through sucession and time"][6]. Segundo

---

6   Peter Brooks, *Reading for the Plot: Design and Intention in Narrative* (Cambridge, London: Harvard University Press, 1984), p. 12.

Peter Brooks, o enredo abrange o desenho e a intenção da narrativa, sendo "o processo ativo do *sjužet* sobre a *fabula*, a dinâmica de sua ordenação interpretativa" ["the active process of *sjužet* working on *fabula*, the dynamic of its interpretive ordering"][7].

Os termos *fabula* e *sjužet* foram cunhados pelos formalistas russos para assinalar a diferença entre o que é contado e o modo como os eventos são apresentados no discurso narrativo. *Fabula* designa a linha abstrata dos acontecimentos em sua ordem cronológica, e *sjužet*, as infinitas maneiras como esses acontecimentos podem ser organizados no discurso. Como esclarece Brooks, *fabula* "é, na verdade, uma construção mental que o leitor deriva do *sjužet*, que é tudo o que ele pode saber diretamente" ["is in fact a mental construction that the reader derives from the *sjužet*, which is all that he ever directly knows"][8]. Para Brooks, a distinção entre *fabula* e *sjužet* "é central para o nosso entendimento da narrativa e necessária para sua análise, uma vez que nos permite justapor dois modos de ordem e, na justaposição, ver como a ordernação ocorre" ["is central to our thinking about narrative and necessary to its analysis since it allows us to juxtapose two modes of order and in the juxtaposing to see how ordering takes place"] (Brooks, p. 13). Ao termos o enredo em mente, consideramos ao mesmo tempo os elementos da história e sua ordenação. O enredo poderia, dessa forma, ser definido como "a atividade interpretativa provocada pela distinção entre *sjužet* et *fabula*, a forma como usamos uma contra a outra" ["the interpretative activity elicited by the distinction between *sjužet* et *fabula*, the way we use the one against the other"][9].

---

7   Brooks, p. 25.

8   Os estruturalistas franceses, Todorov, por exemplo, traduziram os dois termos por *histoire* (que corresponde a *fabula*) e *discours* ou *récit* (que corresponde a *sjužet*). Ver Tzvetan Todorov, *Introduction to Poetics,* traduzido por Richard Howard (Brighton: Harvester, 1981), p. 29-30; e Gérard Genette, *Narrative Discourse, an Essay in Method*, traduzido por Jane E. Lewin (Ithaca: Cornell University Press, 1980), p. 33.

9   Brooks, p. 13.

Na reescrita de *Quincas Borba*, Machado leva ao extremo seu plano inicial de construir sentido por meio de blocos narrativos muito mais longos do que os fascículos do folhetim, chegando a englobar todo o romance, do primeiro ao último capítulo. Para isso, o romancista efetua uma série de operações de reescrita que estão intimamente ligadas. Por razões didáticas, entretanto, será inevitável tratar delas separadamente num primeiro momento. A ordem da apresentação não implica que uma operação seja mais importante que a outra. Todas têm a mesma importância, ainda que revelem técnicas diferentes e mais ou menos empenho por parte do escritor para a sua realização.

Sobretudo com a supressão, Machado eliminou o episódico e o melodramático, tradicionalmente identificados como típicos do gênero folhetim, que, como veremos, tinham pouca importância para o enredo. Nos poucos acréscimos, ele desenvolveu em mais detalhes a teoria do Humanitismo, fazendo com que, no livro, a filosofia inventada por Quincas Borba ganhasse uma dimensão mais abrangente. Ainda nos acréscimos, Machado desenvolveu em estágios mais perceptíveis o processo de enlouquecimento de Rubião, o que colabora para a concentração do foco em Rubião e consolida sua posição como protagonista da história. A concentração do eixo narrativo em Rubião também se dá por meio de algumas substituições e da reordenação de eventos. Veremos que, desde a primeira versão, a sequência de eventos na narrativa se organiza em articulações temporais demarcadas, como Genette esclarece, seguindo o critério da presença de intervalos temporais importantes[10]. Quando Machado reescreve o romance para a publicação em livro, ele inverte a ordem das unidades narrativas, jogando, assim, com a distinção entre *fabula* e *sjužet*.

De certa forma, o estudo da primeira versão de *Quincas Borba* e sua comparação com a versão em livro tem como objetivo o melhor conhecimento da segunda, que é, no final das contas, a que continuará a ser lida pelo grande público, seja em edições em papel ou eletrônicas. Por isso, este estudo se preocupa não somente em examinar o que mudou,

---

10 Genette, p. 88-89.

mas também o que permaneceu ou o que foi pouco alterado de uma versão para a outra. Entre esses elementos, encontram-se o narrador em terceira pessoa, o leitor e autor implícitos e a trama romancesca, ou seja, a história do suposto *affair* entre, de um lado, Rubião e Sofia e, do outro, Sofia e Carlos Maria. Investigarei mais especificamente de que modo é montada a trama romanesca, em torno da qual o romancista constrói o pacto de confiabilidade entre o leitor e o narrador, e que serve ao mesmo tempo como um mecanismo de despistamento dos sentidos mais ocultos da narrativa. Entra em jogo aqui a diferença entre o plano do narrador, no seu posicionamento perante o leitor, e o plano do autor implícito, que se justapõe ao anterior e concede um sentido totalizante aos elementos narrados.

DEMARCAÇÃO DO OBJETO E METODOLOGIA

A escolha das duas versões de *Quincas Borba* como ponto de partida e principal objeto de investigação deste estudo não é casual. É sintomático que *Quincas Borba* seja a obra que encerra o ciclo da produção romanesca de Machado vinculada à publicação periódica. Com exceção de sua primeira tentativa no gênero, *Ressurreição* (1872), todos os outros romances anteriores a *Quincas Borba* haviam saído em folhetins, seja em jornais diários ou em revistas quinzenais, antes de passarem para o formato de livro. Além disso, *Quincas Borba* é o romance cuja publicação periódica se estendeu por um período de tempo mais longo e o único que Machado alterou profundamente para a primeira edição em volume, ainda em 1891. Assim, ao contrário do que havia acontecido, sem exceção, com *A mão e a luva* (1874), *Helena* (1876), *Iaiá Garcia* (1878) e *Memórias póstumas de Brás Cubas* (1881), a matriz tipográfica dos fascículos de *Quincas Borba* não pôde ser aproveitada para impressão do volume.

Essa informação talvez pareça irrelevante para um tipo de crítica que não leva em conta o código bibliográfico de uma obra para a sua interpretação. Nele, no entanto, podemos encontrar marcas dos obstáculos – a pressão do tempo, as limitações de espaço e a participação de outros agentes na configuração física e artística do texto – que o escritor enfrentou na realização do plano da obra e que, certamente, influirão no seu resultado final.

O estudo do código bibliográfico das primeiras edições de um romance traz, assim, várias pistas das condições sob as quais o texto foi produzido. Por isso, a comparação das duas versões não pode se limitar a um mero levantamento e estudo das variantes. O desafio aqui é ler esse romance de Machado voltando o olhar ao mesmo tempo para o seu código linguístico e bibliográfico, desde a fonte tipográfica até sua forma e sentido correspondentes. Como escreve D. F. Mckenzie,

> no momento em que se torna necessário explicar os sinais em um livro, o que é diferente de os descrever ou copiar, eles assumem um estatuto simbólico. Se um meio, em algum sentido, afeta uma mensagem, então a bibliografia não pode excluir de suas próprias preocupações a relação entre forma, função e significado simbólico.
>
> [the moment we are required to explain signs in a book, as distinct from describing or copying them, they assume a symbolic status. If a medium in any sense affects a message, then bibliography cannot exclude from its own proper concerns the relation between form, function, and symbolic meaning][11].

---

11   D. F. McKenzie, *Bibliography and the Sociology of Texts* (Cambridge: Cambridge University Press, 1999), p. 10. Bibliografia, segundo McKenzie, "é a disciplina que estuda os textos como formas registradas, e o processo de sua transmissão, incluindo a sua produção e recepção" ["is the discipline that studies texts as recorded forms, and the process of their transmission, including their production and reception"] (p. 12). A disciplina também se

A comparação das duas versões leva em conta as diferenças de formato e outras características da publicação dos romances de Machado, vistas neste trabalho como circunstâncias históricas da produção do texto e que por isso não podem ser relegadas a um plano inferior na interpretação da obra literária.

A EDIÇÃO CRÍTICA DE QUINCAS BORBA

Apesar de a revista *A Estação* e as edições de *Quincas Borba* publicadas em vida do escritor serem as fontes primárias deste estudo, a edição crítica preparada pela Comissão Machado de Assis foi imprescindível em todas as fases da pesquisa[12]. Como para as outras obras de Machado editadas pela Comissão, a edição de *Quincas Borba* foi estabelecida usando os métodos tradicionais da crítica textual. Numa primeira fase, José Chediak estabeleceu a classificação genealógica das versões

---

precupa em mostrar "como formas afetam o sentido" ["how forms affects meaning"] (p. 13). Além disso, ajuda-nos a "descrever não só os processos técnicos, mas também os processos sociais de sua transmissão. Nessas formas bastante específicas, compreende textos em outros formatos do que o do livro, as suas formas físicas, versões textuais, técnica de transmissão, controle institucional, significados apreendidos e efeitos sociais" ["to describe not only the technical but the social processes of their transmission. In those quite specific ways, it accounts for non-book texts, their physical forms, textual versions, technical transmission, institutional control, their perceived meanings, and social effects"] (p. 13). Para McKenzie, os signos tipográficos têm uma função simbólica enquanto sistema interpretativo (p. 17). Os tipos têm uma função expressiva nos livros, "visto que têm implicações no trabalho de edição e se relacionam com a teoria crítica" ["as they bear on editing, and as they relate to critical theory"] (p. 18).

12   A versão em folhetins de *Quincas Borba* se encontra disponível no site Machado de Assis em Linha, Romances e Contos em Hiperto: http://machadodeassis.net/hiperTx_romances/index.asp, edição de Ana Cláudia Suriani da Silva e John Gledson.

do texto segundo as edições que teve, definindo a história de sua transmissão e as características bibliográficas de cada edição ou versão. As seguintes siglas foram adotadas para as edições cotejadas de *Quincas Borba* (restrinjo-me às publicadas ainda em vida do escritor):

- **A**.........*A Estação, Jornal Ilustrado para a Família*, Rio de Janeiro: Tipografia Lombaerts, publicada quinzenalmente de 15 de junho de 1886 a 15 de setembro de 1891;

- **B**.........Machado de Assis, *Quincas Borba*, Rio de Janeiro: B. L. Garnier, 1891;

- **C**.........Machado de Assis, *Quincas Borba*, segunda edição, Rio de Janeiro: H. Garnier [1896];

- **D**........Machado de Assis, Da Academia Brasileira de Letras, *Quincas Borba*, terceira edição, Rio de Janeiro: H. Garnier [1899].

Numa segunda fase, a Comissão escolheu o texto-base – *D* – e, finalmente, procedeu ao estabelecimento do texto, a partir de princípios críticos que atualizaram a ortografia, mas que respeitaram, ao mesmo tempo, a atualidade linguística criada pelo autor.

Uma vez que em *B*, como mencionado anteriormente, foram introduzidas modificações substanciais quanto à forma, conteúdo, distribuição e numeração de capítulos, a Comissão optou por dividir a edição de *Quincas Borba* em dois volumes. No primeiro, faz-se o cotejo das três edições do romance em livro, publicadas quando o escritor estava vivo. Apesar de haver variantes entre essas três edições, elas não chegam a constituir versões diferentes do mesmo texto. E no segundo volume, chamado de "apêndice", a versão seriada é apresentada *in extenso*, e colacionada com a tradição em livro[13]. Os trechos do folhetim que coincidem com a versão em livro aparecem, dessa forma, em itálico.

---

13   Machado de Assis, *Quincas Borba* (Rio de Janeiro: Civilização Brasileira, INL, 1975); e *Quincas Borba apêndice* (Rio de Janeiro: Civilização Brasileira, INL, 1975).

Será, provavelmente, muito difícil encontrar uma solução editorial mais eficaz do que essa para a apresentação das diferenças textuais entre as duas versões. Deve-se, no entanto, deixar registrado aqui que o leitor é induzido a visualizar as variantes em oposição aos trechos aproveitados do folhetim para o livro. A leitura do folhetim como um texto autossuficiente é, desta forma, prejudicada, o que faz com que passem despercebidas, ou que pelo menos sejam ofuscadas, as informações bibliográficas originais e as características narrativas do texto ligadas ao gênero folhetim. Essa é mais uma razão por que, para o tipo de pesquisa aqui realizado, a leitura da primeira versão de *Quincas Borba* teve de ser feita diretamente na revista *A Estação*, seja em suporte de papel ou em microfilme.

Mesmo assim, este estudo toma como pressuposto o rigoroso trabalho de levantamento da primeira versão de *Quincas Borba* feito pela Comissão Machado de Assis. Na introdução crítico-filológica, encontramos o dia, mês, ano, número, página e coluna da "Parte Literária" de *A Estação* em que foi publicado cada capítulo da versão seriada de *Quincas Borba* localizado pela Comissão. Além disso, a Comissão preocupou-se em fazer a remissão para os capítulos de numeração repetida em *A* e *B,* o que certamente facilitou o meu trabalho de comparação das duas versões[14].

O trabalho de levantamento dos capítulos de *Quincas Borba* em *A Estação*, realizado pela Comissão Machado de Assis, foi especialmente difícil em razão da desordem na numeração e à ausência de enlace de continuação. Um outro obstáculo enfrentado pelos editores foram as falhas existentes na coleção da revista pertencente à Biblioteca Nacional do Rio de Janeiro, que não possuía todos os números da "Parte Literária" de *A Estação* compreendidos entre o início e o término da publicação do folhetim. Chediak teve de buscar os suplementos não localizados ou incompletos em coleções particulares, livreiros e outras bibliotecas no Brasil e no exterior. Dos 127 números em que *Quincas Borba* poderia ter sido publicado, nos cálculos da Comissão, apenas quatro não haviam sido localizados. Até a época da realização da edição crítica, os números faltantes eram:

---

14 "Introdução crítico-filológica", *Quincas Borba*, p. 39-102.

- **15 de janeiro de 1887,**..........em que devem ter sido publicados os capítulos 43 a 47, que presumidamente coincidem com os capítulos 44 a 47 de B;

- **15 de abril de 1887,**...............no qual havia sido localizada apenas a parte final do capítulo 62;

- **31 de maio de 1887 e 31 de julho de 1891,**............... nos quais Chediak acreditava não ter sido publicado o romance *Quincas Borba*.

Este estudo não somente se vale do trabalho da Comissão Machado de Assis de levantamento dos capítulos e das variantes de *A*, mas também o atualiza e complementa, por apresentar pela primeira vez ao público contemporâneo alguns capítulos que haviam sido dados como perdidos. Examinando a coleção de *A Estação* pertencente à livraria A Sereia, de São Paulo, localizei três dos quatro números da "Parte Literária" listados anteriormente: o de 15 de abril e 31 de maio de 1887, e o de 31 de julho de 1891. Pude assim verificar, como já se suspeitava, que *Quincas Borba* não havia sido publicado nesses dois últimos números. E no de 15 de abril de 1887, encontrei os capítulos 58, 59, 60, 61 e a primeira parte do 62, que não haviam sido transcritos na edição crítica. Como se trata de material inédito, apresento, no apêndice deste livro, o cotejo desses cinco capítulos com os correspondentes na versão do romance em livro[15].

Com esses três achados, podemos, então, confirmar que a versão seriada do romance foi publicada quinzenalmente em *A Estação* de 15 de junho de 1886 a 15 de setembro de 1891, com as seguintes interrupções:

- **1887:**......... 31 de maio, 31 de outubro;

- **1888:**......... 15 de março, 30 de abril, 15 de maio, 15 de junho a 15 de outubro;

---

15   Apêndice, página 273.

* **1889:**......... 15 de janeiro, 15 de fevereiro, 15 de abril, 15 e 31 de maio, 15 de julho, 15 de agosto a 15 de novembro;

* **1890:**......... 30 de abril, 30 de junho, 15 de setembro, 31 de outubro, 31 de dezembro;

* **1891:**......... 31 de maio, 15 de julho a 15 de agosto.

Para completar o folhetim, falta ainda localizar o número de 15 de janeiro de 1887. Aí deveria estar contido o enigmático episódio do enforcamento de um escravo, que Rubião relembra em uma de suas andanças sem destino pelas ruas do Rio de Janeiro.

REVISÃO BIBLIOGRÁFICA

Na literatura volumosa sobre Machado de Assis, as duas versões de *Quincas Borba* não poderiam ter passado despercebidas; porém, a inovação artística fundamental que o romance apresenta recebeu pouca atenção na fortuna crítica. Depois da publicação da edição crítica, há o artigo pioneiro de J. C. Kinnear. Este estudo deve muito à constatação de Kinnear de que Machado iniciou a revisão do romance para a edição em livro antes de finalizada a serialização na revista, abrindo caminho para a pesquisa da relação entre formatos de publicação e soluções narrativas.

Discordo do crítico, no entanto, no que diz respeito à mudança ocorrida de uma versão para outra em relação ao narrador. Segundo Kinnear, "um movimento consciente em direção à não credibilidade pode ser percebido na escrito de *Quincas Borba*" ["a conscious move towards unreliability can be seen in the writing of *Quincas Borba*"]. Não vejo esse tipo de mudança na atitude do narrador para com o leitor, porque acredito que a confiabilidade do narrador esteja estreitamente ligada à forma como a trama romanesca é construída, o que não muda de uma versão para a outra, como veremos. Provarei que nas duas versões o leitor tem acesso ao ponto de vista de todas as personagens e, por isso, não é enganado, repito, em relação à trama. O leitor se encontra na posição de espectador. A mudança é muito mais sutil do que quer Kinnear e se localiza na forma como o narrador apresenta as personagens, ou, mais precisamente, os seus pensamentos, sobretudo os do protagonista, para nos comunicar a sua confusão mental. É assim, inclusive, que ele consegue tornar mais visível o enlouquecimento progressivo de Rubião.

Veremos que, ao considerar o narrador confiável em relação à trama nas duas versões, não estarei eliminando, no entanto, a possibilidade de existirem, no romance, sentidos que estejam "escondidos" do leitor menos atento. Como em *Memórias póstumas de Brás Cubas* e *Dom Casmurro*, a escolha de Machado por um certo tipo de narrador faz parte da retórica ficcional de cada romance. Seu objetivo é, no final das contas, despistar a atenção do leitor de carne e osso de duras verdades que o romance lhe revela sobre a sociedade em que vive e o seu convívio social.

A próxima contribuição importante na fortuna crítica do romance foi o livro de John Gledson, *Machado de Assis: ficção e história,* convincente no seu propósito de relacionar o desenvolvimento da obra em prosa da fase madura à interpretação do escritor para a História do Brasil da segunda metade do século XIX. *Quincas Borba* é peça-chave no seu argumento, pois Gledson consegue comprovar que a complexidade de sua trama e estrutura é modulada pela sociedade mais variada e pelo período de crise do Império do final dos anos 1860 e início dos 1870, ficcionalizados no romance. O realismo de *Quincas Borba* seria, assim, ao mesmo tempo social e político. Para Gledson, as duas versões atestam que, se Machado não encontrou nenhuma dificuldade em representar uma sociedade em mutação, o mesmo não aconteceu na representação da sua interpretação para a crise política. A sua leitura das duas versões procura recuperar o processo de construção da visão política do autor, por tentativas e erros, até se concretizar na alegoria que corporifica, sobretudo (mas não somente) em Rubião, "a incoerência e o conflito de uma sociedade inteira, bem como o seu distanciamento da realidade"[16].

O trabalho de Gledson objetiva, sobretudo, a compreensão da visão machadiana da História do Brasil, o que é em si uma grande conquista. O crítico conseguiu derrubar de uma vez por todas o mito do apolitismo do escritor. Mas aqui reside a grande diferença entre a minha pesquisa e a de Gledson, porque este trabalho busca compreender o Machado artista, ou mais especificamente, o romancista, diante da tarefa de dar corpo, unidade e, finalmente, concluir uma obra que se encontrava em andamento. Além do mais, o processo criativo é visto dentro de uma grande engrenagem, da qual também participam outros agentes, como o editor e o paginador da revista. A obra resulta, assim, de um ajuste entre as intenções do autor e o contexto de publicação.

Gledson está interessado, sobretudo, na investigação das bases históricas dos enredos de Machado. No entanto, o crítico não deixou passar despercebido o desenvolvimento dos procedimentos narrativos machadianos, tendo sido o primeiro a apontar para a complexidade da trama e da estrutura de *Quincas Borba*. Eu parto, assim, da sugestão de Gledson de que *Quincas Borba* apresenta realmente alguma novidade estrutural em relação a *Brás Cubas*. Para representar uma sociedade em transformação, Machado opta por um narrador em terceira pessoa, o que permite que as diferentes personagens apresentem a sua própria visão dos fatos, compondo o que chamo de um caleidoscópio narrativo. Veremos que não se trata, no entanto, de um romance polifônico, no sentido empregado por Bahktin para o romance de Dostoiévski. Partindo da sugestão de Gledson, avanço a discussão investindo na hipótese da ligação entre diferentes formatos de publicação e técnicas narrativas condizentes: o modelo narrativo de *Quincas*

---

16 John Gledson. *Machado de Assis: ficção e história* (2. ed. rev., São Paulo: Paz e Terra, 2003), p. 127.

Borba já não cabia no formato seriado. Por isso a escrita do romance entrou em crise e, posteriormente, o romancista abandonou o folhetim como meio de publicação dos seus romances. Não poderia deixar de mencionar aqui Marlyse Meyer, a quem devo a sugestão de estudar o papel que a revista *A Estação* desempenhou na construção imaginária do romance. Além disso, foi Marlyse Meyer quem abriu o caminho para a investigação da filiação da inclinação editorial de *A Estação* à revista alemã *Die Modenwelt*, ao apontar para a origem germânica desse empreendimento jornalístico[17].

PLANO DO LIVRO

Este livro se divide em duas partes. A primeira, composta de três capítulos, se ocupa do estudo de *Quincas Borba* no contexto dos romances de Machado e da revista *A Estação*. O capítulo 1 examina a relação de Machado com o folhetim: a forma como a sua produção romanesca destinada originalmente à publicação em fascículos evolui, até entrar em crise com *Quincas Borba*, seu último romance publicado nesse formato. No segundo e terceiro capítulos, estudo a relação entre os temas do romance e o conteúdo textual e visual da revista em que a primeira versão foi publicada. No capítulo 2, mais especificamente, explora-se a relação entre *Quincas Borba* e o caderno de moda; e no capítulo 3, entre *Quincas Borba* e a "Parte Literária" de *A Estação*.

A segunda parte contém quatro capítulos e se ocupa, por sua vez, dos parâmetros narrativos de *Quincas Borba* e da comparação das duas versões. No capítulo 4, mostro como a trama romanesca

---

17 Marlyse Meyer, "Estações", *Caminhos do imaginário no Brasil* (São Paulo: Edusp, 1993), p. 73-107.

é montada e discuto a posição do narrador em relação ao leitor. No capítulo 5, investigo a organização interna da narrativa a partir da identificação das unidades temporais responsáveis pela construção do enredo. É aqui que se estudam as alterações – sobretudo as supressões, responsáveis pela eliminação do episódico e folhetinesco – feitas no ato da reescrita. Os dois últimos capítulos dedicam-se ao estudo de como Machado, na segunda versão, constrói a visão global do romance. O capítulo 6 examina a reordenação das unidades temporais e a centralização do foco em Rubião, a partir, principalmente, dos acréscimos. O capítulo 7 identifica a sobreposição da visão unificadora do autor implícito sobre o ponto de vista do narrador pela elaboração da teoria do Humanitismo, que se transforma, no livro, em elemento unificador do enredo.

PARTE I

O FORMATO E CONTEXTO DA LEITURA

CAPÍTULO

ROMANCES DE MACHADO DE ASSIS EM FOLHETIM E EM LIVRO

A investigação da atividade de Machado de Assis como romancista parte da análise da relação entre os seus romances e as práticas editoriais vigentes na segunda metade do século XIX. Naquela época, o romance era publicado basicamente em dois formatos: fasciculado em folhetos, jornais diários, revistas quinzenais ou mensais; e no formato de livro. Era prática recorrente utilizar o folhetim como primeiro meio de divulgação de uma obra de ficção e, depois, reimprimi-la em volume, tendo sido feitas alterações (substanciais ou não) no texto. O romancista estreante se submeteu ao funcionamento corrente dos jornais e editoras com os quais colaborou, o que deixou marcas no resultado artístico de seus romances. Isto pode ser identificado na numeração e tamanho dos capítulos, na evolução temporal da história e na presença de elementos folhetinescos na narrativa. Veremos, neste capítulo, que a sua relação

com o folhetim evolui de forma progressiva até entrar em crise com *Quincas Borba*, texto com o qual o autor fecha o ciclo de sua produção romanesca destinada originalmente à publicação seriada.

CÓDIGO LINGUÍSTICO VERSUS CÓDIGO BIBLIOGRÁFICO

Machado de Assis publicou grande parte dos seus contos e romances na imprensa carioca, seja em jornais diários, como *O Globo, O Cruzeiro,* a *Gazeta de Notícias,* ou em revistas ilustradas quinzenais ou mensais, como o *Jornal das Famílias, A Estação* e a *Revista Brasileira*. Não podemos, então, deixar de nos perguntar se as exigências editoriais da publicação periódica tiveram algum impacto no processo de composição de suas narrativas. Marlyse Meyer já sugeriu que Machado tenha sido o inventor do conto seriado brasileiro[1]. Antes de saírem em volume, "O segredo de Augusta", "A parasita azul" e "O alienista", por exemplo, foram publicados no *Jornal das Famílias* ou em *A Estação*. A divisão dos contos longos em capítulos teria sido feita pelo escritor de forma a se aproximar da organização da narrativa em fascículos, característica do folhetim.

Este capítulo objetiva explorar o terreno fecundo das relações entre a prosa machadiana e o modo de publicação seriado, de um ponto de vista pouco usual. Isso porque não tomo como ponto de partida somente os aspectos linguísticos do texto. Concentro-me também nas características bibliográficas de *Quincas Borba* e dos outros quatro romances publicados por Machado originalmente na imprensa carioca e depois em volume. São eles:

---

1   Marlyse Meyer, "Machado de Assis lê *Saint-Clair das Ilhas*", *As mil faces de um herói canalha e outros ensaios* (Rio de Janeiro: Editora da UFRJ, 1998), p. 20.

- **A mão e a luva:** *O Globo*, Rio de Janeiro, 1874: 26, 28, 29, 30 de setembro; 1º, 6, 7, 8, 15, 16, 19, 21, 23, 24, 27, 28, 29, 30, 31 de outubro; 3 de novembro.

- **Helena:** *O Globo*, Rio de Janeiro, 1876: 6, 7-8, 9, 10, 11, 12, 13, 14, 15, 16-17, 18, 19, 20, 21, 22, 23, 24, 25, 26, 27, 28, 29, 30, 31 de agosto; 1º, 2, 3, 4, 5, 6, 7, 8, 10, 11 de setembro.

- **Iaiá Garcia:** *O Cruzeiro*, Rio de Janeiro, 1878: 1º, 2, 3, 4, 5, 7, 8, 9, 11, 12, 14, 15, 16, 19, 21, 22, 23, 25, 26, 28, 30 de janeiro; 4, 5, 6, 9, 11, 12, 13, 15, 16, 19, 20, 22, 25, 26, 27 de fevereiro; 1º, 2 de março.

- **Memórias póstumas de Brás Cubas:** *Revista Brasileira*, Rio de Janeiro, 1880: 15 de março; 1º e 15 de abril; 1º e 15 de maio; 1º de junho; 1º e 15 de julho; 1º e 15 de agosto; 1º e 15 de setembro; 1º e 15 de outubro; 1º de novembro; 1º e 15 de dezembro[2].

De *Ressurreição*, seu romance de estreia, não temos notícia de uma publicação seriada que tenha precedido a publicação em livro, feita pelo livreiro-editor B. L. Garnier em 1872[3]. *A mão e a luva*, o primeiro romance que saiu em folhetins, já é, dessa forma, a segunda tentativa do autor no gênero. *Casa velha*, apesar de ter sido publicado, como *Quincas Borba*, na revista *A Estação*, de 15 de janeiro de 1885 a 28 de fevereiro de 1886, fica de fora do presente estudo[4]. Isso porque *Casa velha* não recebeu edição em volume durante a vida do escritor. Foi Lúcia Miguel-Pereira quem localizou os capítulos na "Parte Literária" da revista e reuniu-os em volume[5]. *Quincas Borba*, o último romance publicado originalmente em fatias, é, no entanto, apenas o seu sétimo romance: depois ainda viriam *Dom Casmurro*, *Esaú e Jacó* e *Memorial de Aires*.

2   *A mão e a luva*, *Helena*, *Iaiá Garcia* e *Memórias póstumas de Brás Cubas* (Rio de Janeiro: Civilização Brasileira, INL, 1975).

3   Galante de Sousa, *Bibliografia de Machado de Assis* (Rio de Janeiro: INL, 1955), p. 5.

4   Gledson inclui *Casa velha* dentro da obra romanesca do escritor, rejeitando sua classificação como conto e sua inclusão no volume II da *Obra completa*, Editora Nova Aguilar (Gledson, 2003, p. 21).

5   Machado de Assis, *Casa velha* (São Paulo: Livraria Martins Editora, 1944).

Em folhetins e em livro	Somente em livro	Somente em folhetins
A mão e a luva, 1874* Helena, 1876 Iaiá Garcia, 1878 Memórias póstumas de Brás Cubas, 1881 Quincas Borba, 1891	Ressurreição, 1872 Dom Casmurro, 1889 Esaú e Jacó, 1904 Memorial de Aires, 1908	Casa velha, 1885

Tabela 1.1 Romances publicados por Machado de Assis.
*Ano de publicação da primeira edição em livro, exceto para *Casa velha*.

Este capítulo investiga como se deu a passagem do formato folhetim para o livro, a qual acredito ter tido algum impacto na estrutura e signicado do romance. Para isso, analisarei, para cada um desses cinco romances, o contexto editorial em que foram publicados, a composição tipográfica e algumas variantes textuais de cada um deles. Observarei:

- **1**......... em relação ao contexto de publicação, as diferenças entre o formato do livro e do periódico, o espaço destinado ao escritor todos os dias no jornal ou a cada quinzena na revista; o local de impressão e a editora do folhetim e do romance;

- **2**......... em relação à composição tipográfica, o tipo e tamanho da fonte, o comprimento da linha, o tamanho da mancha no livro e o número de colunas no jornal;

- **3**......... e as variantes, que são, no sentido bibliográfico, os ajustes tipográficos que tornam possível o reaproveitamento da mesma matriz do jornal para o livro. Quando o número de variantes é muito grande, o texto precisa receber uma nova composição tipográfica para a impressão do volume. Para este estudo, as características bibliográficas que as variantes transportam são tão importantes quanto o seu conteúdo linguístico.

O CASO DE *VÁRIAS HISTÓRIAS*

Na verdade, é o próprio Machado quem nos motiva a considerar seus textos literários tanto no seu aspecto bibliográfico quanto linguístico. Lembremo-nos, por exemplo, o rascunho de sua carta de 8 de setembro de 1902 ao Sr.

Lansac, procurador de H. Garnier no Rio de Janeiro[6]. Nele, o escritor trata das provas da segunda edição do volume de contos *Várias histórias*, que estava sendo preparada na França pela editora Garnier. Para entendermos o caso, precisamos lembrar que *Várias histórias* é composto de contos selecionados a partir da colaboração de Machado na *Gazeta de Notícias*, entre 1884 e 1891. A primeira edição em livro já havia saído pela Editora Laemmert, em 1895[7]. O termo do contrato entre Machado de Assis e Laemmert é de 18 de dezembro de 1894. Laemmert pagara a Machado quatrocentos mil réis no ato do contrato, o qual previa, no artigo 5, que "no caso de proceder-se a nova edição, os atuais editores terão a preferência em igualdade de condições". Em carta datada de 21 de março de 1902, Laemmert propõe a Machado a nova edição do volume. A essa altura, no entanto, Machado já havia vendido à Garnier, por oito contos de réis, a "propriedade inteira e perfeita" de grande parte de sua obra literária[8]. Em 30 de março de 1902, ou seja, uma semana após receber a proposta de Laemmert, Machado escreve à Garnier propondo-lhe o mesmo trabalho por um conto e duzentos mil réis. O contrato entre Machado e H. Garnier para a reedição em volume é finalmente firmado em 27 de maio de 1902. Nele, Machado vende a propriedade inteira e perpétua de *Várias histórias* por um conto de réis.

Em setembro de 1902, quando Machado escreve o rascunho da carta ao Sr. Lansac, a produção do volume já se encontrava em andamento. O aspecto da composição tipográfica não causa, no entanto, boa impressão no escritor. Remetendo as primeiras provas à Garnier, Machado confessa que a composição tipográfica não lhe parece conveniente. A edição anterior, publicada pela editora Laemmert, tinha 310 páginas, ao passo que a da Garnier não teria senão 230. Machado acreditava, assim, que a nova edição teria o aspecto e o valor de um livrinho, o que prejudicaria a sua venda. Na continuação da

---

6   Todos os contratos e cartas citados neste capítulo encontram-se em *Exposição comemorativa do sexagésimo aniversário do falecimento de Joaquim Maria Machado de Assis: 20/IX/1908 – 29/IX/1968* (Rio de Janeiro: Biblioteca Nacional, 1968).

7   Sousa, p. 88.

8   As obras listadas na escritura de 16 de janeiro de 1899 são: *Páginas recolhidas, Dom Casmurro, Memórias póstumas de Brás Cubas, Quincas Borba, Iaiá Garcia, Helena, Ressurreição, A mão e a luva, Papéis avulsos, Histórias sem data, Histórias da meia-noite, Contos fluminenses, Americanas, Falenas* e *Crisálidas*.

carta, ele compara o comprimento da linha e o tamanho da mancha nas duas edições. O autor acredita que uma linha comprida e um número maior de linhas por página prejudicariam o aspecto geral do volume:

> Compare uma página da primeira com a sua edição: nesta a linha é mais longa, e cada página tem 38 linhas; as páginas daquela são formadas por 34 linhas, e você pode ver a diferença no tamanho da mancha. Além disso, veja a primeira página de cada novo conto; na edição Laemmert, ele tem apenas 13 linhas, enquanto na edição Garnier pode ter até 20. Veja as primeiras seis folhas de provas; o conteúdo das 108 páginas que eu envio ao senhor ocupa na edição da Laemmert 132 páginas. Para a verificação e comparação, seguem as duas primeiras páginas da edição Laemmert.
>
> Peço-lhe, Sr. Lansac, para transmitir estas considerações ao Sr. Garnier, que reconhecerá a minha correção e compreenderá a necessidade de tomar alguma providência para evitar a tempo algo que acredito ser preducial aos nossos negócios.
>
> [Comparez une page de la première avec une autre de la vôtre: la ligne de celle-ci est plus longue, et chaque page compte 38 lignes; les pages de celle-là sont formées avec 34 lignes, et vous pourrez voir la différence de longueur. Outre cela, voyez la première page de chaque nouvelle; dans l'édition Laemmert, elle ne compte que 13 lignes, au lieu que dans l'édition Garnier elle va jusqu'à 20. Voyez déjà les six premières feuilles d'épreuves; la matière de 108 pages que je vous envoie occupe dans l'édition Laemmert 132 pages. Pour la vérification et la comparaison, vous trouverez ci-jointes les deux premières pages de l'édition Laemmert.
>
> Je vous prie, Monsieur Lansac, de transmettre ces considérations à Monsieur Garnier, qui en reconnaîtra la justesse, et comprendra la convenance d'ordonner quelque chose pour éviter à temps ce que je crois préjudicable à notre affaire.]

O escritor se mostra muito preocupado nessa carta com a fixação de sua obra, já que agora se tratava da inclusão de *Várias histórias* na coleção da Garnier. Para o escritor, não importava somente a correção linguística, mas também o aspecto físico que a composição tipográfica imprimia à edição[9]. Machado tinha plena consciência de que um livro mais fino e de mancha mais larga fugiria ao padrão editorial dos outros volumes de sua obra, podendo, inclusive, pesar sobre o julgamento dos leitores em relação à qualidade dos contos em si. O valor artístico das narrativas escolhidas poderia ser medido pela "má" apresentação do volume, ou por uma apresentação que o aproximaria de livros baratos, populares.

A carta de Machado deixa claro que o aspecto material de um texto impresso carrega marcas das realidades sociais às quais uma determinada impressão tipográfica foi destinada. Isto porque nele encontramos vestígios das interações entre indivíduos e grupos estabelecidas no momento da sua produção, transmissão e consumo.

Voltando aos cinco romances de Machado publicados em folhetins, podemos nos perguntar o que a sua composição tipográfica revela a respeito:

- 1 .... do público a que foi destinado: do assinante do jornal e depois do comprador do romance em volume;

- 2 .... das relações comerciais que deram origem ao texto: se o texto foi encomendado para ser publicado na imprensa ou em volume, mesmo que tenha, no segundo caso, saído em folhetins antes do lançamento do livro;

- 3 .... e das intenções do escritor. Será que Machado conseguiu levar a cabo as suas intenções artísticas iniciais ou teve de ajustá-las ou mesmo reformulá-las ao se confrontar com o trabalho de produzir um texto encomendado pelo jornal ou prometido em contrato com a editora?

---

9   Em rascunho de carta de 10 de julho de 1903, Machado observa que os erros na edição de *Várias histórias* eram muito numerosos e prejudicavam a obra, sobretudo por ser adotada em escolas. Ele comenta ainda que, apesar de outras obras suas possuírem erros de impressão, nenhuma tinha tantos erros quanto a coletânea em questão.

Nesse sentido, começamos a perceber que o código bibliográfico pode contribuir para a compreensão do sentido da obra.

MODO DE PUBLICAÇÃO DOS ROMANCES ANTERIORES A *QUINCAS BORBA*

Da mesma forma que podemos acompanhar a evolução dos romances de Machado no que diz respeito ao código linguístico – ao estilo, ao assunto, ao posicionamento do narrador, à técnica narrativa, à ironia, por exemplo –, podemos acompanhar a trajetória dos seus romances no que diz respeito ao código bibliográfico; e isso desde *Ressurreição*. *Ressurreição* não foi publicado em folhetins porque já havia sido prometido à editora pelo menos dois anos antes do seu lançamento. Em 30 de setembro de 1869, Machado havia assinado um contrato com B. L. Garnier, comprometendo-se a publicar três obras por essa editora: *Ressurreição*, *O manuscrito do licenciado Gaspar* e *Histórias da meia-noite*. No contrato, o escritor vendia antecipadamente a propriedade plena e inteira não só da primeira edição como de todas as edições seguintes dessas três obras. Machado receberia quatrocentos mil réis por cada edição que B. L. Garnier fizesse desses livros. O pagamento da primeira foi feito no ato da assinatura do contrato. Em troca, Machado se comprometia a entregar os originais de *Ressurreição* até meados de novembro de 1869, *O manuscrito do licenciado Gaspar* até meados de março de 1870, e *Histórias da meia-noite* até o final do mesmo ano.

RESSURREIÇÃO

O fato é que *Ressurreição* só foi publicado em 1872. É provável que Machado tenha escrito o livro entre o final de 1871 e início de 1872, uma vez que a data do prefácio é 17 de abril de 1872. O *Manuscrito do licenciado Gaspar*, por sua vez, nunca foi publicado; e a coletânea de contos só viria a aparecer em 1873. Galante de Souza explica que o romancista, muito provavelmente, vendera ao editor obras apenas planejadas ou em preparo porque precisava fazer frente às despesas, dentre elas a do seu casamento, que se realizou em 1869[10].

Depois de *Ressurreição*, Machado publicaria *A mão e a luva*, *Helena* e *Iaiá Garcia* na imprensa diária. Veremos que existem muitas semelhanças no modo de produção e publicação desses três romances, assim como diferenças, que, apesar de pequenas, já revelam um lento afastamento do escritor do que chamou, no prefácio de *A mão e a luva*, de um "método de composição um pouco fora dos hábitos do autor". *Memórias póstumas de Brás Cubas* seria publicado em revista quinzenal num formato muito próximo ao *in-8º* do livro[11]. E, depois de *Quincas Borba*, Machado abandonaria definitivamente o formato seriado como meio de publicação das suas narrativas mais longas.

---

10   Sousa, p. 462.

11   Diferentes termos são usados para indicar o tamanho aproximado de um livro. Esses termos derivam do número de folhas dobradas criadas quando uma folha inteira – de tamanho padrão no período de fabricação manual do papel – é dobrada. É nessas folhas dobradas que a mancha do livro é impressa na frente e no verso. O tamanho maior, *in-folio*, resulta de uma única dobra da folha inteira, o que produz duas folhas dobradas ou quatro páginas. O nome dos outros tamanhos indica a parte da fração que cada folha dobrada ocupa na folha inteira. Por exemplo, o *in-4º* ou *in-quarto* resulta de duas dobras, tem quatro folhas dobradas ou oito páginas. O *in-8º* ou *in-octavo* resulta de três dobraduras, tem oito folhas dobradas ou dezesseis páginas.

DE *A MÃO E A LUVA* A *BRÁS CUBAS*

Comecemos pelo local de impressão do folhetim e da primeira edição dos quatro primeiros romances. Os textos seriados e em livro de *A mão e a luva* e *Helena* foram impressos na tipografia do *Globo*, e de *Iaiá Garcia* na do *Cruzeiro*. A impressão ocorreu, dessa forma, sempre na tipografia do próprio jornal, mesmo que *O Globo* e *O Cruzeiro* não tenham sido os editores dos volumes. O editor de *A mão e a luva* é Gomes e Oliveira & Cia; de *Helena*, B. L. Garnier; e de *Iaiá Garcia*, G. Vianna & C. A primeira edição de *Memórias póstumas de Brás Cubas,* por sua vez, foi impressa pela Tipografia Nacional, ao passo que a *Revista Brasileira* era impressa pela Typ. de J. D. de Oliveira.

Para a composição do volume, os editores utilizaram em todos os quatro romances a mesma composição tipográfica do folhetim. Isso significa que o tipo e tamanho da letra, o comprimento da linha e, consequentemente, a largura da coluna foram mantidos de um formato para o outro. Entretanto, o comprimento da mancha difere, pois a coluna vertical é mais curta no livro, para se ajustar ao formato *in-8º*. Hallewell acredita que esse tenha sido o formato predominante para a publicação de romances durante o século XIX no Brasil[12]. Isso é possivelmente verdade, pelo menos no que diz respeito à ficção publicada por editoras de prestígio como a Garnier, mas não necessariamente para os romances populares que floresciam no final do século XIX, como bem nos mostra Alessandra El Far[13]. Estes caíram no gosto do grande público, por causa do

---

12 Laurence Hallewell, *Books in Brazil* (London and Metuchen: The Scarecrow Press, 1982), p. 108.

13 Alessandra El Far, *Páginas de sensação: literatura popular e pornográfica no Rio de Janeiro, 1870-1924* (São Paulo: Companhia das Letras, 2004). Ver principalmente o primeiro capítulo: "Livreiros do Oitocentos", p. 27-76.

assunto picante, mas também porque as grandes tiragens e o baixo custo da produção os tornavam mais acessíveis do que as edições comparativamente bem acabadas da Garnier. Na correspondência entre Machado e o senhor Lansac, citada anteriormente, o escritor talvez temesse exatamente que a coletânea de contos *Várias histórias* fosse confundida com essa literatura de segundo escalão, por causa da sua constituição física.

O aproveitamento da composição tipográfica do folhetim para a confecção do livro certamente fazia parte da estratégia comercial das editoras de acelerar o ritmo e baratear o custo da produção, como já observado por Hallewell a respeito de *Helena*[14]. De fato, a publicação da primeira edição desses quatro romances em volume foi anunciada aproximadamente apenas um mês depois de finalizada a serialização. Encontramos anúncios de *A mão e a luva* no jornal *O Globo* a partir de 8 de dezembro de 1874. *Helena* é anunciado no *Mosquito*, do Rio de Janeiro, em 7 de outubro de 1876[15]; *Iaiá Garcia* no próprio *O Cruzeiro* já em 3 de abril de 1878; e finalmente *Memórias póstumas de Brás Cubas* na *Revista Brasileira* em 15 de janeiro de 1881[16].

A SEÇÃO "FOLHETIM" EM *O GLOBO* E *O CRUZEIRO*

A mão e a luva e *Helena* foram publicados na seção "Folhetim" do *Globo*, e *Iaiá Garcia* na seção "Folhetim" do *Cruzeiro*. Comparando a composição tipográfica desses romances com a de outros textos

---

14   Hallewell, p. 98.

15   Sousa, p. 65

16   Sousa, p. 73.

publicados sob a mesma rubrica, constatei que os editores de ambos os jornais determinavam quais romances sairiam posteriormente no formato *in-8º* antes mesmo de iniciada a serialização. Ao fazer tal diferenciação, os editores tornavam possível o aproveitamento da mesma matriz tipográfica do jornal para o livro. Eles distribuíam o texto do romance, que depois seria reimpresso no formato *in-8º*, em seis colunas no *Globo* e em quatro no *Cruzeiro,* ao contrário do restante do conteúdo do jornal, que era distribuído em oito colunas no *Globo* e seis no *Cruzeiro,* para que o comprimento da linha no jornal se ajustasse exatamente à largura que a mancha teria no livro.

Assim como *A mão e a luva* e *Helena,* outros romances foram publicados na seção "Folhetim" do *Globo* em seis colunas. Dentre eles, *Dr. Benignus* de A. E. Zaluar, *Marabá* de Salvador de Mendonça, *Ouro sobre azul* de Sylvio Dinarte (pseudônimo de Alfredo d'Escragnolle Taunay), e *Memórias de um sandeu* de Eugène Noel, este traduzido do francês (*Mémoires d'un imbécile*). Esses quatro romances, novamente como *A mão e a luva* e *Helena,* foram publicados posteriormente no formato *in--8º*. As reimpressões de *A mão e a luva, Marabá* e *Ouro sobre azul* foram incluídas na coleção "Biblioteca do Globo" e seguiam todas o mesmo padrão editorial.

Entre os textos que eram distribuídos em oito colunas na seção "Folhetim" do *Globo,* estão as crônicas de José de Alencar da série "Ao correr da pena" e "Às quintas" e de José Nabuco da série "Aos domingos". E, entre os textos distribuídos em seis colunas na seção "Folhetim" do *Cruzeiro,* encontramos crônicas como "Filósofos, bobos e folhetinistas", assinadas por Rigoletto, certamente um pseudônimo.

Isso não quer dizer que a composição tipográfica de narrativas, principalmente de traduções, publicadas em oito colunas também no "Folhetim" do *Globo,* não pudesse ser no futuro reaproveitada para a composição de livros. Este parece ser o caso de contos de Alfred de Musset. "O segredo de Javotte", por exemplo, foi publicado em oito colunas no "Folhetim" do *Globo* de 27 de abril a 7 de maio de 1875, somando ao todo nove fascículos. Posteriormente, esse conto passou a integrar um volume da "Biblioteca de Algibeira", coleção *in-12º* da B. L. Garnier. O preço de um volume dessa coleção era mais barato do que os da "Biblioteca Universal", coleção *in-8º* da mesma livraria, da qual os romances de Machado faziam parte. Um livro em brochura da "Biblioteca de Algibeira" custava mil réis e o encadernado mil e quinhentos, contra dois mil e quinhentos réis para o volume brochado e três mil réis para o encadernado da "Biblioteca Universal".

FORMATOS, LEITORES E LUCROS

Percebemos aqui que há uma estreita ligação entre o formato de um mesmo texto no jornal e em livro: a largura da coluna do folhetim determinava as dimensões do volume. E, quem sabe, também o tipo de leitor que o acolheria e o prestígio futuro? É o próprio Machado, encarnado em Brás Cubas, que estabelece categorias de leitores segundo as dimensões do livro. O público *in-12º* gosta de "pouco texto, larga margem" e é principalmente atraído pelo aspecto visual do livro: pelo "tipo elegante, corte dourado e vinhetas... principalmente vinhetas...". Há ainda uma segunda categoria de leitor: o "pesadão" ou público *in-folio*, referindo-nos novamente ao formato do livro, a quem "capítulos compridos quadram melhor"[17]. Brás Cubas, dessa forma, escreve uma história que se adequa ao gosto do leitor que ele diz desprezar.

Também podemos presumir a partir desse exemplo que jornais e editoras de livros poderiam estabelecer parcerias para reduzir as despesas na produção e assim aumentar (ou pelo menos garantir) os lucros de ambos. Ninguém saía perdendo com o negócio, muito menos a Literatura. O folhetim atraía assinantes para o jornal. A editora já tinha em mira o seu público-alvo: o próprio assinante do periódico, que poderia adquirir em volume, este sim durável, os seus romances preferidos. Vejam, por exemplo, o anúncio de *Iaiá Garcia*:

---

17 Capítulo 22: "Volta ao Rio", *Memórias póstumas de Brás Cubas*, p. 153. Sobre o leitor em *Memórias póstumas de Brás Cubas* ver Hélio de Seixas Guimarães, "Brás Cubas e a textualização do leitor", *Os leitores de Machado de Assis: o romance machadiano e o público de literatura no século XIX* (São Paulo: Nankin Editorial: Editora da Universidade de São Paulo, 2004), p. 175-193.

> Este formoso romance, que tanta aceitação obteve dos leitores do *Cruzeiro*, saiu agora à luz em um nítido volume de mais de 300 páginas. Vende-se nesta tipografia, rua do Ourives n. 51 e em casa do Srs. A. J. Gomes Brandão, rua da Quitanda n. 90 (*O Cruzeiro*, 3 de abril de 1878).

E a Literatura encontrava dois meios de divulgação, aumentando, assim, a sua quota de leitores. Não nos esqueçamos, também, do escritor, que poderia ganhar duas vezes pela mesma obra produzida, como foi o caso do próprio Machado.

B. L. GARNIER, EDITOR DE *HELENA*

Helena constitui um caso ligeiramente diferente de *A mão e a luva*. Vimos que, apesar de o folhetim e a primeira edição terem sido impressos na tipografia do *Globo*, o editor do volume era B. L. Garnier. Quando publicado em livro, *Helena* passou, então, a integrar à coleção "Biblioteca Universal" de títulos da Garnier. Talvez resulte daí o fato de não encontrarmos anúncios da venda de *Helena* nas páginas do *Globo* e nem de o romance ter sido oferecido como brinde aos assinantes do jornal que pagassem antecipadamente a assinatura da folha por um ano:

> Vantagens feitas aos assinantes do *Globo*: Todas as pessoas que pagarem adiantadamente a assinatura de nossa folha por um ano, receberão indistintamente, além do *Almanaque do Globo*, um exemplar de qualquer dos seguintes romances publicados pelas nossas oficinas: *Marabá*, por Salvador de Mendonça; *As memórias de um sandeu*; *A mão e a luva*, por Machado de Assis; *Ouro sobre azul*, por Silvio Dinarte; e *O Dr. Benignus*, por A. E. Zaluar (*O Globo*, por exemplo em 14, 15, 16, 17 e 25 de dezembro de 1876).

Essa peculiaridade de *Helena* fica explicada no contrato de 29 de abril de 1876:

> Joaquim Maria Machado de Assis vende a B. L. Garnier a primeira edição, que vai mandar imprimir na tipografia do *Globo*, depois de ter saído em folhetim, de seu romance intitulado *Helena do Vale*, composta de mil e quinhentos exemplares (1.500 exemplares), o qual formará um volume do formato do das *Histórias de meia-noite*, e igual pouco mais ou menos em tudo a este último volume, pela quantia de seiscentos mil réis (Rs. 600$000) pagáveis no ato da entrega da dita edição.

Não podemos deixar de perceber nessa última citação que o processo de padronização da obra de Machado de Assis em volumes já se encontrava a todo vapor. E o formato que lhe dá corpo foi estabelecido pelo editor francês mais bem-sucedido no Rio de Janeiro. Na verdade, Garnier não foi somente responsável pela padronização das obras de Machado, mas de muitos outros escritores brasileiros que se tornaram canônicos. A empresa Garnier publicava uma série de coleções de obras dos autores, seguindo o formato *in-8º*. A partir de anúncios em jornais (no próprio *Globo*, de 9 de julho de 1876, por exemplo) ou dos catálogos anexados aos volumes da editora, podemos constatar a dimensão do seu papel no processo de padronização das obras e de canonização dos grandes autores da literatura brasileira.

As características tipográficas desses romances foram conservadas de um formato para outro por razões de ordem sobretudo comercial. De certa forma, o mecanismo de publicação desses jornais-editoras visava o livro como produto durável, de prateleira, mas se aproveitava, ao mesmo tempo, do sucesso de vendagem garantido pelo folhetim, desde a França, para cativar a fidelidade dos leitores ou atrair novos assinantes. Quando comparado com o jornal, o livro tinha uma tiragem muito mais baixa e um preço muito mais alto. A edição do *Globo* de 10 de outubro de 1876, por exemplo, é de 9.300 exemplares; a assinatura anual custava 20.000 réis e o número avulso 40 réis[18]. Por sua vez, a primeira edição em volume de *Helena* era com-

---

18 Este também era o preço da assinatura e do número avulso do *Cruzeiro*. Desconheço qual tenha sido a sua tiragem.

posta de 1.500 exemplares e o volume em brochura era vendido por 2.000 réis. Ou seja, o preço de apenas um livro correspondia a 10% do preço da assinatura anual do jornal. O lucro da editora estava, no entanto, garantido, já que, reaproveitando a matriz de um formato para o outro, economizava com o tempo e o pessoal empregados na composição tipográfica. O custo da impressão do livro saía praticamente pelo (alto) preço do papel.

TRAÇOS DO ROMANCE--FOLHETIM NOS ROMANCES DE MACHADO DE ASSIS

Gostaria de chamar a atenção para os condicionamentos dessa engrenagem comercial na composição criativa do romance: que lado da balança, o folhetim ou o livro, pesou mais quando o escritor se defrontou com o trabalho da escrita?

FOLHETINISTA CONFESSO: O PREFÁCIO DE *A MÃO E A LUVA*

Mais uma vez é o próprio Machado que põe na mesa a problemática. Na advertência à primeira edição em livro de *A mão e a luva*, Machado trata dos efeitos causados na qualidade artística final do romance, pelas condições sob as quais a narrativa foi escrita. O termo "condições" é empregado pelo próprio escritor. Entram em jogo aqui os obstáculos – a pressão do tempo e as limitações de espaço na folha diária – que ele enfrentou na realização do plano da obra. Lembremo-nos das palavras do próprio romancista. Apesar de esse não ser o método de composição a que estava acostumado, o texto foi, mesmo assim, escrito para a publicação em folhetins diários:

Esta novela, sujeita às urgências da publicação diária, saiu das mãos do autor capítulo a capítulo, sendo natural que a narração e o estilo padecessem com esse método de composição, um pouco fora dos hábitos do autor. Se a escrevera em outras condições, dera-lhe desenvolvimento maior, e algum colorido mais aos caracteres, que aí ficam esboçados. Convém dizer que o desenho de tais caracteres – o de Guiomar, sobretudo – foi o meu objeto principal, senão exclusivo, servindo-me a ação apenas de tela em que lancei os contornos dos perfis. Incompletos embora, terão eles saído naturais e verdadeiros?

Mas talvez estou eu a dar proporções muito graves a uma coisa de tão pequeno tomo. O que aí vai são umas poucas páginas que o leitor esgotará de um trago, se elas lhe aguçarem a curiosidade, ou se lhe sobrar alguma hora que absolutamente não possa empregar em outra coisa – mais bela ou mais útil.

M. A. Novembro de 1874

Estamos diante de um caso de intenção autoral declarada. Nessa advertência, Machado não deixa dúvidas de que o seu objetivo principal foi traçar o perfil da personagem Guiomar, servindo a ação apenas como pano de fundo. Percebe-se também, como fica anotado no prefácio à edição crítica do romance, o empenho em "fazer obra trabalhada, quanto à narração e estilo, numa espécie de zelo que não ocupava destacado lugar nas preocupações muito pouco artesanais dos românticos" (*A mão e a luva*, p. 12). Não podemos, no entanto, ignorar o outro lado da equação. Machado confessa que se submeteu a um método de composição "fora dos hábitos do autor", por causa das condições impostas pela publicação periódica. A escrita do romance sofreu os efeitos da pressão do tempo, das restrições do espaço no rodapé do jornal e da necessidade de se publicar em fatias.

Esse método de composição trouxe uma série de implicações à organização externa e interna da narrativa: atuou, por exemplo, no estabelecimento de uma correlação entre o número dos capítulos e fascículos. *A mão e a luva* tem dezenove capítulos distribuídos em vinte fascículos. Com exceção do capítulo 10, que se estende pelo folhetim dos dias 16 e 19 de outubro, todos os outros cabem no espaço fixo do rodapé da primeira página do jornal (ver tabela 1.2). Consequentemente, o tamanho dos capítulos também é muito regular (excluindo-se, é claro, o de número 10).

A mão e a luva (*O Globo*, 1874)

Fascículo	Data de publicação	Capítulo
1	26 set., p. 1	I
2	28 set., p. 1	II
3	29 set., p. 1	III
4	30 set., p. 1	IV
5	1º out., p. 1	V
6	6 out., p. 1	VI
7	7 out., p. 1	VII
8	8 out., p. 1	VIII
9	15 out., p. 1	IX
10	16 out., p. 1	X
11	19 out., p. 1	X
12	21 out., p. 1	XI
13	23 out., p. 1	XII
14	24 out., p. 1	XIII
15	27 out., p. 1	XIV
16	28 out., p. 1	XV
17	29 out., p. 1	XVI
18	30 out., p. 1	XVII
19	31 out., p. 1	XVIII
20	3 nov., p. 1	XIX

Tabela 1.2 (continua)

Helena (*O Globo*, 1876)			Iaiá Garcia (*O Cruzeiro*, 1878)		
Fascículo	Data de publicação	Capítulo	Fascículo[19]	Data de publicação	Capítulo
1	6 ago., p. 1	I	1	1º jan., p. 1, 2	I
2	7-8 ago., p. 1	II	2	2 jan., p. 1, 2	I, II
3	9 ago., p. 1	III	3	3 jan., p. 1, 2	II
4	10 ago., p. 1	IV	4	4 jan., p. 1, 2	III
5	11 ago., p. 1	V	5	5 jan., p. 1, 2	III
6	12 ago., p. 1	VI	6	7 jan., p. 1	III
7	13 ago., p. 1	VI	7	8 jan., p. 1	IV
8	14 ago., p. 1	VII	8	9 jan., p. 1	IV
9	15 ago., p. 1	VIII	9	11 jan., p. 1, 2	V
10	16-17 ago., p. 1	IX	10	12 jan., p. 1	VI
11	18 ago., p. 1	X	11	14 jan., p. 1, 2	VI
12	19 ago., p. 1	XI, XII	12	15 jan., p. 1, 2	VI, VII
13	20 ago., p. 1	XII	13	16 jan., p. 1, 2	VII
14	21 ago., p. 1	XIII	14	19 jan., p. 1, 2	VII
15	22 ago., p. 1	XIV	15	21 jan., p. 1	VIII
16	23 ago., p. 1	XV	16	22 jan., p. 1	IX
17	24 ago., p. 1	XVI	17	23 jan., p. 1	IX
18	25 ago., p. 1	XVI	18	25 jan., p. 1, 2	X
19	26 ago., p. 1	XVII	19	26 jan., p. 1	X
20	27 ago., p. 1	XVIII	20	28 jan., p. 1, 2	XI
21	28 ago., p. 1	XIX	21	30 jan., p. 1	XI
22	29 ago., p. 1	XX	22	4 fev., p. 1, 2	XII
23	30 ago., p. 1	XXI	23	5 fev., p. 1	XII
24	31 ago., p. 1	XXI	24	6 fev., p. 1	XIII
25	1º set., p. 1	XXII	25	9 fev., p. 1	XIII
26	2 set., p. 1	XXIII	26	11 fev., p. 1	XIII
27	3 set., p. 1	XXIV	27	12 fev., p. 1	XIII
28	4 set., p. 1	XXIV	28	13 fev., p. 1	XIII
29	5 set., p. 1	XXV	29	15 fev., p. 1	XIV
30	6 set., p. 1	XXV	30	16 fev., p. 1	XIV
31	7 set., p. 1	XXVI	31	19 fev., p. 1	XIV
32	8 set., p. 1	XXVI	32	20 fev., p. 1	XV
33	10 set., p. 1	XXVII	33	22 fev., p. 1	XV
34	11 set., p. 1	XXVIII	34	25 fev., p. 1, 2	XV
		XXVIII	35	26 fev., p. 1	XVI
			36	27 fev., p. 1, 2	XVI
			37	1º mar., 1	XVI
			38	2 mar., p. 1, 2	XVII

Tabela 1.2 (continuação) Publicação de *A mão e a luva*, *Helena* e *Iaiá Garcia* em folhetins.

19   Os fascículos não são numerados em *O Cruzeiro*.

SALVADOR MENDONÇA: OUTRO FOLHETINISTA CONFESSO

É interessante constatarmos que, no prefácio à primeira edição de *Marabá*, Salvador de Mendonça faz uma confissão muito semelhante à de Machado. Como vimos, *Marabá* também havia sido publicado no folhetim do *Globo* em seis colunas e depois no formato *in-8º* na coleção "Biblioteca do Globo":

> Embora delineado há três anos, foi o presente livro escrito quase à proporção que ia aparecendo no *Globo* em folhetins. Não se diz isto só no intuito de atenuar as faltas do autor, que é ele o primeiro a i-las conhecendo; mas principalmente por amor da arte e culto do belo que certo requeriam trabalho mais assentado. Enquanto os pensamentos, vestidos como Deus queria e o permitiam os recursos paternos, enfileiravam-se amparados uns com os outros nas colunas do jornal, onde sem voltar a página o leitor enfastiado tinha meio de seguir apenas o entrecho, ainda o peso da responsabilidade era minorado pela certeza da existência fugaz de qualquer produção estampada nas folhas diárias.
>
> Mas nos dias em que se tratou de reunir sob a forma de livro os capítulos dispersos, e reuni-los sem o tempo indispensável para modificá-los, ou pelo menos desbastar-lhes as asperezas, dar neste ponto mais luz, naquele mais sombra, comunicando ao todo mais harmonia e remediando os senões que afeiam uma obra que aspira aos foros de obra de arte, cresceu o receio do autor, cujo maior consolo era até hoje nada ter publicado sob esta forma de livro[20].

---

20 "Ao leitor", *Marabá* (Rio de Janeiro: Editores Gomes de Oliveira & Cia, Tipografia do Globo, 1875), p. V.

Machado de Assis e Salvador de Mendonça podem não ter planejado as linhas gerais dos seus romances com vistas à publicação em folhetins. No entanto, *A mão e a luva* e *Marabá* acabaram sendo escritos sob a pressão da publicação diária e da divisão da matéria narrativa em fascículos. Uma das consequências disso é que no texto de Machado, como vimos, há uma correspondência muito próxima entre a subdivisão externa em fascículos e a subdivisão interna em capítulos. Percebemos que estamos aqui na fronteira entre o código bibliográfico e o linguístico, sem podermos saber exatamente onde fica traçada a linha da divisa. Isso porque a organização de um romance em capítulos pode se refletir no padrão e técnica narrativos.

EM *HELENA*

Agora vejamos o caso de *Helena*. Vimos anteriormente que, apesar de a primeira edição em livro ter sido impressa na tipografia do jornal *O Globo*, a sua editora era a B. L. Garnier. Vimos também que a publicação do volume estava prevista em contrato muito antes de se iniciar a serialização do romance. Isso comprova que Machado concebera esse romance já pensando na sua publicação em livro e também sugere que ele possa ter começado a escrita muito antes do início da publicação dos folhetins. É o que a relação entre o número de capítulos e dos fascículos confirma. *Helena* foi publicado em 34 fascículos, mas possui somente 28 capítulos, o que significa que a divisão interna do texto se afastou um pouco da divisão externa imposta pela publicação seriada (ver tabela 1.2). Os capítulos 6, 16, 21, 24, 25 e 28 ocupam dois fascículos. O capítulo 11 e o início do 12, por exemplo, foram publicados juntos.

Isso não impede, no entanto, que o romance apresente características da literatura popular para agradar ao assinante do jornal. Na própria introdução à edição crítica do romance, fica escrito que

> até certa altura, quando Estácio entra a duvidar da virtude de Helena, sua suposta meio-irmã, tida como fruto de um dos amores extraconjugais de seu pai, o Conselheiro Vale, o romance é sereno e contido. Se a história tem fundo romântico,

Machado já a tempera, aí, com uns laivos de sátira que viria a identificar a grande obra ficcional de sua maturidade (*Helena*, p. 12-13).

Porém, a partir do "instante em que a alma de Estácio, enamorado de Helena sem o saber, enche-se de suspeitas, o romance envereda pela linha do melodrama" (*Helena*, p. 13). É provável que o romance possua esse aspecto híbrido porque sua escrita foi infiltrada de características do folhetim à medida que a publicação avançava. Na fortuna crítica de *Helena*, como resenha Hélio de Seixas Guimarães, essa carga sentimental e melodramática não passou despercebida, o que, para os críticos, é uma característica depreciativa, em desacordo com a produção madura de Machado[21]. Guimarães aponta, no entanto, que

> o recurso ao melodrama não pode ser explicado como acidente ou desvio de rota, nem como ato involuntário de um escritor imaturo. Pelo contrário, trata-se de um registro não apenas reivindicado pelo público leitor contemporâneo como buscado pelo escritor, que o utiliza como estratégia para atingir o público leitor de folhetim, espaço para o qual a narrativa originalmente se destinava e passava a dividir com textos seriados de autores como Ponson de Terrail e Xavier de Montépin[22].

Desta forma, ao ser escrito para figurar no espaço do folhetim, formato importado da França, o romance de Machado é infiltrado por características dessa ficção também importada. A falha em *Helena* é interpretada por Guimarães antes como "a inviabilidade da aplicação de procedimentos das narrativas populares europeias ao romance brasileiro", porque, em primeiro lugar, os valores burgueses, urbanos e democráticos que o melodrama e a ficção popular inglesa e francesa defendiam não vigoravam

---

21 Ver Guimarães, 2004, o capítulo "*Helena e Iaiá Garcia*: em busca do leitor popular", p. 149-170. Para uma revisão da fortuna crítica de *Helena*, ver principalmente o subitem "O melodrama em *Helena*", p. 158-162.

22 Guimarães, p. 161.

no Brasil, o que Machado posteriormente corrigiria na fase madura. Em segundo, porque, segundo o crítico, no Brasil não haveria um público suficientemente numeroso para sustentar uma ficção popular.

Sobre esse segundo ponto é necessário maior investigação, já que se somarmos a tiragem do *Globo* durante a publicação de *Helena* com a tiragem da primeira edição em livro, chegamos a 10.800 exemplares. Seria preciso investigar se esse número é realmente muito inferior às tiragens francesas de Ponson du Terrail, por exemplo. Mesmo sendo inferior, parece-me, no entanto, indicar que as condições de disseminação e consumo do romance foram muito favoráveis. Dentro das limitações de uma sociedade como a brasileira, em sua maioria analfabeta na época, essas condições (aliadas às características literárias intrínsecas) puderam garantir popularidade ao romance entre o leitor contemporâneo[23]. É o que o testemunho de Gilberto Freyre, citado por Guimarães, confirma:

> Segundo Gilberto Freyre, a protagonista teria inspirado muitas mães, nos últimos decênios do Império e primeiros anos da República, a batizarem suas filhas com o nome da infeliz personagem, o que é um grande feito no Brasil onde, à exceção de Iracema, Peri e Ceci, poucas personagens literárias do século XIX foram integradas ao imaginário popular[24].

Quando tratamos dos leitores dos romances de Machado publicados nos dois formatos, não podemos deixar de levar em conta que a tiragem dos periódicos era muito mais alta do que a das primeiras edições. Dessa forma, é muito provável que os cinco romances aqui em questão tenham alcançado um número maior de leitores contemporâneos quando saíram em folhetins. Além disso, é muito mais provável que eles tenham

---

[23] De acordo com o recenseamento do Império realizado em 1876, assunto de uma crônica de Machado, 70% da população não sabia ler: "A nação não sabe ler. Há só 30% dos indivíduos residentes neste país que podem ler; desses, uns 9% não leem letra de mão. 70% jazem em profunda ignorância." ("História de 15 dias", 1º de agosto de 1876, *Obra Completa*, 3 volumes, Rio de Janeiro: Editora Nova Aguilar, 1992, v. 3, p. 345).

[24] Guimarães, p. 157.

sido mais populares no século XIX do que os três últimos romances do autor: *Dom Casmurro, Esaú e Jacob* e *Memorial de Aires*, publicados somente em volume.

O contrato de *Helena* também previa que a narrativa ganharia o mesmo formato de outros volumes de obras de Machado já editados por B. L. Garnier. Na coleção "Biblioteca Universal" já se encontravam *Americanas, Histórias da meia-noite*, além de obras de vários outros escritores brasileiros (José de Alencar, Moreira de Azevedo, Visconde de Taunay, Bernardo Guimarães e Joaquim Manuel Macedo) e de autores estrangeiros em tradução para o português (Julio Verne, Teofilo Gautier, V. Viamont e George Sand, por exemplo).

EM *IAIÁ GARCIA*

Passamos, assim, de *A mão e a luva*, romance escrito para o formato folhetim, para *Helena*, cuja organização capitular já não mais corresponde aos fascículos de publicação diária. *Iaiá Garcia*, o terceiro romance publicado por Machado na imprensa, sairia ainda em folhetins, mas tudo indica que todo o texto tenha sido escrito antes mesmo do início da serialização. Em primeiro lugar, tanto na publicação original, no *Cruzeiro*, como na primeira edição em volume, o romance é datado de setembro de 1877. Em segundo, Machado já escreveu *Iaiá Garcia* sem se prender aos limites fixos da seção do jornal. Uma consequência disso é que os capítulos, com exceção do quinto e do oitavo, não cabem mais no espaço destinado ao folhetim no rodapé da primeira página do jornal. Antes, é o espaço do folhetim que varia de tamanho segundo as necessidades de corte da narrativa. Muitos fascículos do romance se estendem até o rodapé da segunda página (ver tabela 1.2).

Subimos com *Iaiá Garcia* mais um degrau na escalada que afasta Machado do método de composição folhetinesco. Pelo menos no que diz respeito à correspondência entre o número (e tamanho) dos fascículos e capítulos, nada sugere que nesse aspecto a escrita de *Iaiá Garcia* tenha sido condicionada pelo modo de publicação periódica. Segundo Guimarães, há mesmo "um forte recuo na utilização dessas estratégias de apelo e aliciamento do leitor", embora "os esquemas melodramáticos e a atmosfera sentimental" continuem ainda em operação[25].

---

25 Guimarães, p. 163.

EM *BRÁS CUBAS*

Seguindo essa trajetória, com *Brás Cubas* Machado de Assis dá um grande salto porque não há mais correspondência entre os capítulos e os fascículos. Isso não significa, no entanto, que *Brás Cubas* não tenha se adequado à serialização numa revista quinzenal. São duas as razões por que o primeiro romance da fase madura de Machado talvez tenha se adaptado muito bem ao modo de publicação em fatias. A primeira razão – bibliográfica – reside na própria natureza do periódico. A *Revista Brasileira* se ocupava essencialmente da literatura, da ciência e do movimento cultural do país. Os fascículos eram publicados num formato muito próximo ao do livro e traziam longos artigos que se estendiam, como o romance de Machado, por vários números da revista. Os textos eram impressos em corpo 10 pequeno e cada página completa possuía uma coluna de 37 linhas, o que dá o predomínio vertical na mancha. Em cada número quinzenal, o romance era iniciado em página ímpar, com abertura de branco amplo, permitindo que os leitores viessem a encadernar o romance num único volume.

Tomo	Data de publicação	Páginas	Capítulos
	Primeiro Ano		
3	15 mar. 1880	353-372	1 – 9
4	1º abr. 1880	5-20	10 – 14
	15 abr. 1880	95-114	15 – 23
	1º maio 1880	165-176	24 – 29
	15 maio 1880	233-242	30 – 35
	1º jun. 1880	295-305	36 – 43
	Segundo Ano		
5	1º jul. 1880	5-20	44 – 53
	15 jul. 1880	125-138	54 – 63
	1º ago. 1880	195-210	63 – 71
	15 ago. 1880	253-272	72 – 84
	1º set. 1880	391-401	85 – 91
	15 set. 1880	451-462	92 – 100
6	1º out. 1880	5-17	101 – 110
	15 out. 1880	89-107	111 – 124

Tabela 1.3 *Memórias Póstumas de Brás Cubas* na *Revista Brasileira*. (Continua)

1º nov. 1880	193-207	125 – 139
1º dez. 1880	357-370	140 – 151
15 dez. 1880	430-439	152 – 162

Tabela 1.3 (Continuação) *Memórias Póstumas de Brás Cubas* na *Revista Brasileira*.

Para a impressão da primeira edição em livro, o único ajuste necessário ao formato *in-8º* foi a redução do comprimento da mancha, que passou a ter 30 linhas. Além disso, no livro, todos os capítulos abrem página, par ou ímpar, o que possibilita a leitura isolada de cada capítulo como se fosse independente. A composição da página reforça, assim, uma característica da própria estrutura narrativa do texto. Estamos agora entrando na segunda razão – sobretudo linguística – por que esse romance coube bem no formato de publicação em fascículos. O seu caráter anedótico faz com que vários capítulos tenham uma unidade intrínseca, mesmo quando lidos individualmente. Comparando a estrutura narrativa de *Dom Casmurro* e *Brás Cubas*, John Gledson já havia chamado a atenção para a adequação do último à publicação seriada:

> (*Brás Cubas*) se divide em episódios, anedotas etc., que, na maioria das vezes, são autossuficientes e, com frequência, lembrados por si mesmo – «O almocreve» (capítulo 21) é o exemplo mais famoso, mas o livro inteiro é construído desse modo. Onde as personagens do princípio aparecem no fim – como é o caso de Marcela e Eugênia, por exemplo –, esse reaparecimento é igualmente episódico e a moral bem evidente. Memórias Póstumas de Brás Cubas foi originalmente publicado em fascículos e, tivesse sido ou não escrito como um seriado, o fato é que se adapta a essa forma.
>
> [(*Brás Cubas*) is divided into episodes, anecdotes etc. which are to a great extent self-sufficient and are often remembered on their own account – the "almocreve" (Ch. 21) is the most famous example, but the whole book is constructed in this fashion. Where characters from the beginning of the book reappear at the end – as do Marcela and Eugênia, for instance – the reappearance

is again episodic and the moral clear enough. Originally it was published as a serial, and whether or not it was written as one, it suits that form.]²⁶

É certo que *Memórias póstumas de Brás Cubas* inaugura o que via de regra se chama a fase de maturidade da obra de Machado, tais as mudanças que revela na ironia e técnica narrativa. Esse romance mantém ao mesmo tempo, no entanto, um parentesco muito próximo com formas narrativas que se adaptaram muito bem à publicação periódica, o romance de formação e a crônica, por exemplo. Por um lado, como *David Copperfield* e *Great Expectations*, de Charles Dickens, *Brás Cubas* traça o desenvolvimento espiritual, moral e social do protagonista, mesmo sendo o narrador um defunto e tendo este optado por começar pelo final²⁷. Nesse sentido, é uma paródia ao romance de formação. A partir do capítulo 10, a progressão temporal da narrativa é, no entanto, linear, levando-nos da infância à morte do protagonista. Por outro lado, Machado infiltrou no texto o modo ligeiro de narrar e a habilidade do cronista de puxar um assunto do outro e de falar de tudo ao mesmo tempo, intercalando aos episódios vividos pelo narrador uma série de comentários. Isso foi possível porque Machado era um cronista experiente e tinha plena consciência de que estava escrevendo um romance no estilo zigue-zagueante de Tristan Shandy.

A PARTICIPAÇÃO DO AUTOR NA COMPOSIÇÃO DO LIVRO

A verdade é que toda essa estratégia comercial utilizada pelo *Globo*, pelo *Cruzeiro* e mesmo na reimpressão de *Brás Cubas* para acelerar e baratear o custo da produção limitou a participação do escritor no

---

26   John Gledson, *The Deceptive Realism of Machado de Assis* (Liverpool: Francis Cairns, 1984), p. 22.

27   *David Copperfield* foi publicado em dezenove fascículos mensais de 1º de maio de 1849 a 1º de novembro de 1850 por Bradbury and Evans, Reino Unido. *Great Expectations* foi publicado de forma seriada em *All the Year Round* de dezembro de 1860 a agosto de 1861.

processo de composição do livro. Compreendemos então que, quando pensamos que os textos de *A mão e a luva, Helena, Iaiá Garcia* e de *Brás Cubas* já se encontravam praticamente definidos no formato seriado, isso se dá em boa parte em virtude da rigidez da composição tipográfica. Machado pôde apenas fazer algumas pequenas alterações, o que não implica, no entanto, que elas não sejam significativas. É o caso da epígrafe de *Brás Cubas* na *Revista Brasileira,* que foi eliminada em todas as edições em livro. Trata-se dos versos de *As You Like It*, de Shakespeare, ato III, cena II: "I will chide no breather in the world but myself; against whom I know most faults", traduzidos pelo romancista como "Não é meu intento criticar nenhum fôlego vivo, mas a mim somente, em que descubro muitos senões"[28]. Guimarães analisa de forma muito correta que essa epígrafe é

> indicativa do caráter autocrítico que Roberto Schwarz estuda nesse romance em que os vícios da classe dominante, magnificamente eufemizados na tradução como senões, são expostos e ridicularizados a partir de dentro, por um dos seus membros[29].

Machado substitui a epígrafe pela dedicatória "Ao verme que primeiro roeu as frias carnes do meu cadáver, dedico como saudosa lembrança estas memórias póstumas"[30]. Ele torna, dessa forma, menos explícito o caráter autocrítico do romance, para o qual a epígrafe chamava a atenção e, ao mesmo tempo, acentua, com a nova dedicatória, a agressividade que vai reinar durante toda a narrativa no tratamento dado ao leitor pelo narrador.

Do ponto de vista bibliográfico, essa exclusão é uma mudança periférica, pela posição que a epígrafe ocupa na matriz tipográfica. Os tipos que a compõem podem ser facilmente removidos, quando a forma tipográfica é afrouxada. Machado também corrige erros tipográficos (ortografia, pontuação, sintaxe) identificados no ato da leitura do folhetim ou

---

28   *Memórias póstumas de Brás Cubas*, p. 111.

29   Guimarães, p. 185.

30   *Memórias póstumas de Brás Cubas*, p. 105.

da revisão das provas; e substitui palavras ou divide, reformula, acrescenta ou suprime parágrafos, no final de *Helena*, por exemplo. Todas essas mudanças não inviabilizaram, no entanto, o reaproveitamento da composição tipográfica do folhetim. Voltando mais uma vez à advertência de *A mão e a luva*: o trabalho e os custos que uma nova composição tipográfica trariam para a editora talvez tenham impedido que o escritor, na passagem de um formato para outro, reescrevesse todo o texto usando um método mais habitual. Esses quatro romances foram transmitidos para o formato de livro mantendo, em geral, a mesma sequência línguística e de tipos do folhetim.

QUINCAS BORBA QUEBRANDO O CICLO

Isso não acontece, no entanto, com *Quincas Borba*, romance que fecha o ciclo da produção romanesca machadiana vinculada à imprensa periódica. O texto de *Quincas Borba,* publicado ao longo de cinco anos nas páginas da "Parte Literária" de *A Estação,* foi profundamente reescrito desde o primeiro capítulo. Machado não somente eliminou ou acrescentou trechos e capítulos inteiros, mas também reformulou frases e inverteu a sequência cronológica de eventos, tornando impossível o reaproveitamento da matriz tipográfica do periódico para a composição do livro.

É sintomático que *Quincas Borba* seja não só a obra que encerra o ciclo da produção romanesca de Machado vinculada à publicação periódica, mas também a que sofreu o maior número de alterações para a edição em livro. Tudo nos leva a crer que esse romance seja, como já mencionado na introdução deste livro, um divisor de águas, não como *Brás Cubas,* que marca a passagem da primeira para a segunda fase da obra do escritor, mas entre um modo de escrita e publicação vinculado ao folhetim e outro ao livro. É o que investigaremos ao longo deste estudo.

No próximo capítulo, trataremos antes, no entanto, da relação temática entre o romance e a revista, da maneira como o romance incorpora, absorve, transforma e ironiza as principais linhas temáticas da revista: a sua inclinação imperial e a moda como sinal exterior de ascensão social.

Para fechar este capítulo, chamo a atenção para o fato de que as edições eletrônicas ou em suporte de papel de obras de Machado disponíveis ao grande público atualmente não transmitem, via de regra, as características bibliográficas das primeiras edições. No entanto, mesmo que o leitor moderno não seja informado da correspondência quase perfeita entre os capítulos e os fascículos de *A mão e a luva*, ele não é impedido de perceber que o tamanho dos capítulos é geralmente muito regular, sem saber, no entanto, a sua verdadeira causa: o espaço destinado ao folhetim era de regra o rodapé da primeira página do jornal.

Desta forma, estudar os aspectos bibliográficos do jornal e das primeiras edições de Machado de Assis não é fruto do fetiche do pesquisador por papéis velhos e obras raras e nem traz informações importantes somente para colecionadores ou bibliotecas especializadas. Para um escritor como Machado, muito discreto tanto em relação à sua vida privada quanto aos trabalhos que se encontravam em preparo e que, além do mais, deixou-nos poucos manuscritos, os contratos, os prefácios, as advertências, os periódicos com que colaborou e as primeiras edições assumem um papel muito importante se o nosso objetivo é chegar mais perto do processo criativo de sua obra. Afinal de contas, como escreve Machado na advertência à terceira edição de *A mão e a luva*, de 1907:

> Os trinta anos decorridos do aparecimento desta novela à reimpressão que ora se faz parece que explicam as diferenças de composição e de maneira do autor. Se este não lhe daria agora a mesma feição, é certo que lha deu outrora, e, ao cabo, tudo pode servir a definir a mesma pessoa.

CAPÍTULO

Quincas Borba e o caderno de moda de A Estação

O objetivo dos dois próximos capítulos deste estudo é investigar a relação temática de *Quincas Borba* e a revista *A Estação* (1870-1904). Levanto a hipótese de que Machado de Assis efetua um ajuste entre o conteúdo do romance e a inclinação editorial da revista. Veremos que a presença em *Quincas Borba* da temática da ascensão social se fundamenta no fato de *A Estação* ser uma revista de moda. Além disso, a megalomania imperial, ou seja, o contorno dado por Machado à loucura de Rubião, encontra ecos na vocação aristocrática e imperial da revista. O romance e a revista compartilham, assim, dos mesmos temas. No entanto, Machado os trata de forma muito pouco condescendente. Como veremos, o efeito produzido pelo romancista é na verdade irônico.

Apresento, desta forma, uma explicação que dá maior peso, embora não exclusivo, a um aspecto da composição de *Quincas Borba* até agora pouco explorado, mas não totalmente desconhecido da crítica. Na verdade, parto da hipótese levantada por Marlyse Meyer de que a própria revista em que Machado publicou *Quincas Borba* teria desempenhado papel importante na construção imaginária do romance. Nas palavras da maior estudiosa do folhetim no Brasil, qual teria sido o peso das exigências editoriais "na composição e escrita de textos que a peculiar contingência de publicação periódica obrigava a seriar, a fragmentar, portanto?"[1]. O artigo de Marlyse Meyer nos instiga à investigação do embate entre o processo de composição de *Quincas Borba* e a necessidade editorial da divisão em fascículos. Meyer sugere que o romance, "trabalho picotado, de operário das letras", seja um texto audacioso, por ter se adequado às necessidades da publicação periódica, sem, no entanto, ser servil às exigências editoriais[2].

Aspecto fundamental do trabalho de Machado sobre o seu próprio texto, a experimentação por parte do autor de formas e recursos narrativos não é, no entanto, o assunto dos capítulos 2 e 3. Preocupo-me, neste momento, com uma questão anterior, ou seja, com a possibilidade de ter havido algum tipo de conjunção entre a orientação editorial da revista e a produção criativa do romance. Eu gostaria, na verdade, de levar a hipótese de Marlyse Meyer ainda mais adiante e apostar que a própria revista tenha contribuído para a realização dos objetivos realistas do autor. Lembrando-nos das palavras de Gledson, o realismo de *Quincas Borba* é, ao mesmo tempo, social (a representação de uma sociedade em transformação) e político (uma interpretação para a crise política do Império)[3]. A partir do estudo da intertextualidade entre o romance e a revista, a primeira parte deste livro traz, dessa forma, um elemento novo para a compreensão de como Machado levou a cabo seus objetivos realistas. Além disso, mostra que o escritor tinha um profundo conhecimento do seu público e do periódico para o qual escrevia. Ele explorou os temas disseminados pela revista e as aspirações sociais do assinante para escrever ficção e, ao mesmo tempo, produzir ironia.

1   Meyer, 1993, p. 74.

2   Meyer, 1993, p. 100.

3   Gledson, 2003, p. 127.

TIRAGEM DA REVISTA E NÚMERO DE LEITORES DO ROMANCE

Ao publicar *Quincas Borba* em *A Estação*, Machado fornecia entretenimento aos assinantes da revista, seu primeiro destinatário. Como foi escrito na introdução deste livro, o folhetim havia, provavelmente, percorrido os lares de 10 mil assinantes antes de ser amplamente revisado e acolhido em formato de livro. Como vimos, essa é a tiragem reivindicada pelos editores no número de 15 de março de 1882. Eles frequentemente reclamavam do mau hábito dos assinantes de emprestarem suas revistas, o que representava prejuízo para Lombaerts. É o que fica registrado também nesta resposta a uma devota leitora da Bahia:

> Se todos fossem como V. Ex., *A Estação* poderia estar mais perfeita, pois os próprios assinantes aproveitam o progresso que vai tendo o jornal. O que tem demorado a marcha progressiva da nossa folha é não ser cada leitor assinante. É, infelizmente, muito maior o número dos que aproveitam-se do jornal sem o pagar do que dos que o assinam (*A Estação*, 29 de fevereiro de 1888).

A nota anterior atesta não somente que o número efetivo de leitores era maior do que o número de assinaturas, mas também que *A Estação* foi uma publicação de sucesso. Na seção de correspondências, encontramos, por exemplo, a informação de que números anteriores se encontravam esgotados. É possível que as leitoras, cujas cartas infelizmente não eram transcritas no corpo da revista, quisessem adquiri-los, mas seus pedidos provavelmente não eram atendidos: "Campos – Não é possível, pois esgotou-se totalmente a edição de todos os números desde julho" (*A Estação*, 15 de março de 1891). Vimos anteriormente uma leitora da Bahia, agora uma de Campos, e veremos mais adiante uma de Sorocaba, Recreio e Coxim, no Mato Grosso do

Sul! *A Estação* não restringia sua circulação aos limites da capital do Império. Ainda circulava em Minas, São Paulo, Campinas e em cidades localizadas no extremo norte ou sul do país, em Belém, Manaus e Porto Alegre, por exemplo. São leitoras que provavelmente só tiveram acesso ao romance na composição textual e material da revista, principalmente porque a tiragem desta era muito maior do que os mil exemplares da primeira edição em volume[4]. Na verdade, podemos, inclusive, supor que a leitura do romance em folhetins tenha subsistido nessas localidades mais longínquas por alguns anos depois da publicação da primeira edição. Era o próprio Lombaerts quem incentivava os assinantes a colecionarem a "Parte Literária" de *A Estação*, o que certamente prolongava em alguns anos a sobrevida das páginas em que *Quincas Borba* foi originalmente publicado:

> Estes suplementos reunidos no fim do ano formarão um álbum recreativo, que a par de lindas gravuras, constituirá uma escolha de artigos, sobre o nosso mundo elegante, obras literárias dos nossos mais festejados escritores, conselhos econômicos, artigos humorísticos (*A Estação*, 31 de março de 1879).

Quer tenha sido feita em folhetins quinzenais, quer na coleção de suplementos reunidos, a leitura de *Quincas Borba* se deu originalmente no contexto descrito na citação anterior: flutuava de uma rubrica a outra, sobrevoando ainda os anúncios comerciais ou se detendo mais demoradamente nas belíssimas gravuras. Um aspecto interessante e ainda não explorado de *A Estação* (no qual os capítulos 2 e 3 deste livro tocam tangencialmente) é essa combinação entre texto e imagem, a qual produziu um periódico ao mesmo tempo instrutivo e de entretenimento. Para o

---

4   "Joaquim Maria Machado de Assis vende a B. L. Garnier a 1ª edição constando de (1000) mil exemplares, já impressos de sua novela intitulada *Quincas Borba*, pela quantia de seiscentos mil réis, obrigando-se o mesmo a não reimprimir nova edição sem estar esgotada esta primeira. / Em fé do que passaram dois contratos de igual teor por ambos assinados. / Capital Federal, 17 de Outubro de 1981." *Exposição Comemorativa do Sexagésimo Aniversário do Falecimento de Joaquim Maria Machado de Assis*, p. 183.

leitor do folhetim, os outros elementos textuais e pictóricos entravam em direta intertextualidade com os fascículos do romance, o que não acontece, no entanto, na leitura do romance em volume.

Dessa forma, os efeitos produzidos pela leitura do folhetim e do livro são diferentes não somente por causa das alterações textuais. O tempo estendido da publicação e o seu contexto material também se fazem sentir no ato da leitura. É o que subentendemos da nota escrita por Artur Azevedo, na sua coluna em *A Estação*, para divulgar o lançamento de *Quincas Borba* em volume:

> Depois das *Aleluias,* de Raimundo Correa, formoso livro que tem passado completamente despercebido, tivemos o *Quincas Borba*, de Machado de Assis. As leitoras conhecem o romance, que durante muito tempo foi publicado nas colunas da *Estação*; mas essa leitura dosimétrica naturalmente pouco aproveitou, e eu recomendo-lhes que o leiam de novo no volume editado pelo Sr. B. L. Garnier ("Croniqueta", *A Estação,* 31 de janeiro 1892).

Artur Azevedo está escrevendo especificamente para os assinantes de *A Estação,* leitores potenciais da versão seriada de *Quincas Borba*. Seu primeiro objetivo é, sem dúvida, promover comercialmente o livro. Mas o cronista também chama a atenção para o fato de que, mesmo que eles já tenham lido o romance no formato seriado, isso não significa que o livro viria a oferecer a mesma experiência de leitura. Eu não diria, como Artur Azevedo, que a leitura do folhetim foi pouco proveitosa. Entretanto, o envolvimento do leitor com um texto seriado durante um período de tempo tão estendido foi provavelmente muito diferente do envolvimento do leitor com o livro, sendo este capaz de ser lido em apenas alguns dias ou semanas.

Além disso, nem tudo mudou de uma versão para a outra. E para compreendermos o que mudou, é preciso identificar as características intrínsecas à versão folhetinesca que foram conservadas na versão definitiva do romance. Como veremos no capítulo 4 deste livro, Machado conseguiu abrandar na reescrita, entre outras coisas, o episódico e o melodramático, tão característicos do folhetim. Porém, a forte ligação entre a temática do romance e a orientação editorial da revista se manteve de uma versão para outra. Isso porque Machado não desistiu de suas intenções realistas sociais e políticas, mesmo que, no caso desta última, o romancista tenha chegado ao resultado almejado somente na segunda versão.

Somente conhecendo a história de *A Estação* é que essa ligação pode ser melhor compreendida. Sendo assim, precisamos efetuar um desvio no nosso percurso, porque se faz necessário aqui um estudo da natureza da revista em si e do seu conceito editorial subjacente.

A ESTAÇÃO, ALIÁS *DIE MODENWELT*, UM EMPREENDIMENTO INTERNACIONAL

A Estação seguia de muito próximo o conceito editorial da matriz alemã, das revistas *Die Modenwelt* e *Illustrirte Frauen-Zeitung*, da editora Lipperheide. Nesses dois periódicos, encontramos a fórmula utilizada por Lombaerts de conjugar uma revista de moda, de público predominantemente feminino, a um periódico literário e ilustrado, direcionado para toda a família, como o nome completo da publicação brasileira já antecipava: *A Estação, Jornal Ilustrado para a Família*.

Precisamos, então, nos afastar temporariamente do Rio de Janeiro e recuar ainda mais no tempo para recuperarmos a história desses dois periódicos de Berlim e explicitarmos os fatores culturais e comerciais que unem a revista brasileira às alemãs. É quando estaremos em melhores condições para investigar de que forma se deu a transferência do conceito editorial alemão para o Brasil, o qual se dissemina pelos textos dos colaboradores brasileiros, inclusive por *Quincas Borba*. Não devemos deixar de mencionar que a história de *A Estação* é, até agora, pouco conhecida no Brasil. Mesmo na Alemanha, o empreendimento editorial de Lipperheide foi muito pouco estudado, como constata Adelheid Rasche, em *Frieda Lipperheide: 1840-1896*[5].

FONTES PRIMÁRIAS DA PESQUISA

Entre os vários livros em alemão que encontramos na biblioteca de Machado de Assis, um em especial nos ajuda a reconstruir a história da revista *A Estação: Zum fünfundzwanzigjährigen Bestehen der Modenwelt 1865-1890* [*Edição comemorativa dos 25 anos de existência de Die Modenwelt*][6]. Como o próprio título indica, trata-se da edição comemorativa dos 25 anos de existência da revista ilustrada *Die Modenwelt. Illustrirte Zeitung für Toilette und Handarbeiten* [*O Mundo da Moda. Jornal Ilustrado de Toalete e Trabalhos Manuais*], publicada por Franz Lipperheide. Machado provavelmente o obteve na própria tipografia Lombaerts, responsável não só pela impressão e distribuição de *A Estação*, mas também pela comercialização no Rio de Janeiro (se não em todo o Brasil) da própria revista *Die Modenwelt* e de suas outras edições estrangeiras.

A minha pesquisa sobre a história conjunta de *A Estação* e *Die Modenwelt* deve muito às informações contidas nesse livro e à consulta das revistas em si, em bibliotecas e arquivos no Brasil, Alemanha, Inglaterra e Suíça[7]. É verdade que este trabalho ganharia

---

5 Adelheid Rasche, *Frieda Lipperheide: 1840-1896* (Berlin: SMPK, Kunstbibliothek, 1999), p. 84.

6 *Zum jünfundzwanzigjähringen Bestehen der Modenwelt 1865-1890* (Berlim: Editora Lipperheide, 1890).

7 Estes foram os periódicos consultados, seguidos dos anos escolhidos como amostra: 1. na Biblioteca de Arte, Berlim: *Die Modenwelt*, Berlim (1865-1867, 1886-1891); *Illustrirte Frauen-Zeitung*, Berlim (1874, 1886-1891); *La Estagione*, Milão (1892); *La Saison*, Paris (1868-1873); *Les Modes de la Saison*, Paris (1881-1885); *The Young Ladies' Journal*, Londres (1874); *La Estación*, Madri e Buenos Aires, 1886; 2. Na Biblioteca Nacional do Rio de Janeiro, Instituto Histórico e Geográfico de São Paulo, Livraria A Sereia, Biblioteca José Mindlin (ambos em São Paulo), e CECULT, Campinas: *A Estação*, Rio/Porto, (1879-1904); 3. na Biblioteca Nacional Suíça: *La Saison*, Paris (1887-1891); 4. na British Library:

muito com a investigação da natureza das relações comerciais existentes entre Lipperheide e os editores das diferentes versões de *Die Modenwelt*, a partir de contratos, da correspondência comercial trocada entre os editores locais e a matriz alemã. Infelizmente não foi possível localizar esse tipo de documentação, nem no Brasil nem na Alemanha.

Talvez o caso das editoras Lipperheide e Lombaerts não seja muito diferente da maior parte dos editores no mundo, os quais, explica Robert Darnton, "tratavam seus arquivos como lixo" ["treat their archives as garbage"][8]. De fato, não se sabe com certeza se a destruição dos arquivos comerciais coincide com o fim da carreira editorial de Lipperheide, que vendeu a editora no início do século XX, ou com a Segunda Guerra Mundial. A sede da editora se situava no centro de Berlim, na Potsdamer Strasse, rua que foi parcialmente destruída durante a guerra. A fachada de uma das casas que a editora ocupou ainda existe até hoje (n° 96, na época n° 38), com o seu interior totalmente restaurado.

Em qualquer um dos dois casos, os arquivos de Lipperheide aparentemente não sobreviveram. Atualmente, a Kostümbibliothek [Biblioteca de Arte] de Berlim detém, além de uma coleção dos periódicos publicados por Franz e Frieda Lippherheide, a sua coleção particular composta pelos livros, pinturas, gravuras, desenhos, amostras de tecidos e fotografias adquiridos pelo casal com os lucros da editora[9]. Do lado brasileiro, a pesquisa ainda está por ser feita. Laurence Hallewell afirma que a empresa Lombaerts foi comprada por Francisco Alves e que o seu prédio, na rua dos Ourives, 17, foi demolido em 1904, ano em que o periódico deixou de existir, para dar abertura à atual Avenida Rio Branco[10]. Será que os arquivos comerciais de Lombaerts também se perderam nas obras de modernização da cidade do Rio de Janeiro?

The Season, London, (1886); *The Young Ladies' Journal*, London, British Library (1864, 1886-1891).

8   Robert Darnton, "What is the History of Books?", *The Kiss of Lamourette* (London: Faber and Faber, 1990), p. 127.

9   Essa coleção foi doada à cidade de Berlim antes mesmo da morte do casal: Franz Joseph Lipperheide (1838-1906) e Wilhelmine Amalie Friederike Lipperheide (1840-1896).

10 Hallewell, p. 113, 153.

A perda (ou não localização) dos arquivos certamente dificulta a pesquisa, porém não impossibilita a reconstituição parcial dessa história. A editora Lipperheide combinava a produção de periódicos centralizada em Berlim com uma série de colaborações com outras editoras na Europa e Américas. Seu objetivo era a divulgação da moda parisiense e de bens de consumo europeus pelo Ocidente. Para estudarmos a dimensão exata desse empreendimento internacional, teríamos, então, de realizar pesquisas em vários arquivos da Europa, América Latina e Estados Unidos, em busca do que sobreviveu dos vinte periódicos diferentes ligados a *Die Modenwelt*, publicados ao todo em treze línguas, entre eles *A Estação,* que circulou no Brasil entre 1879 e 1904.

Não pretendo aqui abranger todas as edições da revista nas treze línguas em que ela circulou, embora um dos meus objetivos seja entender o modelo empresarial de Lipperheide e das editoras associadas a *Die Monderwelt*.

DA FUNDAÇÃO À INTERNACIONALIZAÇÃO DA REVISTA

Fundada em outubro de 1865, o objetivo da revista *Die Modenwelt* era ensinar às donas de casa como fabricar vestimentas para toda a família, bordar e decorar suas casas. No começo, *Die Modenwelt* era essencialmente um jornal de moda, com quatro páginas ricamente ilustradas. Somente em 1874 é que Lipperheide lançou o caderno de entretenimento [*Unterhaltungsblatt*]. Trataremos neste capítulo do caderno de moda da revista, cujas gravuras, legendas explicativas e editorial eram reproduzidos depois de traduzidos nas suas edições estrangeiras, inclusive em *A Estação*.

A página do frontispício de *Die Modenwelt* trazia uma grande gravura de uma ou mais senhoras bem vestidas, que também poderiam vir acompanhadas de crianças. No fundo, a paisagem era de um parque, de um lago, do interior de uma casa ou ainda de um salão festivo. Conforme a posição em que as damas eram desenhadas – sempre de pé, mas ora de perfil, de costas ou de frente, o ilustrador explorava os detalhes da gola ou do decote, das mangas ou da calda do vestido. O editorial de moda ocupava as duas colunas exteriores da primeira página e versava sobre as tendências da indumentária da família na alternância das estações europeias. Além do mais, uma vez que o interesse do maior contingente de leitores – esposas e filhas – se concentrava predominantemente na educação familiar, *Die Modenwelt* era também um jornal de princípios, enfatizando, sobretudo, os valores morais da família. Em tom de conversa, a redatora Frieda Lipperheide também poderia trazer lições sobre a etiqueta de mesa e de salão. A palavra de ordem era a elegância discreta e sem extravagância:

> Não cabe à moda particularizar; cada mulher precisa escolher no meio da grande variedade disponível aquilo que é adequado às suas circunstâncias, à sua idade, à sua personalidade; com verdadeiro tato feminino ela precisa evitar o exagerado e impertinente; com bom-gosto na forma, cor e tecido, ela precisa distinguir o justo e conveniente e saber vestir-se de maneira correta.
>
> [Die Mode ist nicht verantwortlich für Das, was die Einzelne thut; jede Frau muß aus der Fülle des Vorhandenen wählen, was ihren Verhältnissen, ihrem Alter, ihrer Persönlichkeit angemessen ist; sie muß mit echt weiblichem Tact das Uebertriebene, das Ungehörige zu vermeinden, mit Geschmack in Form, Farbe und Stoff das Richtige, das Passende herauszufinden und auf die richtige Weise anzuwenden wissen[11].]

---

11 *Die Modenwelt*, 1º de setembro de 1870, citado por Adelheid Rasche, *Frieda Lipperheide, 1840-1896. Ein Leben für Textilkunst und Mode im 19. Jahrhundert* (Berlim: SMPK, 1999), p. 19.

Figura 2.1 *Die Mondenwelt*, Illustrirte Zeitung für Toilette und Handarbeiten, 1º de outubro de 1870. © Staaliche Museen zu Berlin. Kunstibibliothek. Photograph by Dietmar Katz, 2007. Sammlung Modebild-Lipperheidesche Kostümbibliothek, Berlim.

Figura 2.2 "Oficina de ferreiro", de Adolph von Menzel, *Illustrirte Frauen-Zeitung*, 1º de março de 1886, reproduzido *A Estação*, em 15 de agosto de 1886. ©Staaliche Museen zu Berlin. Kunstibibliothek. Sammlung Modebild-Lipperheidesche Kostümbibliothek, Berlim

Figura 2.3 "Cena de Mercado na Itália", de Adolph von Menzel, *Illustrirte Frauen-Zeitung*, 1º de março de 1886, reproduzido *A Estação*, em 15 de outubro de 1886. ©Staaliche Museen zu Berlin. Kunstibibliothek. Sammlung Modebild-Lipperheidesche Kostümbibliothek, Berlim

As páginas internas da revista traziam mais gravuras. A descrição de Marlyse Meyer para essa parte da revista brasileira *A Estação* se aplica muito bem a *Die Modenwelt*, uma vez que os cadernos de moda desses dois periódicos, como veremos com mais detalhe posteriormente, eram produzidos a partir da mesma matriz editorial. A grande variedade de artigos na citação a seguir nos mostra que não somente a vestimenta se submetia às mudanças periódicas, mas também os objetos de ornamentação em geral:

> vestidos, chapéus, toucas, mantéis, roupa de baixo, aventais de luxo, pelissas, saias, corpetes etc. etc. em matéria de indumentária feminina; e mais, peças de decoração, trabalhos de agulha, tamboretes, cache-pots, móveis diversos – todas as ilustrações com legendas explicativas externas, remetendo ao molde mensal, que também vem à parte[12].

Na verdade, a ideia de se publicar uma revista de moda parisiense não era na época nenhuma novidade. A autoridade cultural de Paris no comércio da moda já havia sido reconhecida muito anteriormente[13]. Na Alemanha, por exemplo, antes de *Die Modenwelt*, circulava a *Pariser Damenkleider-Magazin* (*Revista de Roupas Parisienses para Senhoras*), de Stuttgart. No Brasil, o *Correio das Modas*, com ilustrações e moldes impressos em Paris, era publicado pela editora Laemmert desde 1840.

O que parece ter sido novidade no empreendimento editorial de Lipperheide foi a criação de um formato padrão para a publicação de revistas de moda de circulação internacional nas diversas línguas

---

12 Meyer, 1993, p. 81.

13 Ver sobre o assunto Dulcilia Buitoni, *Mulher de papel* (São Paulo: Editora Loyola, 1981). No capítulo 2, "Origens da representação: século XIX", encontramos uma breve história da imprensa feminina e os nomes dos primeiros periódicos na Alemanha, Inglaterra, França e Brasil. Ver também Brian Braithwaite, *Women's Magazines* (London: Peter Owen, 1995), p. 9-28; e Evelyne Sullerot, *La Presse Féminine* (Paris: A. Colin, 1963), p. 5-13.

europeias existentes: um modelo editorial precursor das grandes revistas femininas atuais, como *Burda, Marie Claire* e *Vogue,* tão diferentes entre si. Como a *Pariser Damenkleider-Magazin, Die Modenwelt* propunha e defendia uma moda internacional de orientação francesa. Parece-me, no entanto, que o periódico de Lipperheide foi o primeiro a alcançar leitores em um número maior de países diferentes, tirando além do mais a supremacia do francês como língua mediadora.

O interesse de Lipperheide em expandir seus negócios por toda a Europa e também do outro lado do Atlântico poderia representar, em parte, uma necessidade econômica, já que o custo da produção de um jornal ilustrado era provavelmente muito alto. Afinal, de acordo com Robert Gross,

> o problema começou com Gutenberg. Sua engenhosa invenção, com suas peças intercambiáveis, foi o modelo da máquina moderna, dispendiosa de construir, de baixo custo para operar, exigindo produção em grande escala para compensar o grande investimento de capital. Na busca incessante de mercado, gerações sucessivas de editores levaram aos seus limites a lógica dinâmica da produção em massa.
>
> [the trouble started with Gutenberg. His ingenious invention, with its interchangeable parts, was the model of the modern machine, costly to build, inexpensive to operate, demanding large scales to compensate for the heavy capital investment. In the relentless quest for market, succeeding generations of publishers pushed the dynamic logic of mass production to its limits[14].]

O projeto de Lipperheide de criar um periódico de moda internacional se concretizou por meio do que podemos chamar de associações com outros periódicos já existentes: "Antes mesmo do lançamento do primeiro número, conexões foram estabelecidas com

---

14   Robert Gross, "Books, Nationalism, and History", *Papers of the Bibliographical Society of Canada* 36/2 (1998), 109.

editores estrangeiros, de forma que *Die Modenwelt* pôde aparecer desde o começo em três línguas"[15]. Os dois outros jornais foram o francês *L'Illustrateur des Dames*, de Paris, e o inglês *The Young Ladies' Journal*, de Londres. Até o final da década de 1880, o modelo jornalístico de *Die Modenwelt*, suas ilustrações e editorial de moda eram reproduzidos em treze línguas diferentes.

Começamos a perceber que a criação de um periódico brasileiro nos moldes da publicação alemã se inseriu num projeto comercial mais amplo. Precisamos, então, determinar onde e como se davam a produção e impressão das edições estrangeiras de *Die Modenwelt*. O próximo passo será a constituição de um panorama do conjunto das publicações que derivaram de *Die Modenwelt*. Então poderemos, finalmente, avaliar as opções feitas por Lombaerts para adequar seu produto às conjunturas socioculturais do Brasil, opções estas que foram exploradas por Machado na escolha do assunto romanesco para *Quincas Borba*.

AS DIFERENTES EDIÇÕES DE *DIE MODENWELT* E SEU MODO DE PRODUÇÃO

O caderno de moda de *Die Modewnwelt* e o caderno de moda de suas edições estrangeiras eram em quase tudo idênticos, porém traduzidos para as respectivas línguas nacionais. A principal e praticamente única diferença estava no frontispício e no editorial. O da edição brasileira era idêntico ao de *La Saison*, a qual começou a circular no Brasil a partir de 1872, ou seja, antes mesmo da criação de *A Estação*, como veremos posteriormente.

---

15   *Zum fünfundzwanzigjährigen Bestehen der Modenwelt*, p. 5, 6.

Figura 2.4 *A Estação*, Jornal Ilustrado para a Família, 31 de agosto de 1890. *Zum fünfundzwanzigjährigen Bestehen der Modenwelt* (1865-1890). Berlim: Franz Lipperheide, 1890, p. 34.

Figura 2.5 Die Modenwelt, Illustrirte Zeitung für Toilette und Handarbeiten, 20 de julho de 1890. *Zum fünfundzwanzigjährigen Bestehen der Modenwelt* (1865-1890). Berlim: Franz Lipperheide, 1890, p. 16.

Figura 2.6 *La Saison*, Journal Illustré des Dames, 1º de agosto de 1890.
Zum fünfundzwanzigjährigen Bestehen der Modenwelt (1865-1890).
Berlim: Franz Lipperheide, 1890, p. 28.

Figura 2.7 *The Season*, Lady's Illustrated Magazine, agosto de 1890. *Zum fünfundzwanzigjährigen Bestehen der Modenwelt* (1865-1890). Berlim: Franz Lipperheide, 1890, p. 20.

Onde eram traduzidas as legendas e editados e impressos os números quinzenais? Na Alemanha ou no país para o qual cada edição estrangeira era destinada? Como nos falta a documentação comercial trocada entre Lipperheide e os distribuidores ou editores em cada país, parto de um exame da composição material das revistas em si para formular a hipótese de que as diferentes edições de *Die Modenwelt* eram produzidas seguindo um dos três modelos comerciais que apresento a seguir.

No primeiro modelo, a editora Lipperheide traduzia, editava e imprimia o periódico estrangeiro, o qual era posteriormente enviado ao país de circulação. Este parece ter sido o caso de *La Estación* e *The Season* (Nova York). No segundo modelo, as pranchas eram enviadas ao editor local, o qual se encarregava da paginação e impressão da revista. Este foi o caso de *A Estação* e de *La Saison*, na maior parte do tempo[16].

No caso da revista brasileira, muito provavelmente Paula Candida, redatora do caderno de moda a partir de 30 de abril de 1890, traduzia os artigos de fundo para a revista brasileira diretamente de Berlim. Seu nome consta na terceira página do livro comemorativo dos 25 anos de existência da editora Lipperheide, ao lado de mais onze tradutores, que traduziram para o português, inglês, holandês, dinamarquês, sueco, francês, italiano, espanhol, russo, polonês, checo e húngaro a epígrafe dessa edição. Lê-se na epígrafe alemã:

"Wer Rosen nicht in Sommer bricht,
Der bricht sie auch im Winter nicht[17]."

Esta epígrafe é acompanhada por doze traduções, entre as quais uma em português:

////////

16 Veremos posteriormente que os primeiros números de *La Saison* foram impressos na Alemanha.

17 Christophorus Lehmann, *Florilegium politicum*, 1630, *Zum jünfundzwanzigjähringen Bestehen der Modenwelt 1865-1890*, p. III.

"Colhe as rosas enquanto florescem,
Se não! Rosa e tempo desvanecem."

(Paula Candida)

O caderno de moda de *A Estação* era, no entanto, impresso na própria Tipografia Lombaerts. É o que fica registrado no rodapé da última página desta seção da revista.

The Young Ladies' Journal representaria o terceiro modelo apresentado anteriormente. O periódico britânico manteve um formato independente, mas partilhava muitas características com *Die Modenwelt*. Assim como na revista bimensal alemã, na revista semanal inglesa encontramos artigos sobre vestimenta, trabalhos de agulha, além de pranchas coloridas de moda.

A tabela 2.1 contém a lista das edições estrangeiras de *Die Modenwelt*, seus editores e lugar de publicação. Os dados talvez não sejam muito precisos, porque refletem apenas um momento da produção: o ano de 1890. A maioria desses periódicos circulou durante um longo período. A respeito da revista brasileira, por exemplo, não é verídico que *A Estação* foi lançada em 1872. Na verdade, o periódico que começou a circular no Brasil em 1872 foi a revista *La Saison, Edição para o Brasil*. Nesta edição do periódico em francês, a explicação das gravuras vinha ao mesmo tempo em francês e português. É a informação que encontramos em um reclame publicado por Lombaerts em 2 de agosto de 1876 no jornal diário *O Globo*, no qual era anunciado o lançamento do número de 1º de julho de 1876.

A tabela 2.1 reproduz dados fornecidos em *Zum jünfundzwanzigjähringen Bestehen der Modenwelt 1865-1890* referentes aos periódicos considerados edições diferentes de *Die Modenwelt* ["die verschieden Ausgaben der *Modenwelt*"].

Os periódicos *Les Modes de la Saison* e *The Young Ladies' Journal* não são qualificados como "diferentes edições" de *Die Modenwelt*. São antes descritos como periódicos com os quais *Die Modenwelt* mantinha relações comerciais. A informação a respeito de *The Young Ladies' Journal* foi adicionada por mim.

As editoras ofereciam assinaturas com preços diferentes para a edição econômica e para a edição de luxo, esta contendo as ilustrações e moldes suplementares. O preço indicado a seguir corresponde sempre à edição econômica da revista.

LA SAISON E *A ESTAÇÃO* NO MERCADO DE REVISTAS DE MODA FLUMINENSE

Vale a pena notar que em 1876, além do *Jornal das Famílias* (1863-1878), com o qual Machado de Assis também colaborava, pelo menos três outros periódicos disputavam o crescente mercado das revistas de moda no Rio de Janeiro. Em *O Globo* também encontramos anúncios da *Gazeta Ilustrada dos Dous Mundos* e da *Ilustração da Moda*. O primeiro periódico seria, segundo o anúncio de 3 de agosto de 1876, uma nova publicação quinzenal de Londres, com conteúdo e ilustrações mais variados, dentre os quais assuntos políticos, uma seção de literatura e belas artes e figurinos de moda com gravuras provenientes de Paris e Londres. A assinatura anual sairia por 20$000, com preço promocional para os 5.000 primeiros assinantes: 15$000.

A *Ilustração da Moda*, por sua vez, no anúncio de 9 de julho de 1876, se proclama o único jornal de moda parisiense escrito em língua portuguesa, além de o melhor e mais barato:

> O editor deste importantíssimo jornal, o melhor e mais barato até agora conhecido, tem a honra de participar para as Exmas. Senhoras que já tem à sua disposição dos 1º ao 5º números, com lindos figurinos coloridos, muitas gravuras, folha de moldes e bordados, e artigos variados de literatura dos autores mais célebres, Littré, L. Figuier e outros.

Em comparação com *La Saison*, *A Ilustração da Moda* era de fato mais barata. O preço da assinatura anual de *La Saison*, segundo o anúncio de 2 de agosto de 1876, era 12$000 para a corte e 14$000 para as províncias. Mesmo sendo uma folha mais cara, *La Saison* não deixa, no entanto, de se apresentar como "o melhor e mais barato jornal de modas". Num reclame posterior, no entanto, Lombaerts muda de estratégia. Ele não volta a afirmar que *La Saison* era o jornal de moda parisiense mais barato da corte. Em vez disso, enfatiza a superioridade da revista, deixando subentendido que nela o leitor encontraria a melhor relação entre custo e benefício. A assinatura era de fato mais cara, mas *La Saison* apresentava maior fartura e variedade de gravuras:

Nome	Primeiro número	Desde quando ligado a *Die Modenwelt*	Editora
The Young Ladies's Journal, Londres	jan. 1864	out. 1865	Harrison, London
Die Modenwelt, Alemanha	out. 1865	out. 1865	Franz Lipperheide, Berlim
De Bazar, Gravenhage, Holanda	5 jan. 1857	1º jan. 1866	Gebr. Belifante, Haag
Budapesti Bazár, Hungria	1º jan. 1860	1º jul. 1877	Johann von Király, Budapest
Dagmar, Kjobenhaun, Dinamarca	1º jul. 1866	1º jul. 1866	Carls Otto's Nachfolger, Copenhagen
La Saison, Alemanha *La Saison*, França *La Saison*, Bélgica *La Saison*, Switzerland *La Saison*, Italien	1º dez. 1867	1º dez. 1867	Franz Lipperheide, Berlim J. Lebègue e Cie, Paris J. Lebègue e Cie, Brussels Nydegger & Baumgart Ufficio della Satagione (U. Hoepli), Milão
A Estação, Jornal Ilustrado para a família. Edição para os Estados Unidos do Brasil[3]	1º jan. 1872	1º jan. 1879	H. Lombaerts & Comp Para Portugal: Comissão Editorial Livraria Ernesto Chardron Lugan C. Genelioux – sucessores –, Porto
Freja, Malmö, Suécia	1º jan. 1873	1º jan. 1873	J. G. Hedberg, Malmö e Stockholm
Illustrirte Frauen-Zeitung, Alemanha	1º jan. 1874	1º jan. 1874	Franz Lipperheide, Berlim e Viena
Modni Svet, tcheco	1º jan. 1879	1º jan. 1879	Karl Vačlera, Jungbunzlau e Praga
The Season, Lady's Illustrated Magazine, New York	1º jan. 1882	1º jan. 1882	The International News Company, Nova York, 83 e 85 Duane Street
The Season, Lady's Illustrated Magazine, London	1º out. 1884	1º out. 1884	13 Bedford Street, Convent Garden
La Estación, Periódico para Senhoras (Para a Espanha)	1º abr. 1884	1º abr. 1884	Comissão editorial: Livraria Gutenberg, Madri
La Estacíon, Periódico para Senhoras (Edição para a América – Argentina, Uruguai, Colômbia, Venezuela, Chile, Paraguai)	1º abr. 1884	1º abr. 1884	Librería Gutenberg, Madri Franz Lipperheide, Berlim Argentina: CM Joly y Cia, Buenos Aires
La Stagione. Giornale delle Mode, Milão	1º out. 1882	1º out. 1882	Ufficio della Satagione (U. Hoepli), Milão
Модный Свет и Модный Магазинъ, Russian	1º dez. 1866	1º dez. 1866	Hermann Hopee
Tygonik Mód I Powiésci, Warschau, Poland	1º jan. 1860	19 jan. 1867	E. Skiwskiin, Warschau

Tipografia que imprimia as ilustrações	Tipografia que imprimia os textos	Periodicidade	Preço
Harrison, London		semanal	9d (pelo correio 1s)
Otto Dürr, Leipzig		quinzenal	1 ¼ Mark por trimestre
Otto Dürr, Leipzig	Gebr. Belifante, Haag	quinzenal	f. 1,00 por trimestre
Otto Dürr, Leipzig	Hungaria-Buchdrückerei, Budapest	quinzenal	2 Fl.
Otto Dürr, Leipzig		quinzenal	1 Kr. 60 Öre por trimestre
Otto Dürr, Leipzig J. Bolbachm Paris		quinzenal	1.25 Marks 2 Fr. 2 Fr. 2 Fr. 2.50 Fr.
Otto Dürr, Leipzig		quinzenal	Capital (Rio): 12$000 Estados: 14$000 por ano
Otto Dürr, Leipzig	Stenström e Bartelson, Malmö	quinzenal	2 Kronen por trimestre
Otto Dürr, Leipzig		quinzenal	2 Marks 50 Pf. por trimestre
Otto Dürr, Leipzig	Josef Zvikl, Jungbunzlau	quinzenal	1 FL por trimestre
Otto Dürr, Leipzig (impressão da capa: Keppler e Schwarzmann, Nova York)		mensal	?
Otto Dürr, Leipzig (Impressão da capa e suplemento: Hazell, Watson e Viney Ld, Londres Aylesbury)		mensal	1 shilling
Otto Dürr, Leipzig		quinzenal	3.50 ptas por trimestre
Otto Dürr, Leipzig		quinzenal	2.50 ptas por trimestre
Tipografia Bernardoni di Rebeschini, Milan		quinzenal	L. 2.50 por trimestre
Eduard Hoppe		quinzenal	2 Rubel por 6 meses
E. Skiwskiin, Warschau		semanal	1.25 Rubel por trimestre

Tabela 2.1 Edições estrangeiras de *Die Modenwelt*.

> A superioridade incontestável da Saison está hoje provada. Nenhuma outra folha de modas, guardadas as proporções de preço, é tão variada, rica e barata. Nenhuma, ainda mesmo as que são hebdomedárias, chega a perfazer no fim de um ano o total de 2.000 gravuras de modas em fumo, 24 lâminas representando cerca de 100 toilettes cuidadosamente coloridos, mais de 400 moldes em tamanho natural e um sem número de explicações para fazer por si, não somente tudo quanto diz respeito ao vestuário de senhoras e crianças, como também todos esses artigos de fantasia e gosto que enfeitam e dão graça a uma casa de família (*O Globo*, 10 de setembro de 1876).

Até o final de 1878, a edição de *Die Modenwelt* que circulava na corte carioca era a francesa. A revista em português foi lançada somente em janeiro de 1879. Não é de se estranhar que Lombaerts considerasse *A Estação*, que era impressa em sua própria oficina, como a continuação em língua portuguesa de *La Saison,* periódico que ele próprio vinha comercializando há sete anos. Porém, como os editores esclarecem à leitora de Coxim,

> *La Saison* e *A Estação* são duas publicações distintas. Somos apenas proprietários da segunda e não da primeira. É conveniente que ao pedir a assinatura de qualquer delas haja o maior cuidado em indicá-las pelo próprio nome, pois não podemos desfazer as assinaturas feitas (*A Estação*, 15 de abril de 1892).

O que importava para Lombaerts era o primeiro ano de circulação no Brasil de *La Saison*, porque esses dois periódicos faziam parte do mesmo empreendimento multinacional. Além do mais, ao estabelecer a conexão entre *La Saison* e *A Estação*, Lombaerts estava se valendo de uma estratégia comercial. Ele transferia o público cativo de um periódico para outro. Lombaerts não revelou de início a verdadeira filiação da sua revista, ou seja, a um empreendimento internacional de origem alemã. Assim seus leitores poderiam acreditar que tinham diante de si uma revista francesa autêntica. Somente quando *A Estação* foi acusada de ser uma publicação falsa, por apresentar moda francesa produzida entre Leipzig e Berlim, é que Lombaerts revelou aos seus leitores a complexidade do seu empreendimento editorial:

> *A Estação*, dizem, é um jornal alemão, e vós que julgais, seguindo os seus conselhos, trajar segundo os preceitos da Capital universal da moda, que é Paris, enganai-vos redondamente porquanto vestis apenas trajes ideados em Berlim.
>
> Para tal argumentação baseiam-se os detratores da *Estação* no fato de serem algumas das edições em diversos idiomas deste jornal impressas em Leipzig.
>
> O tronco da organização de que *A Estação* é um dos ramos está na verdade plantado em Berlim. Aí publica-se *Die Modenwelt*, jornal de modas que hoje, só sob este título, tem edição maior do que a de todos os jornais de modas publicados em Paris reunidos.
>
> Aí é redigida, aí são gravados os desenhos, aí é impressa e aí é traduzida em alguns dos quatorze idiomas[18] para dar a luz a vinte publicações diferentes, cujo elemento artístico é o mesmo[19].

Desta data em diante, em pelo menos duas ocasiões, Lombaerts informa que outras edições de *A Estação* se encontravam à venda no Rio de Janeiro:

---

18   Em *Zum fünfundzwangzigjährigen der Modenwelt*, encontramos a informação de que *Die Modenwelt* era publicada em treze línguas. Não pude esclarecer por que neste editorial e em algumas notas da seção "Correspondência", os editores de *A Estação* declaram que a sua revista era publicada em catorze ou mesmo quinze línguas diferentes.

19   Marlyse Meyer, quem primeiro verificou a conexão entre *A Estação* e *Die Modenwelt*, também cita este artigo e o registra como tendo sido publicado em 15 de dezembro de 1885 (Meyer, 1993, p. 93). A data exata é 15 de janeiro de 1885. Fica anotada aqui essa pequena correção.

Recreio – Existe *A Estação* em idioma holandês, o preço de assinatura é o mesmo em qualquer dos 14 idiomas em que se publica (*A Estação*, 31 de março de 1888).

Sorocaba – *A Estação* existe em francês, inglês, alemão, italiano, espanhol, português, holandês, dinamarquês, russo, sueco, boêmio, polaco, croato, húngaro e eslavo. Temos coleções de números iguais em todos esses idiomas que podem ser vistos em nosso escritório, bem como fornecemos assinatura a quem o deseje do jornal em qualquer desses idiomas (*A Estação*, 31 de julho de 1888).

OS PROFISSIONAIS DE LIPPERHEIDE

Podemos concluir, a partir das informações contidas em *Zum fünfundzwanzigjährigen Bestehen der Modenwelt*, que Lipperheide concentrou em Berlim e Leipzig o pessoal encarregado da composição do jornal: redatores, tradutores, desenhistas. Nessas duas cidades eram talhadas as gravuras que ilustrariam tanto o caderno de moda quanto a folha de entretenimento de *Die Modenwelt*, da qual tratarei no próximo capítulo. Entre os gravadores, encontramos os nomes da empresa Gustav Heuer e Kirmse e de Kaspar Erhardt Oertel, por exemplo. Se não trabalhavam exclusivamente para Lipperheide, pelo menos esses artistas colaboravam muito assiduamente com Lombaerts, dada a grande frequência com que encontramos gravuras com suas assinaturas. Por sua vez, a revisão, impressão, distribuição na Alemanha ou o envio dos periódicos para os demais países da Europa e América aconteciam em Leipzig. A tipografia Otto Dürr era responsável pela impressão, e K. F. Koehler pela embalagem e distribuição dos periódicos. Eram, no total, 398 empregados, entre redatores, diretores, desenhistas, coloristas, gravadores, bibliotecários, tradutores, revisores, tipógrafos, operadores de máquina, encadernadores, carregadores, distribuidores, dos quais 225 eram homens e 173 mulheres. Todos esses profissionais trabalhavam na produção de *Die Modenwelt* e *Illustrirte Frauen-Zeiitung* e das edições estrangeiras, alguns em Berlim (99), outros em Leipzig (283), Erfurt (1), Constança (6), Viena (4), Paris (3), Londres (1) e Roma (1)[20].

Como escreve a redatora de *La Saison* no editorial de abertura do terceiro ano de circulação da revista:

> Fazer uma revista é uma coisa difícil e complicada, cujo segredo só iniciados sabem. – As revistas ilustradas são mais minuciosas do que as outras, e revistas de moda mais do que as ilustradas. – Elas exigem uma equipe incontável de redatores do sexo masculino e feminino, editores, ilustradores, gravadores, coloristas, artistas de todos os tipos, que não são encontrados em uma revista comum, os quais aumentam o batalhão de tipógrafos, impressores, jornaleiros, já tão difícil de manobrar. Quanto esforço para que tarefas tão diversas, separadas, confiadas a mãos estrangeiras formem um todo homogêneo, um todo harmonioso, compacto e correto, em uma palavra, o que podemos chamar de uma revista! (*La Saison*, 1º de outubro 1869)

> [Faire un journal est une chose difficile et compliquée, dont les initiés seuls ont le secret. – Les journaux ilustrés sont plus minutieux que les autres, et les journaux de modes encore plus que les journaux ilustrés. – Ils nécessitent un personnel innombrable de rédactrices et redacteurs, de dessinateurs, des gravures, de coloristes, d'artistes de toutes sortes, qu'on ne rencontre pas dans un journal ordinaire, qui viennent grossir le bataillon des compositeurs, imprimeurs, papetiers, déjà si difficile à manoeuvrer; quels efforts pour que ces travaux divers, séparés, confiés à des mains étrangères,

---

20 *Zum fünfundzwangzigjährigen der Modenwelt*, p. 47, 49.

forment un ensemble homogène, un tout harmonieux, fondu, compact et correct, en un mot ce qu'on peut appeller: un journal!]

Apesar de a França ser o país que ditava as regras de etiqueta e que lançava a moda na qual *Die Modenwelt* se inspirava para a produção de suas gravuras, os assinantes de *La Saison* não eram os primeiros a folhearem cada número da revista. O tempo hábil para a tradução, composição e impressão do periódico francês a partir de *Die Modenwelt* era de aproximadamente um mês. É o que pude verificar por meio da comparação entre os números de 1869 das duas revistas. O número da edição francesa de 1º de novembro de 1869 reproduz a mesma disposição da página, as mesmas gravuras (acompanhadas das descrições explicativas) do número de *Die Modenwelt* de 1º de outubro de 1869. Os artigos de fundo não são, no entanto, os mesmos. Em *La Saison,* o artigo de fundo tem por título *Chronique de la Mode* e é assinado por Mélanie. Em *Die Modenwelt*, Frieda Lipperheide assina um artigo intitulado *Neue Moden*. A redatora francesa se debruça sobre aspectos práticos da vestimenta, enquanto Frieda Lipperheide aborda aspectos da moda em geral.

Além do mais, pude verificar que mesmo a impressão de *La Saison* nem sempre se deu na França. Os números de 1869 foram impressos em Leipzig por Jules Klinhardt, Impr. Nesse mesmo ano, *Die Modenwelt* foi impressa por A/U Edelmann também em Leipzig. Durante o ano de 1872 até 1/12/1872, a impressão de *La Saison* foi feita em Bruxelas, por A. N. Lebègue et cie. A partir de 16/12/1872 volta a se dar em Leipzig, mas desta vez na tipografia A. Edelmann. Aparentemente existia mais de uma edição de *La Saison* destinada à circulação em países diferentes: na Alemanha, de impressão em Leipzig por Otto Dürr; na Bélgica; e, finalmente, na França, impressa por J. Lébegue em Paris. Foi o que constatei a partir da consulta dos números de 1890.

Vemos, assim, com os exemplos anteriores, que Frieda e Franz Lipperheide exploravam as novas possibilidades oferecidas pelo progresso dos meios de transporte e pelas inovações da indústria jornalística. O casal beneficiou-se, ao mesmo tempo, do desenvolvimento da malha ferroviária europeia e das linhas de vapor transatlânticas, da profissionalização da imprensa, do desenvolvimento da arte gráfica e das técnicas de impressão, para multiplicar o número de exemplares e ampliar o espaço geográfico de circulação do seu periódico.

Foge aos objetivos deste estudo acompanhar a história da impressão dessas diversas revistas. Ao apresentar algumas variações ocorridas na sua produção, meu intuito foi mostrar que, interligadas, *Die Modenwelt* e suas edições estrangeiras funcionavam como uma grande engrenagem. Se aos nossos olhos seu funcionamento parece ultrapassado, face à alta velocidade que notícias e imagens circulam hoje na internet, para seus contemporâneos, no entanto, era complexo e representava novidade.

Espero ter demonstrado que *A Estação* deve ser vista como uma peça a mais dentro dessa grande engrenagem, a qual, juntamente com outros periódicos europeus, como a *Revue des Deux Mondes*, colaborou para a disseminação dos valores culturais europeus no Brasil. Como escreve Friedrich Melford:

> Como nenhuma outra empresa jornalística no mundo *Die Modenwelt* alcançou uma circulação em todo o globo: desde o Cabo Finisterra aos Urais, de Malta a Hammerfest, em Cuba e Porto Rico, bem como no Cabo da Boa Esperança, no rio Amazonas e La Plata, nas fazendas isoladas da América do Norte e nos haréns de Constantinopla, *Die Modenwelt* pode ser encontrado em todos os lugares, onde quer que a cultura europeia estenda as suas mãos brancas. Sob o sol quente equatorial ou lá onde o inverno eterno domina, é sempre a mesma folha, com o mesmo conteúdo, as mesmas imagens, sem nenhuma seleção particular ou exclusão, anunciando em treze línguas o que a moda cria de novo e o que a arte do trabalho manual feminino tem a ensinar, seja uma criação do nosso tempo ou algo retirado de velhos baús.

[Wie kein anderes Zeitungs-Unternehmen der Welt hat *Die Modenwelt* eine Verbreitung über den Erdball gefunden: vom Cap Finisterre bis zum Ural, von Malta bis Hammerfest, auf Cuba und Puerto Rico wie am Camp der guten Hoffnung, am Amazonenstrom und La Plata, auf den einsamen Farmen Nord-Amerika's und in den Harems zu Konstantinopel, allüberall findet sich *Die Modenwelt*, überall wohin europäische Cultur ihre weissen Hände streckt. Unter der heissen Aequator-Sonne oder da, wo fast ewiger Winter herrscht, es ist stets dasselbe Blatt, mit demselben Inhalt, denselben Abbildungen, ohne irgend welche besondere Auswahl oder Weglassung, in dreizehn Sprachen verkündend, was die Mode Neues schafft und was in der Kunst der weiblichen Handarbeiten es zu lehren giebt, sei es eine Schöpfung unserer Zeit, sei es, was aus alten Truhen hervorgeholt wurde[21].]

Vemos, assim, manifestar-se, já na segunda metade do século XIX, a tendência galopante da homogeneização da imprensa. Como escreve Robert Gross:

Os meios de comunicação modernos encolheram o mundo, aniquilando o tempo e o espaço. Milhões passaram a ler as mesmas notícias, a ver as mesmas imagens, desejar as mesmas mercadorias. Passaram a ter uma experiência padronizada de cultura de massa, e se o conteúdo diferia de nação para nação, os efeitos não. Gostos populares, moldados pelos meios de comunicação dominantes, transcenderam as fronteiras nacionais.

[The modern media shrank the globe, annihilating time and space. Millions read the same news, saw

---

21 Friedrich Melford, "Die Modenwelt von 1865-1890", *Zum fünfundzwangzigjährigen der Modenwelt*, p. 13.

the same images, craved the same goods. Theirs was a standardized experience of mass culture, and if the content differed from nation to nation, the effects did not. Popular tastes, shaped by dominant media, transcended national boundaries[22].]

Quando folheamos atualmente as grandes revistas destinadas ao público feminino, como *Vogue* e *Marie Claire*, ou mesmo uma revista informativa hebdomedária como a *Época*, vivenciamos uma experiência de leitura muito semelhante à do público de *Die Modenwelt*, pois as diversas edições existentes dessas revistas nossas contemporâneas, circulando em línguas diferentes em mais de um país, seguem, como as publicações derivadas de *Die Modenwelt*, um mesmo conceito e padrão editoriais[23].

A AUDIÊNCIA GLOBAL DE *DIE MODENWELT* E O PÚBLICO-ALVO DE *QUINCAS BORBA*

Tentei mostrar de que forma o projeto de *Die Modenwelt* constituiu uma rede de periódicos de orientação cultural francesa, com aspirações transnacionais. Transcendendo as fronteiras nacionais, o conceito editorial de *Die Modenwelt* formava uma audiência que partilhava os mesmos desejos de consumo.

---

22   Gross, p. 109.

23   A revista Época "tem um acordo de colaboração com a revista *Focus*, editada por Focus Magazine – Verlag GmbH, para utilização de material fotográfico e editorial com exclusividade no Brasil". Ver site http://epoca.globo.com/expe/home.htm, acessado em 15 de janeiro de 2007.

Ao incutir uma atmosfera transnacional no periódico, os editores tinham em vista não somente os leitores, mas também os anunciantes. Um exemplo concreto disso é a tentativa de a revista britânica criar um ambiente internacional nas notas direcionadas aos anunciantes. Os editores de *The Young Ladies' Journal* alegavam que a revista circulava por todo o mundo e era lida por aproximadamente meio milhão de famílias, constituindo, assim, "o mais grandioso meio para anunciantes" ["a most grand medium for advertisers"[24]]. Mesmo que o número real de assinantes tenha sido inferior, meio milhão de famílias representava o volume de leitores que a revista esperava alcançar.

---

24   *The Young Ladies's Journal*, 1º de outubro de 1890, p. 254.

Capítulo 2: *Quincas Borba* e o caderno de moda de *A Estação* 99

Figura 2.8 *The Young Ladies' Journal*, 1º de outubro de 1890. © British Library Newspapers, Colindale.

Encontramos na revista brasileira as mesmas aspirações quando *A Estação* foi acusada de não ser um autêntico periódico francês. Naquele artigo de fundo de 15 de novembro de 1885, os editores revelaram a complexidade da produção para defender a autenticidade do seu periódico. Encontramos ali a mesma tentativa de enfatizar o caráter internacional da publicação e o mesmo número de assinaturas, os quais asseguravam aos leitores e anunciantes a alta escala de circulação do periódico.

Mas o que é mais interessante nesse editorial é a confirmação de que o projeto de *Die Modenwelt*, orientado pela autoridade cultural francesa, reunia leitores de diferentes países em uma mesma audiência global, a qual aspiraria aos mesmos sinais externos de prosperidade e bem-estar, tomados como universais. Na Europa, parece-me que a criação de periódicos femininos com receitas, moldes, explicações de costura e dicas de economia do lar está ligada à inserção da mulher no mercado de trabalho[25]. Pelo menos no que diz respeito à Inglaterra, Braithwaite acredita que, na segunda metade do século XIX, esse país tenha vivenciado um aumento na produção de revistas femininas, porque, na falta de funcionários, a mulher de classe média passou ela mesma a executar as tarefas domésticas:

> O crescimento da industrialização trouxe novas oportunidades para milhares de jovens mulheres que abandonaram o papel tradicional do serviço doméstico e encontrou trabalho em escritórios e nos movimentos de distribuição e no comércio a varejo. A falta de criados fez com que as classes médias em particular tivessem que confrontar frequentemente as suas próprias tarefas domésticas. Isso criou uma demanda de dicas e informações domésticas, receitas, dicas de costura e outras necessidades do lar.

---

25 De acordo com Sullerot, o molde de papel apareceu primeiro na França no periódico *Souvenir* (1849-1855) e se chamava "modes vrais, travail en famille" (Sullerot, p. 7). Na Inglaterra, Braithwaite atribui a invenção do molde de papel, assim como da revista popular, a Samuel Beeton, que começou a publicar *The Englishwoman's Domestic Magazine* em 1852 (Braithwaite, p. 12).

[The growth of industrialization brought new opportunities to thousands of young women who deserted the traditional role of domestic service and found clerical jobs and work in the bustling distribution and retail trades. The shortage of servants meant that the middle classes, in particular, were often confronted with their own domestic chores. This brought a demand for household hints and information, recipes, dressmaking tips and other domestic necessities[26].]

Die Modenwelt foi criada para atender a esse mesmo mercado crescente. Também na Alemanha, como constata Adelheid Rasche, *Die Modenwelt* se endereçava a leitoras da classe média burguesa alemã, na qual a mulher era, acima de tudo, responsável pela decoração da casa e pela vestimenta da família.

A MODA
E A ASCENSÃO EM SOCIEDADE

Não podemos, no entanto, nos esquecer de que as revistas de moda em geral, mesmo atualmente, promovem o desejo de ascensão social. Na verdade, as revistas de moda se transformaram desde o século XIX em um ótimo guia de camuflagem, uma vez que propagam os preceitos da moda – lançada normalmente por um grupo de prestígio – pelas camadas mais baixas da sociedade. Como observa Gilda de Mello e Souza, a sociedade do século XIX não opõe mais barreiras intransponíveis, nem mesmo entre a burguesia e a nobreza. No século XIX, a possibilidade de "comunicação entre os grupos substitui a antiga rigidez, ou melhor, a

---

26 Braithwaite, p. 14.

fixidez relativa da estrutura social, por uma constante mobilidade"[27]. E a moda ocupa papel importantíssimo nesse jogo de aproximação entre as classes, pois, segundo Souza, ela é

> um dos instrumentos mais poderosos de integração e desempenha uma função niveladora importante, ao permitir que o indivíduo se confunda com o grupo e desapareça num todo maior que lhe dá apoio e segurança. E como as modas vigentes são sempre as da classe dominante, os grupos mais próximos estão, a cada momento, identificando-se aos imediatamente superiores através da imitação da vestimenta[28].

Como as revistas de moda atuais, que ensinam suas leitoras a imitarem com um orçamento reduzido os modelitos das celebridades do momento e os hábitos da elite, *Die Modenwelt* e suas diversas edições eram, assim, uma ferramenta muito útil para as mulheres dos setores médios da sociedade nos diversos países europeus por que circulavam.

Do lado brasileiro, quando Lombaerts publica o primeiro número de *A Estação*, encontramos no artigo de fundo a mesma promessa da revista alemã de proporcionar às leitoras os meios para ostentar um estilo de vida elegante, mas com economia:

> Acabamos de folhear a coleção completa dos números publicados sob o título *La Saison*, Edição para o Brasil, e não é sem experimentarmos um intenso sentimento de satisfação que vimos as provas do pouco que temos feito, mas que muito foi, para atingirmos ao alvo que almejamos. Às nossas amáveis leitoras, aquelas principalmente que nos acompanham desde 1872, perguntaremos: cumprimos nós fielmente o nosso programa, auxiliando e aconselhando

---

27   Souza, 1987, p. 112.

28   Souza, 1987, p. 130.

as senhoras mais econômicas, fornecendo-lhes os meios de reduzirem a sua despesa, sem diminuição alguma do grau de elegância a que as obrigava a respectiva posição na boa sociedade, incutindo ou fortificando-lhes o gosto para o trabalho e moralizando a família a que, por seu turno, saberão incutir sentimentos iguais?... O jornal de modas brasileiro, pois que outrora seria uma impossibilidade, é possível hoje. *A Estação* será o primeiro jornal nesse gênero (*A Estação*, 15 de janeiro de 1879).

Não devemos, entretanto, tomar o artigo inaugural de *A Estação* ao pé da letra e concluir apressadamente que a revista brasileira se direcionava apenas aos setores médios da sociedade. *A Estação* também poderia perfeitamente interessar às damas de famílias abastadas, porque a revista promovia os valores culturais prezados pela própria elite carioca, a qual buscava legitimação identificando-se com a cultura tradicional e aristocrática europeia[29]. Assim, para os membros da elite, *A Estação* expressava a fantasia de identificação cultural com a Europa. Para os setores médios, *A Estação* alimentava as aspirações de ascensão social ao patamar da elite.

Vale a pena citar aqui uma nota de Valentim Magalhães, apesar de estarmos entrando no conteúdo da "Parte Literária" de *A Estação*, que será o assunto do nosso próximo capítulo. Nela percebemos que a edição brasileira tomava de fato, como modelo, as famílias mais distintas da sociedade fluminense. Trata-se de uma nota bibliográfica a respeito do romance *A família Medeiros*, de Júlia Lopes de Almeida, que também escrevia para *A Estação*. Valentim Magalhães deixa claro o público que a revista idealiza. Ele não se dirige necessariamente às leitoras da roda da elite, mas antes àquelas que, mesmo não pertencendo a esse grupo privilegiado, a ele tinham acesso, como a Sofia do início de *Quincas Borba*. Dessa nota também subentendemos que a fortuna adquirida ou a aristocracia de berço não eram os únicos meios de obter distinção social. A distinção social se fazia também pela educação e elegância, estas sim suscetíveis de aprendizado:

---

29 Ver sobre o assunto Jeffrey Needell, *Belle époque tropical: sociedade e cultura de elite no Rio de Janeiro na virada do século*, traduzido por Celso Nogueira (São Paulo: Companhia das Letras, 1993), principalmente o capítulo 5: "A ascensão do fetichismo de consumo".

Suas excelências contam, bem sei, entre as suas relações às famílias mais distintas da sociedade fluminense, quer pela educação, quer pela elegância, quer pela fortuna. Não quis acrescentar pela aristocracia, porque tal distinção não se compadece com o igualitarismo do regime democrático que felizmente nos rege.

Mas podia fazê-lo, tomando o desterrado vocábulo na acepção de nata ou escol social.

Acostumadas, assim, ao trato com essas famílias que povoam os bairros caros e fazem a fortuna dos empresários de ópera lírica, porque delas fazem parte, venho, como procurador oficioso de D. Júlia Lopes de Almeida, pedir-lhes a gentileza de se relacionarem com a família Medeiros.

Oh! Não a procurem por Botafogo ou Laranjeiras.

Seria inútil: essa família é paulista e mora no interior do próspero e rico estado de S. Paulo (*A Estação*, 31 de março de 1893).

A SOCIEDADE EM MUTAÇÃO DE *QUINCAS BORBA*

Como já observado por Gilda de Mello e Souza e John Gledson, as personagens de *Quincas Borba,* sem nenhuma exceção, compõem juntas um movimento contínuo de ascensão e queda de indivíduos numa sociedade em que existe a possibilidade da passagem de uma classe para outra. Não podemos deixar de fazer a ressalva de que, em se tratando de uma sociedade escravocata como era a brasileira no período ficcionalizado no romance, as barreiras só deixaram de ser intransponíveis para o grupo limitado de homens livres e letrados, que eram de fato a minoria. De acordo com Gilda de Mello e Souza, sendo a sociedade brasileira de formação recente, para esse grupo privilegiado a posse da riqueza passa a ser "a grande modificadora da estrutura social", o que não ocorre com as castas em sociedades mais tradicionais. Ainda segundo Souza, desde o Romantismo, o romance brasileiro, como *Senhora* de Alencar, "é rico em observações sobre o poder do dinheiro"[30].

Em *Quincas Borba*, o dinheiro não é somente um agente modificador da sociedade representada, mas é, estruturalmente, um dos elementos que unifica o enredo. Oferece como um todo uma visão dinâmica da mudança da posição dos indivíduos, que valem pelo que têm, uns em relação aos outros. O romance representa, segundo Gledson, uma sociedade em mutação. Essa é, inclusive, a sua novidade em relação a *Brás Cubas*:

> Estamos agora em 1867 (o romance começa nesse ano e termina no final de 1871), e numa sociedade muito mais variada. O mais significativo, agora, é a possibilidade de passagem de uma classe para outra; a principal escada utilizada com esse objetivo são os negócios, e Cristiano Palha, ex-seminarista, junto com sua esposa Sofia, filha de um funcionário público, são mostrados com cuidadosos detalhes, em sua suave e cínica ascensão pelos escalões sociais. A mudança de uma sociedade estável para outra (relativamente) fluida é obviamente muito importante e representa uma mudança, claro, não apenas com relação a *Casa Velha*, mas a *Brás Cubas* também[31].

A complexidade estrutural do romance e os elementos narrativos empregados por Machado para representar essa sociedade em transformação serão assunto do capítulo 4 deste livro. Por ora, limito-me a mostrar que existe de fato uma estreita ligação entre o realismo social

---

30   Souza, 1987, pp. 113, 114.

31   Gledson, 2003, p. 74.

do romance e a revista. Intencionalmente ou não, o romancista ajustou seus objetivos ao conteúdo de moda de *A Estação*, mostrando que tinha um profundo conhecimento do seu público.

Para as leitoras, que folheavam ou liam o folhetim entre moldes e dicas de costura, saber o que as personagens femininas iriam vestir e acompanhar o seu destino pode ter sido o que mais lhes despertou o interesse. *Quincas Borba* explora, no seu plano mais superficial, as preocupações e ambições do público-alvo da revista, por meio da apresentação de personagens inspiradas na leitora comum. As assinantes são mulheres como Sofia, que gostariam de ser confundidas com damas da elite e que, por isso, procuram se vestir e se comportar como elas. Mesmo a leitura de romances (de Feuillet, publicados em folhetins na *Revue des Deux Mondes*), a aquisição de um *coupé* e a iniciativa filantrópica da Comissão de Alagoas são imitação dos hábitos da *high-life*, usando um termo empregado por Artur Azevedo em sua *Croniqueta*. Na verdade, todas as personagens femininas do romance, tão diferentes entre si – Sofia, Dona Tonica, Maria Benedita, Dona Fernanda e até as que não recebem nome, mas que fazem parte das rodas sociais em que Sofia circula –, representam a gama variada das leitoras de carne e osso, desde as mais ricas, que teriam condições de bancar uma assinatura, até aquelas de quem Lombaerts frequentemente reclamava por lerem mas não comprarem o periódico.

Como o realismo social de *Quincas Borba* é ponto pacífico na fortuna crítica, resta-nos verificar de que forma o romance dialoga mais de perto com o conteúdo de moda da revista. Vejamos, então, o que o guarda-roupa das personagens tem a nos dizer sobre sua posição social.

A VESTIMENTA DAS PERSONAGENS

Sabemos que a obra de Machado é escassa de descrições de qualquer natureza, inclusive no que diz respeito à vestimenta, como já observou Gilda de Mello e Souza, quando a compara aos romances de

Manuel Antônio Macedo[32]. No entanto, os vestidos, os acessórios e os objetos de decoração da casa não estão de todo ausentes de *Quincas Borba*. As descrições são, de fato, pouco frequentes e se tornam na reescrita progressivamente mais sucintas, como veremos nos exemplos a seguir. Mesmo pouco frequentes e cada vez mais curtas, elas são muito eficazes enquanto sinal exterior da posição social que cada personagem ocupa em um dado momento da história. Na verdade, levando em conta o contexto em que o romance foi originalmente publicado, entre inúmeros figurinos e legendas explicativas, a descrição detalhada de um vestido no corpo do romance poderia ser vista, inclusive, como um elemento supérfluo, uma repetição. Além disso, como veremos ainda neste capítulo, a descrição da vestimenta é apenas um entre vários elementos que marcam o estágio em que a personagem se encontra no seu contínuo movimento de ascensão ou queda.

O registro do que as personagens femininas vestem ou gostariam de vestir marca, muito frequentemente, um novo degrau que a personagem sobe ou desce nessa sociedade em constante transformação. Dona Tonica, por exemplo, deixa de comprar o vestido prometido para usar o dinheiro na compra de enlatados, e assim poder oferecer a Rubião um jantar um pouco melhor do que o de costume:

> Sabe de uma coisa, papai? Papai compra amanhã latas de conserva, ervilha, peixe etc., e ficam guardadas. No dia em que ele aparecer para jantar, põe-se no fogo, é só aquecer, e daremos um jantarzinho melhor.
> Mas eu só tenho o dinheiro do teu vestido.
> – O meu vestido? Compra-se no mês que vem, ou no outro. Eu espero.
> – Mas não ficou ajustado?
> – Desajusta-se; eu espero.
> E se não houver outro do mesmo preço?
> Há de haver; eu espero, papai[33].

---

32   Gilda de Mello e Souza, "Macedo, Alencar, Machado e as roupas", *Novos Estudos Cebrap*, 41 (1995), p. 111-19.

33   *Quincas Borba*, p. 273-4; *A Estação*, 31 de março de 1890, cap. 132; *Quincas Borba*

Há também as incoerências do vestido de Maria Benedita:

> Em verdade, não era uma beleza; não lhe pedissem olhos que fascinam, nem dessas bocas que segredam alguma coisa, ainda caladas; era natural, sem acanho de roceira; e tinha um donaire particular, que corrigia as incoerências do vestido[34].

Os descuidos do vestido, como Machado prefere chamar na primeira versão, não negam a origem roceira da prima de Palha, mesmo tendo Sofia se empenhado em acostumá-la às "distrações da cidade; teatros, visitas, passeios, reuniões em casa, vestidos novos, chapéus lindos, joias"[35].

Detenhamo-nos mais demoradamente em Sofia, por serem as descrições de sua vestimenta mais numerosas e por elas se espalharem por todo o romance, o que fornece um quadro emblemático da ascensão social dessa filha de funcionário público. Vamos nos limitar, no entanto, à descrição da sua vestimenta e constituição física em três ocasiões. A primeira é a reunião social em sua casa em Santa Teresa, logo no início do romance, da qual o narrador se ocupa dos capítulos

---

apêndice, p. 167. As citações são feitas a partir da terceira edição em livro. As variantes entre A, B, C e D neste trecho do romance são: A, B: conserva, petit-pois, peixe; A: fogo, aquilo cozinha depressa, e daremos.

34 *Quincas Borba*, p. 184; *A Estação*, 15 de maio de 1887, cap. 64 (Continuação); *Quincas Borba apêndice*, p. 63. Variantes: A: era uma formosura; não; B: era bonita; não era uma formosura; não; A: caladas. Altinha, mãos grandes, grandes olhos atônitos quando escutavam somente, mas que sabiam rir e conversar, se a boca falava também, – aí fica o principal das feições da moça. Era natural; B: caladas. Altinha, mãos grandes, grandes olhos atônitos quando escutavam somente, mas que sabiam falar, se a boca falava também, – aí fica o principal das feições da moça. Era natural; A: corrigia os descuidos do.

35 *Quincas Borba*, p. 191; *A Estação*, 30 de junho de 1887, cap. 68 (continuação); *Quincas Borba* apêndice, p. 68. Variantes: A: novos e bem talhados, chapéus lindos e graciosos, joias.

34 a 42[36]. A dama comprime a cintura e o tronco num vestido de corte simples e de tecido de lã fina cor de castanha. A personagen ainda usa brincos de pérolas verdadeiras:

> Traja bem; comprime a cintura e o tronco no corpinho de lã fina cor de castanha, obra simples, e traz nas orelhas duas pérolas verdadeiras, mimo que o nosso Rubião lhe deu pela Páscoa[37].

Mais adiante o narrador vai nos explicar que Palha era quem gostava de decotar a mulher, "sempre que podia, e até onde não podia, para mostrar aos outros as suas venturas particulares"[38].

Essa curta, mas precisa, descrição é suficiente para suscitar o contraste entre o vestido comprado ou cosido e o luxo das pérolas, que foram, como o narrador nos esclarece, um presente de Rubião. As pérolas, que Palha provavelmente não tinha condições de comprar, simbolizam, dessa forma, uma mudança no círculo de amizades do casal Palha, que passa a frequentar pessoas acima do seu nível social: o recém-chegado na corte e rico Rubião, que servirá como trampolim para a escalada social do casal.

No baile de anos da filha de Camargo, do qual o narrador se ocupa do final do capítulo 68 até o 70, o vestido é mais uma vez decotado, o que realça o vigor e o leve bronzeado dos braços de Sofia[39]. Os brincos de pérolas verdadeiras fazem agora par com um diadema de pérolas falsas:

> Sofia estava magnífica. Trajava de azul escuro, mui decotada, – pelas razões ditas no Capítulo 35; os braços nus, cheios, com uns tons de ouro claro, ajustavam-se às espáduas e aos seios, tão acostumados ao gás do salão. Diadema de pérolas

---

36 *Quincas Borba*, p. 142-153; *A Estação*, 15 de novembro a 31 de dezembro de 1886, caps. 32 a 41 (continuação); *Quincas Borba apêndice*, p. 35-44; *Quincas Borba*, p. 142-153.

37 *Quincas Borba*, cap. 35, p. 143; *A Estação*, cap. 33; *Quincas Borba apêndice*, p. 36. Variantes: *A, B:* cintura e os seios no corpinho.

38 *Quincas Borba*, cap. 35, p. 144; *A Estação*, cap. 34; *Quincas Borba apêndice*, p. 37. Variantes: *A:* até quando não podia.

39 *Quincas Borba*, p. 192-198; *A Estação*, caps. 68 (continuação) a 70, de 30 de junho a 31 de julho de 1887; *Quincas Borba apêndice*, p. 69-74.

feitiças, tão bem acabadas, que iam de par com as duas pérolas naturais, que lhe ornavam as orelhas, e que Rubião lhe dera um dia[40].

A adição de mais um acessório à composição do visual da personagem tem novamente o efeito de contraste, desta vez entre a imitação e o original. Sofia não se contenta em exibir apenas um par de pérolas. Quer todo um diadema cheio delas, para aparentar ser mais rica do que realmente é. Porém, como não tem condições de comprá-lo, apela para uma boa imitação: um truque que certamente agradaria às leitoras de *A Estação*. Na verdade, a imitação foi assunto de uma crônica de Júlia Lopes de Almeida em 15 de março de 1890. A cronista trata da falsificação em arte, fazendo uma distinção muito precisa entre o gosto de um aristocrata e de um arrivista. Além disso, ao dizer que Sofia estava acostumada "ao gás do salão", o narrador nos revela que o casal tinha uma vida social agitada.

Finalmente, no baile de inauguração do seu palacete em Botafogo, no final do romance, no capítulo 192, o narrador nos revela que a dama trajava não só uma, mas várias joias muito ricas. Entre elas não está mais o par de pérolas, mas antes o colar que Rubião lhe havia dado de aniversário no capítulo 115 das duas versões[41].

> Em outubro, Sofia inaugurou os seus salões de Botafogo, com um baile, que foi o mais célebre do tempo. Estava deslumbrante. Ostentava, sem orgulho, todos os seus braços e espáduas. Ricas joias; o colar era ainda um dos primeiros presentes do Rubião, tão certo é que, neste gênero de atavios, as modas conservam-se mais[42].

---

40   *Quincas Borba*, cap. 69, p. 194; *A Estação*, cap. 69; *Quincas Borba apêndice*, p. 69-70. Variantes: A: ditas no capítulo 38; os braços.

41   *Quincas Borba*, p. 247; *A Estação*, 31 de dezembro de 1889, cap. 115; *Quincas Borba apêndice*, p. 146: "Era o terceiro presente do dia; a criada esperou que ela o abrisse para ver também o que era. Sofia ficou deslumbrada quando abriu a caixa e deu com a rica joia, – uma bela pedra, no centro de um colar. Esperava alguma coisa bonita; mas, depois dos últimos sucessos, mal podia crer que ele fosse tão generoso. Batia-lhe o coração."

42   *Quincas Borba*, p. 341; *A Estação*, 31 de agosto de 1891, cap. 193; *Quincas Borba apêndice*, p. 244.

Para compor um quadro mais completo e minucioso da ascensão do casal Palha, Machado também nos informa os diversos negócios em que o marido entrou e os bairros do Rio de Janeiro em que o casal morou. Afinal de contas, como nos ensina Souza,

> o encanto feminino e a determinação masculina não se excluem mutuamente: na verdade, são parcelas que se somam na contabilidade astuciosa da ascensão. A graça de trazer o vestido, de exibir no baile os braços e ombros, fazendo-os melhor "por meio de atitudes e gestos escolhidos", é simétrica ao talento e ambição, exigidos pela carreira[43].

No início do romance, sabemos que ambos provêm da classe média: Palha é ex-seminarista, e Sofia é filha de funcionário público. Duas qualidades complementares se destacam no casal: a beleza da dama e o tino para os negócios desse zangão[44] da praça:

> O marido ganhava dinheiro, era jeitoso, ativo, e tinha o faro dos negócios e das situações. Em 1864, apesar de recente no ofício, adivinhou – não se pode empregar outro termo –, adivinhou as falências bancárias[45].

São dotes que se complementam e que certamente os tornam mais aptos nesse processo, parafraseando Darwin, de seleção social. O talento para o comércio e os dotes físicos compensam a inexistência de um padrinho que os favoreça, ou do emprego público e do casamento acima do nível social, os outros três canais de mobilidade social no Segundo Reinado[46].

---

43   Souza, p. 83.

44   Segundo o Novo Dicionário Eletrônico Aurélio, "zangão" também significa no Brasil operador independente, não credenciado nas bolsas de valores.

45   *Quincas Borba*, cap. 35, p. 144; *A Estação*, 15 de novembro de 1886, cap. 34; *Quincas Borba apêndice*, p. 37.

46   Ver José Murilo de Carvalho, *A construção da ordem: a elite política brasileira* (Rio de Janeiro: Civilização Brasileira, 2003).

Na altura do segundo baile, Palha já é sócio de Rubião em uma casa de importação[47]. E, finalmente, no capítulo 129, ficamos sabendo que a sua carreira ia de vento em popa, quando o narrador nos explica as razões por que a sociedade com o mineiro foi desfeita:

> A carreira daquele homem era cada vez mais próspera e vistosa. O negócio corria-lhe largo; um dos motivos da separação era justamente não ter que dividir com outros os lucros futuros. Palha, além do mais, possuía ações de toda a parte, apólices de ouro do empréstimo Itaboraí, e fizera uns dois fornecimentos para a guerra, de sociedade com um poderoso, nos quais ganhou muito. Já trazia apalavrado um arquiteto para lhe construir um palacete. Vagamente pensava em baronia[48].

Como vimos, cada novo patamar social alcançado pelo casal fica muito bem caracterizado, mesmo que Machado não se detenha muito em descrições, seja pelas investidas comerciais de Palha, seja pelas joias, pelos gostos literários, pelos círculos de amizades, pelos hobbies, pela mobília ou pelos objetos de ornamentação que Sofia adquire, abandona, troca ou mantém, continuamente, durante todo o desenvolvimento da narrativa. Não podemos nos esquecer de que o casal Palha muda de endereço três vezes ao longo do romance, de uma casa em Santa Teresa para a Zona Sul, instalando-se em primeiro lugar na praia do Flamengo e, depois, no palacete construído em Botafogo, ou seja, ainda mais longe do centro. A moda lançada pelos grupos de prestígio abrange a decoração, arquitetura, os bairros, autores e revistas, atividades sociais e de lazer, além, é claro, da vestimenta e seus apetrechos, aos quais ela é mais frequentemente associada. Há também as atividades ou hábitos tradicionalmente ligados a algumas classes, como a filantropia, que no romance é praticada pela personagem feminina que se encontra no topo da pirâmide: Dona Fernanda. À mulher da classe alta é permitido o ato da caridade e mesmo se espera

---

47 *Quincas Borba*, cap. 69, p. 193; *A Estação*, 15 de julho de 1887, cap. 69; *Quincas Borba apêndice*, p. 69.

48 *Quincas Borba*, cap. 129, p. 270; *A Estação*, 15 de março de 1890, cap. 130; *Quincas Borba apêndice*, p. 165. Variantes: A: agora, mais do que nunca, próspera; A: dividir com outro os lucros; A: pensava em baronato.

que ela seja bondosa e se preocupe com os outros. O altruísmo não é necessariamente um dom natural da personagem, mas, antes, algo que pode ser adquirido também pela imitação. Sendo assim, a ideia de Sofia de montar a Comissão de Alagoas é também um indício da ambição da personagem em acelerar a sua aproximação das rodas e dos hábitos das senhoras da elite[49].

A história que o romance conta não é feita, no entanto, somente de sucessos. Basta-nos lembrar de Dona Tonica, Freitas, Camacho, da mãe de Maria Benedita e do próprio Rubião. Mesmo para as personagens vitoriosas, como Dona Fernanda, Sofia e Maria Benedita, o sucesso vem sempre acompanhado de frustrações. De certa forma, o folhetim alertava às assinantes de *A Estação* para o alto preço da ascensão social a todo custo: Sofia, por exemplo, reprime suas fantasias amorosas com Carlos Maria para não frustrar os planos do marido, deixando, assim, de se transformar, por uma questão de compostura social, numa Emma Bovary, do romance de Gustave Flaubert (*Madame Bovary*, 1857). Os bem-sucedidos são subservientes (Palha inclusive) quando necessário e abrem mão de suas fantasias – no caso de Sofia, das fantasias adulterosas – para não quebrarem com a linha do decoro. E frustram-se as ambições dos que saem vencidos, como Dona Tonica, que, mesmo sem recursos, mantém-se vaidosa, ao se atrelar ao hábito de polir as unhas. Ela deseja se casar com marido rico, mas acaba tendo destino oposto: a moça termina pobre, solteirona e quarentona.

Tratamos até agora apenas de um aspecto da relação entre o conteúdo de *A Estação* e o realismo social de *Quincas Borba*. Veremos no capítulo 3 que o realismo político do romance também encontra ecos na "Parte Literária" do periódico. Teremos, no entanto, mais uma vez de atravessar o Atlântico, porque esta segunda linha editorial da revista foi mais uma vez importada da Alemanha. Em primeiro lugar, mostrarei como *Die Modenwelt* se transformou de uma revista estritamente de moda em uma revista ilustrada e literária para, depois, investigarmos a presença em *Die Modenwelt* de ilustrações que exaltavam a instituição imperial. Esse novo desvio de rota é necessário porque foram mais uma vez essas ilustrações importadas que transportaram para a revista brasileira a inclinação editorial da revista alemã.

---

49   A filantropia é assunto da *Croniqueta* de Artur Azevedo: "Ainda uma vez a nossa população provou que não mente o quase provérbio: a caridade naturalizou-se fluminense. O banco precatório organizado pela Imprensa, em benefício das vítimas da epidemia de Campinas, teve o melhor resultado, e outro não poderia ter. Nunca ninguém recorreu debalde aos sentimentos filantrópicos deste excelente povo do Rio de Janeiro" (*A Estação*, 15 de maio de 1889).

CAPÍTULO

Quincas Borba e a "Parte Literária" de A Estação

Quando lançado no Brasil, *A Estação* se propunha ser um periódico de modas, literatura e artes, com material importado ou produzido por brasileiros. A criação de um suplemento ao caderno principal de modas foi a solução editorial encontrada para acomodar, na mesma revista, gravuras, textos e anúncios provenientes de países diferentes. Foi nesse suplemento, editado e impresso no Brasil, que se publicou *Quincas Borba*. Continuando a investigação das relações intertextuais entre o romance e a revista, este capítulo parte do estudo do material iconográfico que circundava o texto de Machado nessa seção da revista. Veremos, em primeiro lugar, que são as ilustrações que transportam para a revista brasileira a inclinação imperial de *Die Modenwelt*. Porém, deslocadas para o contexto brasileiro, essas ilustrações contrastam com o estado decadente do Segundo Reinado. Esse desajuste é explorado pelo romancista, quando ele opta pela manifestação da loucura de Rubião como uma megalomania imperial. O romance estabelece uma relação, de forma irônica, entre a conjuntura histórica e política brasileira do final do Segundo Reinado e o contexto material em que a narrativa ia sendo publicada. Além da ironia à pompa imperial da revista, Machado põe em xeque, mais uma vez, a utilidade da moda, entendida, no seu sentido mais amplo, como camuflagem ou disfarce.

A DIVERSIFICAÇÃO DO CONTEÚDO DE *DIE MODENWELT*

Die Modenwelt foi intencionalmente concebida como revista de moda isenta de conteúdo artístico para baratear o custo da produção e diferenciá-la dos demais periódicos de moda que circulavam na Alemanha antes de 1865, como o *Bazar*, o *Allgemeine Musterzeitung*, e o *Hamburger Zeitschriften Jahrzeiten*[1]. Entretanto, em 1874, Lipperheide lançou uma edição ampliada – a *Illustrierte Frauen-Zeitung* [Jornal Ilustrado da Mulher] – composta pelo mesmo caderno de moda, além de um suplemento intitulado "Ausgabe der *Modenwelt* mit Unterhaltungsblatt" [Edição da *Modenwelt* com Caderno de Entretenimento][2]. *Die Modenwelt* deixava, assim, de ser um periódico que atendia estritamente às necessidades domésticas das donas de casa, para se transformar em uma revista mais variada, que a toda quinzena proporcionava leitura recreativa e útil para um público sobretudo feminino.

---

1   Friedrich Melford, *Zum fünfundzwanzigjährigen Bestehen der Modenwelt 1865-1890*, p. 3, 5.

2   *Zum fünfundzwanzigjährigen Bestehen der Modenwelt 1865-1890*, p. 8.

A matéria de abertura era geralmente o fascículo de uma história seriada, o qual, por si só, já era um instrumento garantido de vendagem. Depois vinham as rubricas "O mundo feminino", "Novos trabalhos manuais", "A moda", "Decoração", "Novidades da Literatura", "Economia do Lar" e "Correspondências". Além dos textos de interesse específico para o público feminino, a *Illustrirte Frauen-Zeitung* trazia muitas gravuras, que não se restringiam à moda, à mobília ou aos elementos de decoração em geral. Acompanhadas de uma longa legenda explanatória, essas imagens traziam material mais diverso para o cerne de uma publicação essencialmente feminina. Elas parecem, na verdade, ter desempenhado papel importante para o sucesso da revista, assim como também é verdade que todo aumento no número de ilustrações era um indício de que a revista prosperava.

Houve, inclusive, uma tentativa de mudar o nome da edição ampliada de *Die Modenwelt* para *Die Illustrirte Zeit* [*O Tempo Ilustrado*], que traduzia o desejo dos editores de abocanhar, também, o público masculino. A mudança no nome do periódico, anunciada no número de 6 de março de 1887, foi acompanhada da mudança também na periodicidade da revista, que passou a circular semanalmente:

> Sempre colocamos todos os nossos esforços para melhorar continuamente a nossa revista. Por meio de um quarto de século, a revista de moda tem sido objeto de intenso esforço e trabalho, e não sem sucesso: 352 mil assinantes (muito mais do que qualquer outra revista alemã pode contar) comprovam a medida do nosso sucesso em conquistar a confiança do público.
>
> E não nos empenhamos menos na produção da revista de entretenimento. A publicação da revista ao longo de mais de 13 anos demonstra uma série de melhoramentos e ampliações, sem aumento do preço inicial. Isto também não acontecerá hoje, quando, mais uma vez, ampliamos substancialmente o leque de nosso conteúdo.

De agora em diante, a *Illustrirte Frauen-Zeitung* será publicada cada domingo, somando 52 números ao todo, e o seu conteúdo vai ser ampliado pela inclusão, para além do que tem sido oferecido até agora, mais 3 a 4 páginas de ilustrações em cada um dos 52 números: quadros tirados da história dos nossos tempos e imagens da vida cotidiana contemporânea, não só na Alemanha, mas também de todos os outros países do mundo.

O título *Jornal Ilustrado das Mulheres*, entretanto, não se ajustará mais à polivalência do conteúdo. Por isso, parece justificado que, ao invés de *Jornal Ilustrado das Mulheres,* metamos no alto da folha o título:

O Tempo Ilustrado

[...]

Nós oferecemos não menos do que 164 quadros a mais por ano. O conteúdo continua totalmente inalterado. Entretanto, em razão da abundância de imagens, os mesmos textos serão influenciados na sua essência.

Ao lado de novelas palpitantes apropriadas para a leitura em família, *O Tempo Ilustrado* também trará, no futuro, xilogravuras artísticas, um *feuilleton* selecionado entre o que há de melhor e uma mistura variada de artigos, que atenda especialmente ao interesse da mulher e da família. Particularmente, as necessidades práticas do lar serão aí consideradas em seus pormenores. Enquanto isso, nós nos mantemos distantes de toda disputa religiosa e política.

[Mit allen Kräften sind wir von jedem bestrebt gewesen, unser Blatt immer vollkommener zu gestalten. Seit halb einem viertel Jahrhundert ist das Modenblatt der Gegenstand emsigster Mühe und Arbeit, und nicht vergebens: 352,000 Abonnenten, weit mehr, als irgendein anderes deutsches Blatt zählt, beweisen, in welchem Maße es uns gelungen ist, das Vertrauen des Publikums zu gewinnen.

Nicht minder lebhaft haben wir unserer Sorgfalt dem Unterhaltungsblatte zugewendet. Die mehr als dreizehn Jahre seines Bestehens bilden eine Kette von Verbesserungen und Erweiterungen, ohne dass wir dem anfänglichen Preis irgendwie erhebt hätten. Dies geschieht auch heute nicht, wo wir abermals den Umfang wesentlich ausdehnen.

Wir lassen die *Illustrirte Frauen-Zeitung* von jetzt ab jeden Sonntag erscheinen, geben also jährlich 52 Nummern und vermehren den Inhalt, indem wir, außerdem bisher Gebotenem, jeder dieser 52 Nummern noch drei bis vier Seiten Illustrationen beifügen: Bilder aus der Geschichte unserer Zeit, Darstellungen aus dem öffentlichen Leben der Gegenwart, und nicht bloß Deutschlands, sondern allen Ländern der Welt.

Der Titel *Frauen-Zeitung* will indessen diese Vielseitigkeit des Inhaltes nicht mehr umspannen, und es erscheint deshalb wohl gerechtfertig, wenn wir statt *Illustrirte Frauen-Zeitung* den Titel *Die Illustrirte Zeit* an die Spitze des Blattes setzen. [...]

Nicht weniger als jährlich 164 Seiten Bilder sind es, die wir unseren Lesern in Zukunft mehr bieten, als bisher. Durch diese Fülle der Abbildungen wird aber der Text in seiner Weise beeinträchtigt, viel mehr bleibt der bisherige Inhalt der *Illustrirte Frauen-Zeitung* völlig unverändert. Neben spannenden Novellen, wie sie für die Lektüre in der Familie geeignet sind, bringt *Die Illustrirte Zeit* auch in Zukunft ihre Künste-Holzschnitte, ein auserlesenes Feuilleton und ein mannigfaches Allerlei, in welchem besonders das Interesse der Frauen und der Familie, namentlich auch die praktischen Bedürfnisse des Haushaltes, ihre eingehende Berücksichtigung finden, während wir uns, wie bisher, von der Erörterung aller kirchlichen und politischen Streitfragen fernhalten.]

Essa estratégia não foi, no entanto, muito bem-sucedida, porque sete meses mais tarde, em 9 de outubro de 1887, a revista volta ao título original. Apesar de Lipperheide não ter obtido sucesso junto ao leitores na troca do nome da revista, este episódio revela sua intenção de mudar a orientação do periódico por uma maior diversificação do conteúdo, para alcançar um público mais variado. Como os próprios editores esclarecem, mesmo depois de o periódico voltar a se chamar *Illustrirte Frauen-Zeitung*, não houve, a princípio, redução no número e diversidade de gravuras. Três anos mais tarde, no entanto, a *Illustrirte Frauen-Zeitung* volta a ser publicada quinzenalmente e com menos páginas, por causa, sobretudo, dos encargos fiscais (*Illustrirte Frauen-Zeitung*, 1º de janeiro de 1890).

A INCLINAÇÃO IMPERIAL DE *DIE MODENWELT*

No meio dessa variedade, um tema emerge repetidamente das páginas dessa revista do século XIX: a grande admiração pela vida aristocrática, pelos assuntos relativos a membros da realeza ou do Império, independentemente do brasão. Nesse aspecto, a *Illustrirte Frauen-Zeitung* foi uma precursora de revistas, se me permitem a comparação, como a britânica *Hello!* (*Caras!* em português), na qual os gravadores e cronistas faziam as vezes dos paparazzi e dos jornalistas de plantão. Os volumosos números de 1886 e 1887, por exemplo, com dezesseis páginas cada, trazem sistematicamente um *portrait* na capa: a gravura do busto de uma personalidade artística ou, mais frequentemente, de membros da aristocracia, de Famílias Reais ou Imperadores espalhados pelo mundo. Entre estes, encontramos o rei Guilherme I da Prússia e sua família; a grã-duquesa Elisabeth von Mecklenburg-Strelitz da Alemanha; a princesa Stephanie da Áustria e sua filha; e inclusive a princesa Isabel do Brasil.

Entre os artistas, encontramos, por exemplo, o ilustrador, pintor e desenhista Adolf von Menzel[3]. Todo o número de 1º de março de 1886 foi dedicado à sua obra, em comemoração ao septuagésimo aniversário do artista. Este foi, na verdade, o único número de *Illustrirte Frauen-Zeitung* dedicado exclusivamente a um tema, como pude verificar no *corpus* consultado. A revista abria, assim, uma exceção para homenagear o maior ilustrador vivo de Berlim, reconhecido por suas gravuras e pinturas relacionadas a eventos da então recente história da Prússia. Outro exemplo é o número de 1º de janeiro de 1886, no qual encontramos estampado o retrato da escritora Marie von Ebner-Eschenbach, amiga de Frieda Lipperheide, que muito provavelmente a conheceu nas temporadas que o casal editor passava no Tirol. Nascida Condessa Dubsky, casou-se com o oficial, engenheiro e professor Moritz Ebner-Eschenbach em 1840. Em 1870, quando começou a escrever ficção, detinha o título de baronesa[4]. Isso confirma, mais uma vez, a tendência dos editores de *Illustrirte Frauen-Zeitung* de reproduzirem no seu jornal retratos de membros da aristocracia.

As gravuras internas da revista, por sua vez, seguiam duas tendências. Em primeiro lugar, podiam ilustrar monumentos, objetos, palácios, salões, cenas edificantes ou exóticas ligadas a Impérios contemporâneos ou da Antiguidade, ou podiam ainda ilustrar expedições europeias de expansão pelo continente africano, por exemplo. No número de 1º de janeiro de 1886, os jardins do palácio de Nymphenburg, em Munique, são reproduzidos em

---

3 1815, Breslau, Silesia [agora Wroclaw, Polônia] – 1903, Berlim.

4 1830, Zdislavic, Moravia – 1916, Viena. Sobre Marie von Ebner-Eschenbach ver Henry & Mary Garland, *The Oxford Companion to German Literature* (Oxford: OUP, 1976), p. 180; e Rasche, 1999, p. 14.

página dupla. No número de 13 de março de 1887, a revista exibe um mapa da região do Sub-Saara Africano, uma gravura com soldados negros da província equatorial egípcia, outra sobre o comércio de escravos na província de Bahr-El-Ghazal, Sudão, e, finalmente, o retrato de Emin Bey, austríaco que em 1878 foi nomeado governador das Províncias Equatoriais pelo governador geral do Sudão, General Gordon Pasha. Entre as gravuras internas, encontramos mais retratos de figuras imperiais, como o da Imperatriz do Japão Haru-ko, vestida em costumes europeus. E no número de 2 de fevereiro de 1890, ou seja, alguns meses depois da Proclamação da República, foi reproduzida uma fotografia da Família Real brasileira, tirada "um ano atrás" em Petrópolis. Trata-se de uma versão da foto de Otto Hees de 1889, a qual, segundo Lilia Moritz Schwarcz, "ficou celebrizada como a última imagem da família no Brasil"[5]. A longa legenda explicativa apresenta as oito personalidades da fotografia em grupo: Dona Teresa e Dom Pedro II, ex-Imperadores do Brasil; dom Pedro Augusto de Sachsen-Coburg-Gotha, sobrinho dos Imperadores e filho mais velho da princesa Leopoldina; a princesa Isabel, o Conde D'Eu e seus três filhos – Pedro, Luiz e Antônio. A rubrica menciona a recente proclamação da República e exalta os feitos da princesa Isabel, que em 13 de maio do ano anterior, assinou para o seu pai doente a lei de liberação dos escravos.

Seguindo a outra tendência, as demais ilustrações reproduziam pinturas que traziam para dentro da revista as belas-artes: paisagens, costumes ou cenas da vida em família ou no campo, nos portos, ou nos centros movimentados das cidades. Encontramos reproduções de quadros de Franz Skarbina, Friedrich Kallmorgen, Ewald Thiel e Richard Knötel[6]. Encontramos também partituras: como o Minuete Louis XV para piano, acompanhado de ilustrações explanatórias dos passos da dança (*Illustrirte Frauen-Zeitung*, 1º de janeiro de 1886).

---

5 Essa fotografia é muito semelhante às duas fotos de Otto Hees, reproduzidas em Lília Schwarz, *As barbas do imperador: D. Pedro II, um monarca nos trópicos* (São Paulo: Companhia das Letras, 1998), p. 451.

6 Richard Knötel é o pintor de uma série de ilustrações militares: das tropas anglo-germânicas durante a batalha de Waterloo, batalha de Kulm, de Leipzig e de Hanau.

DIE MODENWELT, *DIE GARTENLAUBE* E O SEGUNDO IMPÉRIO ALEMÃO

Na verdade, *Die Illustrirte Frauen-Zeitung* estava seguindo uma tendência verificada, por exemplo, em *Die Gartenlaube* (1853-1943), a revista da família alemã mais popular durante toda a segunda metade do século XIX.

Segundo Ernest K. Bramsted, *Die Gartenlaube* foi o periódico mais representativo e amplamente divulgado da burguesia liberal alemã entre 1850 e 1900. *Die Gartenlaube* foi concebido dentro do contexto de desapontamento e despolitização que decorreu da Revolução de 1848/1849. Ernst Keil, seu fundador, transformou-o rapidamente em um periódico de grande sucesso entre a classe média. Keil optou pelo tamanho *in-quarto* para fornecer mais espaço para as matérias, criando, assim, o formato clássico do jornal de família alemã durante o século XIX, o qual certamente também foi imitado por Lipperheide ao criar a *Illustrirte Frauen-Zeitung:* a combinação entre texto e imagem para produzir um jornal ao mesmo tempo instrutivo e de entretenimento. Sobre o conteúdo de *Die Gartenlaube*, Bramsted escreve, "considerado no seu conjunto, reflete as mudanças intelectuais e políticas ocorridas no interior da classe" ["taken as whole, reflects characteristically the intellectual and political changes within this class"], no período compreendido entre os anos 1866 e 1880. Examinando e comparando o conteúdo dos volumes de 1866 (ano da Guerra Austro-prussiana), 1871 (ano da unificação da Alemanha) e 1887 (ano do nonagésimo aniversário de Wilhelm I), Bramsted constata que a consciência de classe (a atitude liberal, o fervor do esclarecimento e o orgulho burguês) se ajustou progressivamente ao sentimento nacional, uma vez que a classe média passou a se identificar com a vitoriosa camada governante. No volume de 1871,

> o velho orgulho democrático burguês ainda estava vivo, mas um ajuste à vitoriosa monarquia prussiana e ao novo prestígio do estrato feudal

tornou-se absolutamente necessário para manter as vendas do periódico perante uma burguesia que rapidamente se tornava nacionalista.

[the old democratic burgher pride was still alive, but an adjustment to the victorious Prussian monarchy and to the new prestige of the feudal stratum was found to be absolutely necessary if the sales of the periodical within a bourgeoisie fast becoming nationalist were to be maintained.]

O volume de 1888, por sua vez, "reflete com clareza impressionante como grandes setores da classe média aceitaram seu lugar dentro da ordem social do Reich imperialista" ["reflects with astonishing clarity how large sections of the middle-class have accepted their due place within the social order of the imperialistic Reich"][7].

Na esteira de *Die Gartenlaube*, quando lançou a *Illustrirte Frauen-Zeitung* e tentou rebatizá-la como *Die Illustrirte Zeit*, Lipperheide procurou ajustar sua inclinação ideológica à recente identificação da classe média com a monarquia prussiana. A diferença é que, ao contrário de *Die Gartenlaube*, o periódico de Lipperheide não advogava abertamente o nacionalismo. O seu afastamento das disputas religiosas e políticas já ficaram expressas no artigo de fundo citado anteriormente, na ocasião em que a revista anunciou a mudança do seu nome. A editora Lipperheide tinha grande interesse em livrar sua imagem de uma orientação nacional estreita. É indicativo que, em um editorial de 1870, Frieda Lipperheide tenha reforçado o caráter internacional do seu periódico, por se tratar de uma revista que divulgava a moda francesa e que efetivamente circulava em vários países[8].

---

7   Ernest K. Bramsted, "Popular Literature and Philistinism", *Aristocracy and the Middle-Classes in Germany*, Revised Edition (Chicago & London: The University of Chicago Press, 1964), p. 200-227. Sobre *Die Gartenlaube*, ver também Kristen Belgum, *Popularizing the Nation: Audience, Representation, and the Production of Identity in* Die Gartenlaube, 1853-1900 (Lincoln: University of Nebraska Press, 1998).

8   Frieda Lipperheide, *Die Modenwelt,* 1º de setembro de 1870, citada por Rasche, 1999, p. 19.

Não podemos nos esquecer de que em 1870 a Alemanha estava em guerra contra a França. Quando Friedrich Melfort contabiliza o aumento no número de assinaturas de *Die Modenwelt* entre os anos 1865 e 1890, ele também enfatiza que a publicação do periódico nunca tinha sido ameaçada pela Guerra franco-prussiana. Houve considerável redução no número de assinaturas entre junho (98.928) e outubro de 1870 (82.110). Entretanto, o periódico alcançara rapidamente a marca das 100.000 assinaturas no ano seguinte[9].

Apesar de arriscado, o empreendimento editorial de Lipperheide foi muito bem-sucedido porque Lipperheide farejou a existência de uma audiência global para revistas de moda, e soube, ao mesmo tempo, atender aos interesses particulares do público alemão. No caderno de moda, ele divulgava a moda da capital da França, país com o qual a Alemanha disputava a hegemonia na Europa. No segundo caderno, a revista valorizava e defendia a cultura aristocrática e a atividade expansionista da Alemanha.

A "PARTE LITERÁRIA" DE *A ESTAÇÃO*

Die Modenwelt serve, dessa forma, como um bom exemplo de como um empreendimento comercial internacional adapta seu produto para conquistar espaço nos mercados nacionais. Da mesma forma que a Fanta e a Coca-Cola são muito mais doces no Brasil do que na Suíça, e o corte das peças da Zara vendidas na Espanha e na Inglaterra são diferentes (para se adequarem ao paladar ou às medidas dos consumidores de cada um desses países), a edição alemã de *Die Modenwelt* também sofreu inflexão local quando foi lançado o seu suplemento literário.

O mesmo ocorre, na verdade, com a revista brasileira logo nos seus primeiros meses de existência. Como em *Illustrirte Frauen-Zeitung*, o caderno principal de modas de *A Estação* vinha acompanhado de uma

---

9   *Zum fünfundzwanzigjährigen*, p. 6, 8.

"Parte Literária", a qual, como veremos no próximo subitem, era *made in Brazil*. Assim, num mesmo número da revista, a leitora brasileira poderia encontrar não somente modelitos inadequados para as estações do Rio de Janeiro e paisagens de inverno ou primaveris europeias, mas também crônicas a respeito do movimento cultural do Rio de Janeiro, um pouco de colunismo social, notícias políticas e de outras regiões do país, uma seção de correspondência, artigos instrutivos e dicas de beleza da pena de autoras brasileiras e, nos romances e contos de Machado, personagens que circulavam pelas ruas da capital. Havia ainda na "Parte Literária" de *A Estação* mais material importado: os anúncios comerciais, na maioria franceses, que ocupavam o pé da página, e as ilustrações alemãs, que vinham nas páginas intermediárias do suplemento.

AS ILUSTRAÇÕES PROVENIENTES DA ALEMANHA

São essas ilustrações que entram em direta intertextualidade com *Quincas Borba*. Vale a pena anotar aqui, para efeito de comparação, que, entre os cadernos de entretenimento consultados das edições estrangeiras de *Die Modenwelt*, o brasileiro foi o único que reforçou a ligação com a Alemanha por meio da importação desse material artístico para a "Parte Literária". Foram examinadas também as revistas *The Young Ladies Journal, La Saison* e *La Estación*, que possuíam suplemento literário. A francesa e espanhola não possuíam ilustrações; e a inglesa publicava gravuras produzidas localmente para ilustrar os fascículos dos romances populares de publicação hebdomedária.

Muitas vezes, a coluna destinada a *Quincas Borba* na primeira página continuava no topo e pé das páginas intermediárias, locais em que as ilustrações eram tradicionalmente dispostas. Os assinantes que liam o romance passavam inevitavelmente os olhos pelas gravuras. Para entendermos o efeito da leitura do folhetim no contexto da revista e mesmo as motivações que levaram o romancista a definir a loucura de Rubião como uma megalomania imperial, precisamos dedicar algumas páginas deste livro às gravuras em si. Em primeiro lugar, comprovemos que elas realmente vinham, na maioria, da Alemanha.

Figura 3.1 Capítulos 3, 4 e 5 de *Quincas Borba*, seguidos de anúncios. *A Estação*, Jornal Ilustrado para a Família, 30 de junho de 1886. © Biblioteca Nacional do Rio de Janeiro.

Figura 3.2 Continuação do capítulo 5 de *Quincas Borba*, gravura "Princesa Amélia de Orleans", seguida de legenda. © Biblioteca Nacional do Rio de Janeiro.

Figura 3.3 Capítulos 108, 109 e 110 de *Quincas Borba*, seguidos de anúncios.
A Estação, Jornal Ilustrado para a Família, 15 de dezembro de 1888.
© Biblioteca Nacional do Rio de Janeiro.

Figura 3.4 Capítulo 111 de *Quinca Borba*, coluna "Variedade" e a gravura "O Príncipe Constantino, herdeiro do trono da Grécia e sua noiva".
© Biblioteca Nacional do Rio de Janeiro.

Figura 3.5 *Illustrirte Frauen-Zeitung*, Illustrirte Zeitung für Toilette und Handarbeiten, 15 de novembro de 1886. Reproduzido em *A Estação*, 15 de julho de 1887: "Um baile na corte de Berlim". © Staaliche Museen zu Berlin. Kunstibibliothek. Sammlung Modebild-Lipperheidesche Kostümbibliothek, Berlim.

No edital de 31 de março de 1879, Lombaerts anuncia que "o suplemento literário do nosso jornal, deste número em diante, sairia também ilustrado, trazendo gravuras de atualidade ou sobre belas-artes, sempre escolhidas entre as obras-primas dos abridores em madeira de França, Inglaterra, ou Alemanha". Podemos afirmar que as ilustrações provinham predominantemente da revista alemã. Pelo menos durante os anos da publicação de *Quincas Borba* (1886-1891), em quase todo número de *A Estação*, encontramos quadros artísticos ou *portraits* de personalidades aristocráticas e de figuras imperiais publicados originalmente na *Illustrirte Frauen-Zeitung*. Encontramos, por exemplo, as seguintes gravuras: "Palazzo Orsini em Nemi" (15.04.1885); "Um baile na corte de Berlim" (15.06.1887); "Os diamantes da coroa da França – avaliação" (30.06.1887); "Aniversário do Imperador Guilherme – Manifestação dos estudantes" (30.06.1887); "A torre de Spandau, casa forte do Tesouro do Império Alemão" (30.11.1887); "Danças da corte de Frederico o Grande" (15.06.1885), "O grande tanque de Versailles" (31.07.1885), "O castelo encantado" (31.12.1885); "Retrato do Imperador Frederico III, Imperador da Alemanha" (15.09.1888); "O monumento de Maria Tereza em Vienna" (30.09.1888); "O príncipe Constantino, herdeiro do trono da Grécia e sua noiva" (15.12.1888); "A imperatriz Augusta Vitória" (28.02.1889); "A futura rainha da Holanda, Guilhermina, herdeira da coroa dos Países Baixos, filha de Guilherme III, rei da Holanda, e da rainha Emma, sua mulher" (15.09.1889); "Maria, rainha viúva da Baviera, falecida em 17 de maio último" (30.09.1889); "Os oficiais de Napoleão I na Itália" (30.09.1889); "Os príncipes noivos da Áustria-Hungria: arquiduquesa Maria Valéria e archiduque Francisco Salvador" (30.04.1889); "Casa em que nasceu Maria Luiza, Rainha da Prússia" (31.12.1889); "O castelo de Cronberg, residência atual da viúva do Imperador Frederico, da Alemanha" (15.01.1890).[10]

Localizei apenas um número da revista cujas ilustrações provinham de outro periódico. Esse é o caso dos desenhos do "Passe Pied de la Reine", extraídos do jornal parisiense *L'Illustration*, como nos informam os editores, e publicados no número de 15 de novembro de 1890. Além do mais, muito

---

10   As datas são da publicação das ilustrações no periódico brasileiro.

raramente as gravuras exibidas na revista eram produzidas por artistas locais. Na ocasião da publicação do quadro de Madame Lebrun e sua filha, talhado por gravadores brasileiros, os editores não deixaram esse fato passar despercebido. Transcrevo a seguir o trecho da nota que não está ilegível:

> e muito nos alegramos em poder apresentar às leitoras da *Estação* uma obra prima de uma mulher, reproduzida talentosamente por gravadores brasileiros. Oxalá possa essa prova do que se pode fazer entre nós demonstrar que a xilogravura no Brasil não está tão atrasada como geralmente se supõe (*A Estação*, 16 de março de 1886).

Não sabemos exatamente que técnica Lombaerts utilizava para reproduzir as gravuras. Não podemos descartar a hipótese de que a reprodução fosse efetuada de uma cópia impressa do jornal alemão. Esta foi a técnica utilizada na impressão dos desenhos do "Passe Pied de la Reine" a partir do jornal francês *L'Illustration*. Além do mais, sua livraria muito provavelmente possuía exemplares da revista alemã, como nos informam os editores na seção "Correspondência" de 31 de julho de 1888, citada anteriormente. Entretanto, a hipótese mais provável é de que Lombaerts reproduzia as gravuras a partir da matriz, produzida em Berlim. É o que podemos concluir de algumas notas publicadas na revista para justificar o atraso na distribuição do periódico em algumas ocasiões. No número de 15 de março de 1880, por exemplo, a impressão teve de ser adiada em virtude de uma mudança no cronograma dos vapores transatlânticos. Os editores se referem especificamente aos elementos artísticos do jornal, que eram transportados até a corte por via marítima:

> Os últimos números do jornal têm sido distribuídos com alguns dias de atraso, que foram causados por circunstâncias fora do nosso alcance. O inverno rigoroso na Europa e as quarentenas no Sul alteraram o cronograma dos vapores que trazem os elementos artísticos do jornal.

Esta pequena nota nos revela como Lombaerts dependia da matéria importada para a composição, não só do caderno de moda, mas também da seção literária do seu periódico. A composição tipográfica dos textos em português só poderia ser realizada depois de escolhidas as gravuras. O caso mais emblemático talvez tenha sido o naufrágio do vapor *Buenos Aires*. Do naufrágio salvou-se a tripulação, como Artur Azevedo noticia em sua *Croniqueta* de 15 de agosto de 1890, mas não as mercadorias que o vapor transportava[11]. Entre elas encontrava-se a matriz de um número inteiro do caderno de moda de *A Estação*, como podemos concluir da seguinte nota: "Com o presente número, distribuímos a parte de modas do número de 31 de julho próximo passado, cuja entrega teve de ser adiada em consequência do naufrágio do vapor *Buenos Aires*" (*A Estação*, 15 de setembro de 1890). Talvez tenham se perdido com o naufrágio algumas matrizes de ilustrações artísticas que, até o final de 1890, dividiriam com *Quincas Borba* o espaço da "Parte Literária" da revista. Encontramos, em 31 de outubro de 1890, um indício de que os editores tiveram de substituir as ilustrações perdidas por outro material disponível:

> Por motivos inteiramente estranhos à nossa vontade, deixamos hoje de oferecer às nossas inteligentes e amáveis leitoras as gravuras com que costumamos enriquecer o suplemento literário da *Estação*. Esperamos, no próximo número, preencher a falta de que se ressente o atual. Não é, entretanto, tão sensível à falta porque, em compensação, temos o prazer de substituir aquelas gravuras por um primor musical – a polca inédita *Onde está ela?*, composição do jovem e bastante conhecido pianista Miguel A. de Vasconcellos.

Lombaerts teve de recorrer ao material produzido localmente para preencher o espaço reservado na revista para a publicação das ilustrações alemãs. Podemos até cogitar que sua motivação ao extrair os

---

11 "Rio, 7 de agosto de 1890: Fatalidade dos nomes! Quase ao mesmo tempo que o vapor alemão *Buenos Aires* naufragava ao entrar na barra do Rio de Janeiro, a cidade de Buenos Aires revolucionava-se. Graças a Deus no naufrágio não pereceu ninguém, e a revolução terminou depois de três dias, não por falta de combatentes, como no Cid, mas por falta de munições."

desenhos do jornal francês *L' Illustration* tenha sido a falta temporária de material artístico alemão. Vale a pena notar, mais uma vez, que a publicação dos desenhos franceses se deu apenas um mês depois da publicação da polca de Miguel de Vasconcellos.

LOCAL DE IMPRESSÃO

A combinação na "Parte Literária" de *A Estação* de matéria importada e produzida localmente nos levanta a dúvida a respeito de quem era responsável pela sua edição e impressão. Laurence Hallewell e a Comissão Machado de Assis afirmam que *A Estação* (e, por conseguinte, a versão seriada de *Quincas Borba*) era impressa na França[12]. E Marlyse Meyer, a primeira estudiosa a mencionar a filiação entre *A Estação* e *Die Modenwelt*, não reitera, mas também não contesta tal informação[13].

Pelo exame da coluna de Artur Azevedo, pode-se concluir que a editoração e impressão se davam, na verdade, nas próprias oficinas de Lombaerts, Rio de Janeiro. Basta observarmos a data de publicação das *Croniquetas* de 15 de maio de 1888 e 30 de novembro 1889, nas quais Artur Azevedo menciona a promulgação da Lei Áurea (13 de maio de 1888) e a Proclamação da República (15 de novembro de 1889). Como o intervalo entre esses dois acontecimentos históricos e a publicação de cada uma dessas crônicas é de, no máximo, quinze dias, não haveria tempo hábil, mesmo por telégrafo, para o envio dos textos à Europa, composição e impressão da revista e, finalmente, para a remessa dos exemplares impressos para distribuição no Rio de Janeiro[14]. A generosidade de Artur Azevedo com o pesquisador é tão grande que

---

12   Hallewell, p. 113 e "Introdução Crítico-Filológica", Machado de Assis, *Quincas Borba* 1975, p. 39.

13   Meyer, 1993, p. 93.

14   A comunicação por telégrafo ligando o Brasil à Europa começou em 1874. Ver sobre o assunto Diamantino Fernandes Trindade e Laís dos Santos Pinto Trindade, "As telecomunicações no Brasil: do Segundo Império até o Regime militar" <http://www.cefetsp.br/edu/sinergia/8p6c.html>, acessado em 28 de março de 2007.

Figura 3.6 "A Sua Alteza, a Princesa Imperial Regente, D. Isabel, a Redentora", *Illustrirte Frauen-Zeitung*, Zeitung für Toilette und Handarbeiten, 15 de novembro de 1886.
Reproduzido em *A Estação*, 31 de maio de 1888.
© Staaliche Museen zu Berlin, Kunstibibliothek.

ficamos inclusive sabendo quem era o paginador da revista, pelo menos durante o ano de 1889. Isso comprova que não só a impressão, mas também a diagramação da edição brasileira era de fato feita no Rio de Janeiro:

> Não porei o ponto final sem recomendar às leitoras um livro de versos, que ultimamente apareceu intitulado *Musgos*. O poeta, Alfredo Leite, é o paginador da *Estação* – um artista cujo trabalho obscuro Suas Exas. estão fartas de apreciar sem conhecer o autor ("Croniqueta", *A Estação*, 31 de janeiro de 1889).

Voltarei a tratar do paginador no capítulo 5 deste livro, no qual discutiremos mais especificamente a composição dos fascículos de *Quincas Borba*, pela qual esse profissional era responsável. Uma vez fora do alcance da vista do escritor, outros agentes, como o paginador, interferiram em estágios diferentes da produção do texto: mais especificamente na composição tipográfica dos números quinzenais da revista.

Comparando a folha de entretenimento de *Die Modenwelt* com a parte literária de *A Estação*, podemos concluir que o intervalo entre a publicação de uma mesma gravura na Alemanha e a sua reprodução no Brasil era de pelo menos seis semanas. Limitando-nos a apenas alguns exemplos, o quadro de E. Thiel, "Trem detido pela neve", e a gravura "Uma fábrica na Floresta Negra", publicados na Alemanha em 16 de janeiro de 1887, foram reproduzidos n' *A Estação* de 31 de março de 1887. Dois quadros de Adolph Menzel, publicados no número comemorativo dos 70 anos do ilustrador (1º de março de 1886), ao qual já me referi anteriormente, foram publicados em dois números diferentes de *A Estação*: "Oficina de ferreiro" em 15 de agosto de 1886; e "Cena de Mercado na Itália" em 15 de outubro de 1886. O retrato da princesa Isabel teve, entretanto, de esperar muito mais tempo para, finalmente, figurar nas páginas da revista brasileira. Lombaerts aguardou a libertação dos escravos para reproduzir, em 31 de maio de 1888, o retrato da princesa, o qual havia sido publicado na Alemanha quase dois anos antes, em 15 de novembro de 1886.

QUINCAS BORBA ENTRE AS ILUSTRAÇÕES DA "PARTE LITERÁRIA"

As ilustrações da "Parte Literária" transportam para *A Estação* a mesma inclinação ideológica da revista alemã: a mesma admiração pela vida aristocrática, pelos assuntos relativos a membros da realeza ou do Império. Na verdade, a tendência impressa no elemento artístico importado se disseminou por todo o conteúdo da revista, desde o reclame do perfume ou fazenda franceses (já que o rótulo imperial valorizava a mercadoria), passando pela crônica, pelos textos narrativos de interesse casual, até chegar ao produto mais nobre dessa cadeia construída sobre as potencialidades criativas da revista[15]. *Quincas Borba* saía das mãos de um escritor já na época consagrado, cujo nome, por constar no rol dos colaboradores, trazia prestígio à revista. Nem por isso deixava de participar dessa grande engrenagem, mesmo que tenha sido para tirá-la do eixo. Tratando-se do bruxo do Cosme Velho, todo cuidado é pouco. Mais uma vez será preciso lermos nas entrelinhas para não cairmos na sua armadilha. Só assim poderemos compreender que, se numa primeira vista Machado parece se ajustar ao programa editorial da revista, uma vez que seu romance trata de aspirações sociais, o sentido oculto global, por exemplo, da loucura de Rubião, em relação a esse pano de fundo, pode nos levar a uma melhor compreensão da ironia proeminente do romance.

No contexto brasileiro, as gravuras alemãs, que exibiam as riquezas e o requinte de outros Impérios, contrastavam com o estado decadente da Família Real brasileira, a partir do retorno de Dom Pedro de sua segunda viagem para a Europa (26 de setembro de 1877). Lília Schwarcz escreve que

---

15   Foge aos objetivos deste livro o estudo detalhado da relação temática entre o romance, os anúncios comerciais e as outras rubricas de *A Estação*. Mas vale a pena destacar a importância de alguns textos, sobretudo das duas colunas que Artur Azevedo manteve por mais de dez anos na "Parte Literária". Em *Teatros* e *Croniqueta*, Artur Azevedo cobriu as principais notícias e acontecimentos culturais do Rio de Janeiro na quinzena, tratou da política nacional, das epidemias, secas e enchentes do país, e também fez colunismo social, acompanhando de muito perto o movimento da *high-life* carioca e os passos da família imperial no período de transição entre o Império e a República.

a despeito do belo te-déum que comemorou o seu regresso, o imperador mais parecia um estrangeiro em terras próprias. Quase como um espectador, observava os movimentos políticos – em especial o crescimento do Partido Republicano e do abolicionismo –, assistia de camarote à demissão do Gabinete Conservador e à subida dos liberais, afastados do poder fazia dez anos. Os graves problemas que assolavam o país, como o movimento sedicioso ocorrido nas províncias da Paraíba e de Pernambuco, em 1874, apelidado de Quebra-Quilos, ou a terrível seca de 1877, pareciam não afetá-lo.

O monarca abandonara, também, uma série de rituais. A divisa que escolhera – um P maiúsculo em cor azul, enlaçado por uma fita – completava sua imagem distante, o beija-mão deixara de existir e havia muito o monarca limitara o uso dos trajes majestáticos apenas às ocasiões mais solenes, como a Fala do Trono[16].

A falta de pompa e o estado decadente da Família Real ficam registrados no testemunho de um contemporâneo: na descrição de um desfile imperial pelo jornalista alemão Karl von Koseritz:

> Estranho espetáculo! Sobre animais ofegantes passou primeiro, a galope, uma unidade da cavalaria, brandindo os sabres virgens e desembainhados, e logo depois vieram quatro carruagens de corte, com os fidalgos e camareiros de serviço e damas de honra. Carruagens de corte, disse eu, mas de que espécie!... Todas vinham do século passado. [...] A douração de há muito ficou preta, os estofamentos se foram, tudo está no mais triste estado. [...] Uma depois da outra pararam as velhas carruagens diante da entrada e esvaziaram a sua carga: uma dama de honra

---

16 Schwarcz, p. 410-411.

(a senhora Baronesa de Suruí) velha e horrenda, mas fortemente decotada, e cinco ou seis familiares da corte, metidos em uniformes verdes outrora brilhantes, bordados a ouro, o tricórnio sob o braço, o espadim à cinta e as pernas finas metidas em calções e meias de seda – assim saltaram eles dos seus carros, fazendo pensar num Carnaval. [...] Agora chega a respeitável Imperatriz. Seu carro era um pouco melhor, mas sempre bastante gasto e estragado. [...] Trazia um pesado vestido decotado, cerimoniosamente semeado de brilhantes e, nos seus cabelos, completamente brancos, cintilava um diadema de brilhantes, enquanto no pescoço trazia o formoso colar de diamantes, que constitui o seu maior tesouro. [...] Finalmente, aparece o Imperador: quatro batedores de libré nova, quatro cavalos com ricas arreatas e uma carruagem, se não nova, pelo menos completamente restaurada, guarnecida e ornada de prata e a coroa imperial sobre a portinhola, anunciaram a sua chegada. Nenhum aplauso o saudou, nem mesmo um simples "viva". Ele próprio pareceu sentido com isso porque, depois de descer do carro, endireitou-se em toda a sua altura e mergulhou um olhar longo e agudo sobre o povo que o cercava. Não lhe pude achar majestade, com seus sapatos de fivela, meias de seda, calções, gola de penas e manto de veludo verde, sobre o qual brilhavam as condecorações de ouro. Especialmente o curioso ornamento de penas (papo de tucano) produz uma impressão quase carnavalesca. O imperador caminha um pouco curvado e envelheceu muito ultimamente. Também está ficando visivelmente calvo, e as grandes preocupações, talvez também os padecimentos físicos, cavaram-lhe fundos sulcos nas faces. Na sua frente, servidores carregam a coroa e o cetro, e a espada pende à sua esquerda. [...] Em conjunto, a impressão total da festa era mais de molde a sugerir o sentimento do cômico que o do respeito. Quando um monarca exibe o seu luxo, deve ser de forma imponente e grandiosa, o que não é o caso aqui. Eu sei bem que o Imperador não pode ter uma corte brilhante porque ele emprega a sua lista civil em bens de caridade, mas por mais nobre que isto seja, não justifica a falta de tato de se apresentar velhos cacarecos como luxo imperial[17].

O Imperador, como mostra Lília Schwarcz, vira, inclusive, alvo de caricaturas na *Revista Ilustrada*, *O Mosquito* e *O Besouro*, pela indiferença com que "encarava os negócios de Estado, ou da atitude oscilante que começava a ostentar publicamente"[18].

As gravuras provenientes de *Illustrirte Frauen-Zeitung* criam, desta forma, em *A Estação*, a ilusão de um luxo e de uma grandiosidade que já não existiam na corte brasileira. Entre as que nos chamam especial atenção estão "Um baile na corte de Berlim" (*A Estação*, 15 de junho de 1887), a carruagem da ilustração "Festa do corpo de Deus em Munique" (15 de outubro de 1887), a parada militar em "O povo em frente ao Paço Imperial de Berlim", o busto cheio de medalhas do Imperador Guilherme da Alemanha (ambas de 15 de junho de 1880), e "Os oficiais de Napoleão I na Itália" (30 de setembro de 1889).

A nossa investigação da intertextualidade entre essas gravuras e o romance pode partir da presença frequente no romance de carruagens, coches e *coupé*, nem sempre diferenciados entre si. Enquanto objeto de fetiche, motivo de vaidade ou de inveja entre as personagens, eles se transformam em um símbolo da prosperidade econômica dos que neles andam ou os adquirem. Por exemplo, a carruagem de Sofia, que também pode ser um simples *coupé*, marca o seu distanciamento proposital das amizades antigas, o que causa indignação aos que antes eram considerados íntimos do casal, como o Major Siqueira:

---

17 Karl von Koseritz, *Bilder aus Brasilien* (Leipzig e Berlim: W. Friedrich, 1885). Cito a partir da edição brasileira *Imagens do Brasil*, tradução, prefácio e notas de Afonso Arinos de Melo Franco (São Paulo: Martins, 1972), p. 32-34.

18 Schwarcz, p. 416. Ver especialmente as ilustrações das p. 417-422.

Figura 3.7 "Festa do Corpo de Deus em Munique", *A Estação*, 15 de outubro de 1887.
© Biblioteca Nacional do Rio de Janeiro.

> Antigamente: major, um brinde. Eu fazia muitos brindes, tinha certo desembaraço. Jogávamos o voltarete. Agora está nas grandezas; anda com gente fina. Ah! vaidades deste mundo! Pois não vi outro dia a mulher dele num *coupé* com outra? A Sofia de *coupé*! Fingiu que não me via, mas arranjou os olhos de modo que percebesse se eu a via, se a admirava. Vaidades desta vida! Quem nunca comeu azeite, quando come se lambuza[19].

O narrador confirma, alguns capítulos mais adiante, a atitude calculista de Sofia de desprezo às amizades que pertenciam à sua antiga roda social. A princípio, quando ainda estava "em lua de mel" com a grandeza, fazia questão de ser vista, admirada e invejada dentro da carruagem. Quando a sua posição de *nouveau-riche* já está sedimentada, ela evita suas antigas amizades com os olhos, num sinal de desdém à própria inveja que poderia lhes causar:

> Foi assim que a nossa amiga, pouco a pouco, espanou a atmosfera. Cortou as relações antigas, familiares, algumas tão íntimas que dificilmente se poderiam dissolver; mas a arte de receber sem calor, ouvir sem interesse e despedir-se sem pesar, não era das suas menores prendas; e uma por uma, se foram indo as pobres criaturas modestas, sem maneiras, nem vestidos, amizades de pequena monta, de pagodes caseiros, de hábitos singelos e sem elevação. Com os homens fazia exatamente o que o major contara, quando eles a viam passar de carruagem – que era sua entre parêntesis. A diferença é que já nem os espreitava para saber se a viam.

---

19   *Quincas Borba*, cap. 130, p. 272; *A Estação*, 15 de março de 1890, cap. 131; *Quincas Borba* apêndice, p. 166.

Acabara a lua de mel da grandeza, agora torcia os olhos duramente para outro lado, conjurando, de um gesto definitivo, o perigo de alguma hesitação. Punha, assim, os velhos amigos na obrigação de lhe não tirarem o chapéu[20].

A carruagem também habita frequentemente as fantasias de grandeza de Rubião. No capítulo 116, por exemplo, quando o mineiro fica sabendo que Maria Benedita e Carlos Maria estavam de casamento marcado, ele imagina a carruagem e os cavalos que o levariam à cerimônia:

> Casam-se, e breve... Será de estrondo o casamento? Deve ser; o Palha vive agora um pouco melhor... – e Rubião lançava os olhos aos móveis, porcelanas, cristais, reposteiros – há de ser de estrondo. E depois o noivo é rico... Rubião pensou na carruagem e nos cavalos que levaria; tinha visto uma parelha soberba, no Engenho Velho, dias antes, que estava mesmo ao pintar. Ia fazer a encomenda de outra assim, fosse por que preço; tinha também de presentear a noiva. Ao pensar nela viu-a entrar na sala[21].

Na segunda versão, em um capítulo acrescentado, a carruagem também faz parte dos devaneios de Rubião. Na reescrita, ela está presente no delírio matrimonial da personagem, descrito nos seus pormenores:

> Antes de cuidar da noiva, cuidou do casamento. Naquele dia e nos outros, compôs de cabeça as pompas matrimoniais, os coches – se ainda

---

20 *Quincas Borba*, cap. 138, p. 279; *A Estação*, 15 de abril de 1890, cap. 138; *Quincas Borba apêndice*, p. 171-172. Variantes: *A:* pouco, trocou de atmosfera; *A B:* despedir-se sem saudade, não; *A:* homens das velhas relações, fazia exatamente; *A:* para descobrir se a viam e se a invejavam.

21 *Quincas Borba*, cap. 116, p. 251; *A Estação*, 15 de janeiro de 1890, cap. 116; *Quincas Borba apêndice*, p. 149.

os houvesse antigos e ricos, quais ele via gravados nos livros de usos passados. Oh! Grandes e soberbos coches! Como ele gostava de ir esperar o Imperador, nos dias de grande gala, à porta do paço da cidade, para ver chegar o préstito imperial, especialmente o coche de Sua Majestade, vastas proporções, fortes molas, finas e velhas pinturas, quatro ou cinco parelhas guiadas por um cocheiro grave e digno! Outros vinham, menores em grandeza, mas ainda assim tão grandes que enchiam os olhos.

Um desses outros, ou ainda algum menor, podia servir-lhe às bodas, se toda a sociedade não estivesse já nivelada pelo vulgar *coupé*. Mas, enfim, iria de *coupé*; imaginava-o forrado magnificamente, de que? De uma fazenda que não fosse comum, que ele mesmo não distinguia, por ora; mas que daria ao veículo o ar que não tinha. Parelha rara. Cocheiro fardado de ouro. Oh! Mas um ouro nunca visto[22].

Vemos nesta citação que o narrador se refere ao coche e *coupé*, agora distinguindo-os entre si: o primeiro é mais suntuoso e antigo e é usado pelo Imperador, ao passo que o segundo tornou-se um objeto vulgar e, por isso, não serve mais como um diferenciador dos indivíduos de posse na sociedade. A personagem prefere obviamente o primeiro e, se possível, um dos vistos frequentemente no préstito imperial. Mas, na falta deste, para transformar o seu no mais especial dos coupés, Rubião o pintaria de "um ouro nunca visto", como, diga-se de passagem, o tecido invisível da roupa do rei, do conto de Hans Christian Andersen.

---

22   *Quincas Borba*, cap. 81, p. 207-8. O germe do delírio matrimonial encontra-se na primeira versão no capítulo 86, de 31 de outubro de 1888; *Quincas Borba apêndice*, p. 96: "Crê, leitor, tal foi a origem secreta e inconsciente da ideia conjugal". Veremos no capítulo 7 deste livro o papel que os dois capítulos acrescentados (caps. 81 e 82), sobre o delírio matrimonial, assumem na marcação dos estágios progressivos da loucura de Rubião.

A citação anterior também associa a carruagem ao Imperador e ao préstito imperial, o que será posteriormente muito explorado no romance, quando a loucura de Rubião adquire todos os seus contornos, ou seja, quando a personagem, nos surtos de loucura, acredita ser o próprio Napoleão III. O desdobramento da personalidade de Rubião passa a ocorrer a partir do capítulo 109 de ambas as versões. Vê-se que Machado não faz uma associação direta entre Rubião e Dom Pedro II, apesar de alegoricamente a loucura da personagem representar o declínio do regime imperial no Brasil, como argumenta Gledson[23]. A associação é antes intermediada pela figura de um francês. A escolha de Machado por um Imperador estrangeiro encontra paralelos na revista, já que as gravuras traziam mais frequentemente bustos e ilustrações das riquezas pertencentes a Impérios estrangeiros. Nesse sentido, Machado poderia ter escolhido igualmente o Imperador Guilherme da Alemanha, se os seus leitores não se identificassem, sobretudo, com a cultura francesa[24]. Gledson explica a escolha de Napoleão III para o disfarce, porque Machado estava muito familiarizado com os ataques ao regime do Imperador francês. Além do mais, o regime de Napoleão III era uma monarquia democrática, combinação que provavelmente fascinava o escritor[25].

Gledson levanta outros elementos subsidiários na comparação: estabelece um paralelo entre Sofia e a Imperatriz Eugênia, pela beleza, por ambas serem, de certa forma, arrivistas e muito poderosas nos bastidores. Haveria aqui mais um disfarce no que diz respeito aos poderes políticos de Eugênia: da mesma forma que Eugênia tornou-se poderosa no fim do Império, quando Napoleão estava doente, a Princesa Isabel assumiu as rédeas do poder enquanto seu pai viajava pela Europa em 1871. A referência às viagens de Pedro II à Europa encontra-se, segundo Gledson, na seguinte passagem, durante uma

---

23   Ver Gledson, 2003, capítulo 2, p. 73-133, principalmente itens VIII-XII.

24   Ver Gilberto Pinheiro Passos, *O Napoleão de Botafogo: presença francesa em Quincas Borba de Machado de Assis* (São Paulo: Annablume, 2000), e Needell, cap. 5.

25   Gledson, 2003, p. 109-110.

conversa de Rubião com Camacho: "Rubião ouvia com seriedade; dentro de si ria à larga, pela razão de que naquele instante sentia-se incógnito, de passeio pela América, enquanto Eugênia sustinha as rédeas do governo"[26].

Acredito que o paralelo entre Sofia e a Imperatriz francesa se justifica também por Eugênia ser conhecida pela sua elegância aristocrática, pelas joias e por se vestir com muito esplendor. Ela desempenhou papel muito importante na vida cultural e social da corte imperial francesa. Além disso, lançou várias modas na Europa, como a da crinolina em forma de abóbada, em 1855. No final dos anos 1860, a silhueta da vestimenta feminina também acompanhou o seu abandono das saias muito rodadas[27].

A personagem do romance não é tão aristocrática e nem lança modas como a Imperatriz Eugênia, mas sua beleza era admirada, por mais que as sobrancelhas grossas destoassem do conjunto. Além das sobrancelhas, o narrador observa que os modos de Sofia não vêm do berço: são antes adquiridos, o que denuncia a sua origem e nunca permitirá que ela passe por uma aristocrata de verdade.

Desta forma, do lado de Rubião, sua megalomania imperial faz uma ligação irônica entre a pompa imperial, importada, da revista e o estado decadente do Império brasileiro. Do lado de Sofia, o romance revela ser inútil todo o esforço das assinantes de tentarem com os modelitos passarem por verdadeiras damas pertencentes à aristocracia brasileira e, pior ainda, europeia.

Vimos nos capítulos 2 e 3 deste livro a forte relação temática entre o romance e o conteúdo de *A Estação*. Os dois eixos temáticos do romance se desenvolvem sobre o material de base disponível na própria revista: Machado não somente aproveitou a moda como manisfestação exterior da ascensão em sociedade, mas também a

---

26   *A Estação*, 31 de julho de 1890, cap. 101; *Quincas Borba apêndice*, p. 185. O trecho foi eliminado da versão final. Ver Gledson, 2003, p. 110.

27   Sobre a Imperatriz Eugênia de Montijo, ver, por exemplo, Jasper Ridley, *Napoléon III and Eugénie* (London: Constable, 1979). Sobre a história da crinolina, ver Norah Waugh, *Corsets and Crinolines* (London: Batsford, 1954).

inclinação imperial da revista. A própria ironia do romance ficou, desta forma, melhor compreendida quando identificamos a crítica implícita no destino das personagens, o papel da moda (divulgada nas páginas da própria revista) enquanto camuflagem para as leitoras que almejavam subir alguns degraus na sociedade. Além disso, a megalomania imperial de Rubião, que se personifica num Imperador estrangeiro, satiriza o fetiche que a sociedade carioca mantinha pelo produto importado e pela cultura francesa. O escritor brasileiro também satiriza a distância entre a realidade brasileira e a europeia, que a própria revista estampa, entre a grandiosidade dos Impérios estrangeiros e o estado decadente da corte brasileira.

Nesta primeira parte deste livro, dedicamo-nos, desta forma, ao estudo do contexto editorial em que *Quincas Borba* foi produzido, seja em comparação com os outros romances do escritor publicados da mesma forma (capítulo 1), seja no contexto editorial mais específico de sua publicação dentro de uma revista de moda, belas-artes e literatura. A segunda parte se dedica aos recursos narrativos e à comparação das duas versões do romance. É aí que aprofundaremos a relação entre a estrutura do romance e o modo de publicação em folhetins e livro.

PARTE II

RECURSOS NARRATIVOS E AS DUAS VERSÕES

CAPÍTULO

O CALEIDOSCÓPIO NARRATIVO DE *QUINCAS BORBA*

Não podemos limitar a fonte criativa de Machado de Assis para a escrita de *Quincas Borba* aos temas presentes em *A Estação*, ainda mais depois de Eugênio Gomes ter comprovado que o romancista aproveitou elementos do conto "Diário de um louco", de Gogol, para a definição da temática e enredo de *Quincas Borba*[1]. Este capítulo parte de uma discussão das semelhanças entre o romance brasileiro e o conto russo, já apontadas por Gomes, e compara os recursos narrativos empregados por esses dois escritores. O objetivo é mostrar

---

1   Eugênio Gomes, "Machado de Assis e Gogol", *Machado de Assis* (Rio de Janeiro: Livraria São José, 1958), p. 120-127.

que o conto russo serviu, ao mesmo tempo, de matriz e contraexemplo narrativos para *Quincas Borba*. Apesar de partirem do mesmo substrato temático, Gogol e Machado de Assis se valeram de ferramentas narrativas muito diferentes para cumprirem o objetivo realista de retratar as relações interpessoais na sociedade representada em cada uma dessas duas obras. Veremos que o escritor brasileiro opta por um narrador em terceira pessoa ao invés da forma do diário ou do narrador em primeira pessoa, para retratar, sob vários prismas narrativos, uma rede de relações interpessoais muito mais intricada e ao mesmo tempo muito menos hierárquica do que a sociedade representada por Gogol.

O narrador pode, desta forma, mudar a todo tempo de ângulo e focalizar a visão de mundo não somente a partir de uma, mas das várias personagens envolvidas na trama. A trama romanesca de *Quincas Borba* é, na verdade, construída pela soma total das diferentes opiniões e impressões que cada personagem guardou do mesmo evento. Do ponto de vista do leitor, a narrativa oferece-lhe a oportunidade de observar essa sociedade em mutação a partir de vários ângulos, o que certamente representa uma vantagem na formulação de sua própria versão da história.

GOGOL, MATRIZ DE QUINCAS BORBA

No livro *Machado de Assis*, de Eugênio Gomes, encontra-se um artigo que, apesar de muito convincente, não recebeu a atenção merecida na fortuna crítica de *Quincas Borba*[2]. Como comprovou Gomes, o "Diário de um louco" foi umas das fontes de Machado para a definição da temática e de alguns elementos do enredo de *Quincas Borba*:

---

2 O artigo de Eugênio Gomes não é citado em nenhum dos seguintes estudos sobre *Quincas Borba*: Kinnear, 1976; Passos, 2000; Hélio Guimarães, 2004; Flávio Loureiro Chaves, *O mundo social do Quincas Borba* (Porto Alegre: Movimento, 1974); Teresa Pires Vara, *A mascadara sublime: estudo de Quincas Borba* (São Paulo: Duas Cidades, 1976); John Gledson, 2003; Ivo Barbieri (org.), *Ler e reescrever Quincas Borba* (Rio de Janeiro: EdUERJ, 2003).

Exatamente como ocorre no "Diário de um louco", no romance brasileiro a ideia fixa de caráter amoroso junta-se pouco depois a da megalomania imperial, com Rubião transfigurado em Luís Napoleão, imperador da França, sendo interessante salientar a circunstância de que a mulher, por quem ambos suspiram tão estranhamente, tem o mesmo nome: Sofia. Coincidência?[3]

Segundo Gomes, no "Diário de um louco" Machado encontrou a temática da megalomania imperial, da personificação do cão e o nome de Sofia. É como se Machado tivesse construído o romance na intersecção entre os temas extraídos da revista (a ascensão em sociedade e a inclinação imperial) e as sugestões provenientes do conto russo.

Antes de compararmos as duas obras, vejamos as edições de contos de Gogol que circulavam no Brasil na época de Machado, em uma das quais o escritor brasileiro certamente leu o "Diário de um louco".

TRADUÇÕES DO "DIÁRIO DE UM LOUCO" DISPONÍVEIS NO BRASIL NO SÉCULO XIX

Machado possuía em sua biblioteca uma antologia de contos de Gogol traduzida para o alemão: *Altväterische Leute und andere Erzählungen von Nikolas W. Gogol,* Deutsch von Julius Meixner, Collection Spemann, Stuttgart, Verlag von W. Spemann, (s.d).

Esse volume se encontra no levantamento da Biblioteca de Machado publicado por Jean Michel-Massa na década de 1960 e foi recentemente revisado por Glória Vianna[4]. O volume é dado, no entanto, como perdido pelos dois pesquisadores. Pude verificar em um

---

3   Gomes, p. 120-121.

4   José Luís Jobim (org.). *A Biblioteca de Machado de Assis* (Rio de Janeiro: Topbooks: Academia Brasileira de Letras, 2001).

outro exemplar que o "Diário de um louco" ["Aufzeichnungen eines Wahnsinningen"] foi realmente publicado nessa antologia: é o último conto e ocupa as páginas 191-218.

Sabemos que Machado lia e escrevia fluentemente em francês. Não temos, no entanto, certeza sobre os seus conhecimentos do alemão. Francisca de Basto Cordeiro nos informa em sua curta biografia, *Machado de Assis na intimidade*, que o escritor estudava alemão com o grupo de João Ribeiro, Capistrano de Abreu e José Veríssimo[5]. Além disso, há citações em alemão pela obra de Machado, muito menos numerosas, no entanto, do que as em francês. Um exemplo se encontra na crônica de *Bons Dias!* de 11 de maio de 1888, cuja citação vem do jornal da colônia alemã do Rio de Janeiro, o *Rio-Post*[6]. Talvez nunca venhamos a saber se Machado lia fluentemente nesse idioma. Não podemos, no entanto, duvidar de que o escritor brasileiro tinha um interesse especial pela língua, literatura e filosofia alemãs. É o que a sua biblioteca comprova. Encontram-se lá 27 títulos entre originais e traduções para o alemão, de um total de 718 livros. Há, por exemplo, um dicionário H. Michaelis português-alemão, livros de poesia de Heine e Schiller, obras jurídicas de Bismarck e históricas de Alfred Klaar. Muitas delas foram publicadas pela mesma editora da antologia dos contos de Gogol, a Verlag von W. Spemann, de Stuttgart. Há ainda várias obras científicas, filosóficas e da literatura alemã em tradução[7].

Se Machado não pôde ler o "Diário de um louco" no exemplar de sua biblioteca, o escritor certamente teve acesso a outra edição de contos de Gogol disponível na época em tradução para o francês. Como nos esclarece Eugênio Gomes:

---

5   "[Machado de Assis] aderia ao grupo de João Ribeiro, Capistrano de Abreu e José Veríssimo, que denodadamente enveredaram pelo estudo do alemão, depois de aplicar-se ao do inglês com o professor Alexander, com quem, em solteira, minha Mãe e as irmãs mais velhas o haviam aprendido". Francisca de Basto Cordeiro. *Machado de Assis na intimidade*. 2. ed. revista pela autora (Rio de Janeiro: Pongetti, 1965. p. 53).

6   *Bons Dias! Crônicas (1888-1889)*, edição, introdução e notas de John Gledson (São Paulo: Editora da UNICAMP, Editora Hucitec, 1990), p. 57-59. Ver especialmente a nota 6, p. 58.

7   Jean-Michel Massa, "A biblioteca de Machado de Assis", e Glória Vianna. "Revendo a biblioteca de Machado de Assis", ambos em José Luís Jobim (org.). *A biblioteca de Machado de Assis*, pp. 69-75, 125, 272.

Não somente essa obra [*Almas Mortas*] como as demais de Gogol já corriam, nesse tempo, pelos canais franceses. *Almas mortas*, numa tradução lançada em 1859, mas já em 1845, Louis Viardot, com o auxílio de Turgenev, havia trasladado para a sua língua as narrativas: "Tarass Bulba", "O diário de um louco", "Viy" e outras, publicadas em um volume[8].

Trata-se da antologia *Nouvelles Choisies*, Paris, Hachette, cuja primeira edição foi publicada em julho de 1845. Pude verificar em uma edição de 1853 com título homônimo que o conto "Les memoires d'un fou" é o primeiro da coletânea, ocupando as páginas 3-42. A edição possui ao todo três narrativas: além de "Les memoires d'un fou", "Un ménage d'autrefois" e "Le roi de gnomes". Também encontramos nesse volume o prefácio de Viardot, em que se explicam a escolha dos contos e as circunstâncias em que foi realizada a tradução:

> Feito em St. Petersburg, este trabalho pertence menos a mim do que aos amigos que se prontificaram a ditar em francês o texto original. Eu não fiz nada mais do que alterar algumas palavras e frases, e se o estilo é em parte meu, o sentido é todo deles. Eu posso então prometer, pelo menos, uma precisão perfeita. Nós seguimos o tempo todo a regra que Cervantes dá aos tradutores, e que em outra ocasião eu me forcei a aplicar às suas obras: "Não acrescentar nem omitir nada".
>
> [Fait à Saint-Pétersbourg, ce travail m'appartient moins qu'à des amis qui ont bien voulu me dicter en français le texte original. Je n'ai rien fait de plus que des retouches sur les mots et les phrases; et si le style est à moi en partie, c'est à eux seuls qu'est le sens. Je puis donc

---

8   Eugênio Gomes. *Machado de Assis*, pp. 116-117. O nome completo do conto é "Viy ou le roi de Gnomes".

promettre au moins une parfaite exactitude. Nous avons toujours suivi la règle que Cervantes donne aux traducteurs, et que je m'étais efforcé précédemment d'appliquer à ses oeuvres: "Ne rien mettre, et ne rien omettre"][9].

Segundo Helmut Stolze, a tradução foi feita em 1843 durante a estada de Louis Viardot, e os dois amigos eram Gedeonov e o já citado Turgenev[10]. É muito provável que a edição de 1845 possuísse mais contos do que a de 1853. Nesta não foi publicada, por exemplo, a narrativa "Tarass Bulba", a que Eugênio Gomes se refere, como já vimos, e que foi minuciosamente descrita por Saint-Beuve em sua resenha na *Revue des Deux-Mondes*:

> Os outros contos do volume são menos interessantes do que "Taras Bulba"; elas mostram a variedade do talento de Senhor Gogol, mas lamento que, para uma primeira coletânea, a continuação do livro não é mais homegênia e capaz de fixar primeiramente as características gerais do autor: a crítica se encontra um pouco em apuros diante dessa diversidade de assuntos e situações.
>
> [Les autres nouvelles du volume nous offrent moins d'intéret que celle de "Tarass Bulba"; elles montrent la variété du talent de M. Gogol, mais je regrette que, pour un premier recueil, on n'ait pas pu choisir une suite plus homogène et plus capable de fixer tout d'abord sur les caractères généraux de l'auteur: le critique se trouve un peu en peine devant cette diversité de sujets et d'applications[11].]

9   Louis Viardot, "Préface", in Nicolas Gogol. *Nouvelles choisies* (Paris: Hachette, 1853), p. V-VI.

10   Sobre a qualidade e fidelidade da tradução de Viadort ao original de Gogol, ver Helmut Stolze, *Die Französiche Gogolrezeption* (Wien und Köln: Böhlau Verlag), 1974, p. 18.

11   Saint-Beuve, "Revue littéraire: nouvelles russes, par M. Nicolas Gogol". *La Revue des Deux-Mondes*, Nouvelle Série, XII, 1845, p. 889.

Talvez o interesse de Machado por Gogol tenha sido despertado pelas resenhas publicadas sobre o autor russo na *Revue des Deux-Mondes*, periódico que o escritor brasileiro provavelmente folheava com regularidade, e que era lido por algumas de suas personagens: Sofia, por exemplo. Segundo Stolze, o artigo de Saint-Beuve citado anteriormente é o primeiro na França sobre Gogol. É o que o próprio Saint-Beuve nos dá a entender ao afirmar que:

> Antes da tradução publicada pelo Senhor Viardot, é duvidoso que qualquer francês já tivesse lido alguma produção original do Senhor Gogol; neste caso, eu me encontrava na mesma situação que os outros.
>
> [Avant la traduction que publie M. Viardot, il est douteux qu'aucun Français eût jamais lu quelqu'une des productions originales de M. Gogol; j'étais dans ce cas comme tout le monde][12].

Na resenha de Saint-Beuve, Machado não teria encontrado, no entanto, os elementos do "Diário de um louco" aproveitados para a composição de *Quincas Borba*. Como o crítico francês considera "Tarass Boulba" a narrativa mais interessante da coletânea, ele dedica a maior parte da resenha à descrição desse conto. Saint-Beuve nem chega a citar todos os contos. Na verdade, a única outra narrativa a que se refere é "Un ménage d'autrefois", pelo contraste que apresenta com "Tarass Boulba": uma história "que retrata a vida monótona e feliz de um casal na Pequena Rússia; é, portanto, um contraste feliz às cenas duras e selvagens de Boulba" ["qui peint la vie monotone et heureuse de deux époux dans la Petite-Russie, est pourtant d'un contraste heureux avec les scènes dures et sauvages de Boulba"] (Saint-Beuve, *Revue*, 1854, p. 889).

Consultei ainda dois outros artigos publicados na *Revue des Deux-Mondes* que tratam de Gogol, entre outros escritores russos[13]. O autor do primeiro, Charles Saint-Julien, não lhe dedica muito espaço porque

---

12   Saint-Beuve, "Revue Littéraire: Nouvelles russes, par M. Nicolas Gogol", *La Revue des Deux-Mondes*, Nouvelle Série, XII, 1845. p. 883-884.

13   Nikolai Gogol é, na verdade, de origem ucraniana.

seu interesse reside em estudar a obra de Solohoupe. Gogol entra com Pouchkine e Lermontoff no apanhado introdutório sobre a literatura russa realista. Os comentários a respeito de Gogol tratam de aspectos da obra em geral e de seu lugar na literatura russa:

> Nicolas Gogol se distingue dos escritores de seu país por um poder de análise e de criação ao qual o pensamento moscovita raramente se elevou.
>
> [Nicolas Gogol se distingue des écrivains de son pays par une puissance d'analyse et de création à laquelle la pensée moscovite s'est rarement élevée][14].

Saint-Julien menciona o "Diário de um louco", ao citar o crítico russo Miloukouff:

> Pushkin deixou a sociedade por egoísmo, Lermontoff a amaldiçoou por desespero, Gogol chora por ela e sofre. Seus sofrimentos são tão vivos, que ela os esconde sob o manto do riso, às vezes barulhento, doentio e nervoso, às vezes calmo, pacífico e rico de uma ironia serena. Isso se observa na última parte de "Diário de um louco"...
>
> [Pouchkine abandonna la société par égoïsme, Lermontoff la maudit par désespoir, Gogol pleure sur elle et souffre. Ses souffrances sont d'autant plus vives, qu'il la dérobe sous le manteau du rire, tantôt bruyant, maladif et nerveux, tantôt calme, paisible et empreint d'une ironie sereine. Tel on voit dans la dernière partie des "Souvenirs d'un fou"... (sic)][14]

Prosper Merimée é o autor do outro artigo consultado. O crítico reconhece o valor da obra de Gogol e identifica no conto a sátira contra a sociedade:

---

14   Charles de Saint-Julien, "La littérature en Russie, Le comte W. Solohoupe", *La Revue des Deux-Mondes*, Nouvelle Période, XII, 1851, p. 70.

"A história de um louco" [sic] é ao mesmo tempo uma sátira contra a sociedade, um conto sentimental e uma história forense sobre os fenômenos encontrados numa mente perturbada. Eu acredito que o estudo está bem feito e retratado de forma muito gráfica, como diria o Sr. Diafoirus, mas eu não gosto do gênero: a loucura é um dos infortúnios que tocam as pessoas, mas que causam nojo.

["L'Histoire d'un fou" [sic] est tout à la fois une satire contre la société, un conte sentimental et une histoire médico-légale sur les phénomènes que présente une tête humaine qui se détraque. Je crois l'etude bien fait et fort graphiquement dépeinte, comme dirait M. Diafoirus, mais je n'aime pas le genre: la folie est un des ces malheurs qui touchent, mais qui dégoûtent[15].]

Merimée também afilia a obra de Gogol à tradição dos humoristas ingleses, os quais, por sua vez, exerceram uma forte influência na obra madura do escritor brasileiro: "só lhe falta talvez uma língua mais difundida na Europa para alcançar uma reputação igual à dos *humoristas* ingleses" ["il ne lui manque peut-être qu'une langue plus répandue pour obtenir en Europe une réputation égale à celle des meuilleurs *humoristes* anglais"][16]. Talvez tenhamos identificado nessa resenha a origem do interesse de Machado de Assis pelo "Diário de um louco" ou mesmo pela obra de Gogol em geral.

Os comentários dos três críticos chamam a atenção para aspectos importantes da obra de Gogol em geral: por exemplo, para a sátira social e seu caráter pessimista, além de associar o escritor russo aos humoristas ingleses, tão apreciados por Machado. Saint-Julien e Mérrimée encontram no "Diário de um louco" características (positivas

---

15   Prosper Mérimée, "La littérature de Russie. Nicolas Gogol", *La Revue des Deux-Mondes,* Nouvelle Période, XII (1851) 631.

16   Prosper Mérrimé, op. cit.

ou negativas) representativas da obra de Gogol a que tiveram acesso em tradução. Nenhum dos dois críticos chega, no entanto, a abordar minuciosamente os elementos do enredo do conto. Mérimée aponta para o duplo caráter sentimenta e médico-legal da narrativa, presente também em *Quincas Borba*. Porém, uma vez que "a sugestão proveniente do 'Diário de um louco' abrangeu mesmo o tema principal do romance', como bem nos mostra Gomes, não bastaria que Machado tivesse lido os artigos na *Revue des Deux-Mondes* para se apropriar da temática da megalomania, da personificação do cão e do nome de Sophie.[17] A intertextualidade entre as duas narrativas é tão grande, que não podemos duvidar que Machado tenha tido acesso ao texto do conto em uma das traduções disponíveis no seu tempo.

Pouco importa, para os fins deste trabalho, se o escritor brasileiro leu Gogol em alemão ou em francês, apesar das diferenças que as duas traduções apresentam. Entre as que pude perceber, numa comparação superficial, está a opção, na tradução da mesma passagem, em uma pela forma do diálogo e na outra pelo discurso indireto. Para este estudo, basta-nos a constatação de que os elementos do enredo do conto permanecem inalterados de uma tradução para outra, como pude confirmar, mesmo que a linguagem da tradução francesa me pareça um pouco simplificada. Além disso, a forma do diário foi conservada em ambas. É verdade que, na francesa, não encontramos a data de uma entrada do diário, a do dia 25. Mas trata-se antes de uma gralha editorial: falta a data, mas não o texto, que foi, assim, incorporado à entrada do dia anterior, de "Janeiro do mesmo ano que veio depois de fevereiro" ["Le janvier de la même année qui est venu après le février"]. Uma diferença importante entre as duas traduções está nos nomes próprios, entre eles os das personagens. O nome de Sofia, no entanto, não se altera do francês para o alemão. Encontra-se nas duas traduções na forma francesa: Sophie, o que prova, mais uma vez, que Machado poderia ter lido o conto em qualquer uma das duas línguas.

17 Gomes, 1858, p. 118-119.

O ENREDO

Como o próprio título indica, o "Diário de um louco" é um conto na forma de diário escrito por um louco. Popritchine é um amanuense que se bate contra a burocracia rígida e impessoal do regime opressor de Nicolau I. Sua principal obrigação é copiar documentos e apontar os lápis do diretor de sua repartição, por cuja filha se apaixona. Quando o diário se inicia (em 3 de dezembro), já se acentuam na personagem os primeiros sinais da loucura. A personagem detalha seus esforços para se tornar o noivo de Sophie, a filha do diretor, porém sem sucesso. A sua posição social não lhe permite fazer a corte à filha do chefe. Popritchine sente-se superior aos seus colegas e os despreza. Ele se considera um homem de atividade intelectual e sensibilidade literária. Tem confiança de que atingirá uma posição social superior e de que, assim, conquistará Sophie[18].

Popritchine fica sabendo que a cachorrinha de Sophie, Medgi, não só fala, mas também escreve cartas a uma cachorrinha de nome Fidèle. A curiosidade pelo conteúdo das cartas leva o herói a roubá-las. Ele passa a transcrever para o seu diário alguns excertos com informações sobre Sophie. Por meio das cartas, o herói acredita poder penetrar na vida privada da moça. Medgi escreve: "Estou pronta para compartilhar tudo o que acontece em nossa casa com você. Eu já disse algumas palavras sobre a personagem principal, o pai chama de Sophie. É um homem muito estranho." ["Je suis prête à te faire part de tout ce qui se passe dans notre maison. Je t'ai déjà dit quelques mots du principal personnage, que Sophie appelle papa. C'est un homme très-étrange"]. E a curiosidade de Popritchine se aguça: "Ah! Vejamos, vejamos o que ela diz sobre Sophie. Oh! oh! nada, nada, silêncio. Continuemos." ["Ah! Voyons, voyons, que dit-elle de Sophie. Oh! oh! rien, rien, silence. Continuons."]. Pelas cartas, o protagonista descobre que Sophie o despreza e que está de casamento marcado com um cavalheiro da corte: "Sophie é louca por ele, papai está muito feliz (...) o casamento será em breve, porque o pai realmente quer casar sua filha com um general, ou um cavalheiro da câmara, ou um coronel militar." ["Sophie est folle

---

18   A grafia dos nomes próprios vem como na tradução em francês.

de lui; papa très-content (...) la noce se fera bientôt, car le papa veut absolument marier sa fille à un général, ou bien à un gentilhomme de la chambre, ou bien à un colonel militaire"[19].]

Depois de sofrer essa última frustração, a loucura da personagem adquire todos os seus contornos. No dia 5 de dezembro, Popritchine anota no seu diário que leu no jornal a notícia de que o trono da Espanha estava vago. Gogol está se referindo à disputa pela sucessão de Ferdinand VII, que morrera em 1833. Popritchine fica perplexo ao saber que não há um sucessor para o trono espanhol e acredita que o verdadeiro rei estaria vivendo incógnito em algum país estrangeiro. Em abril 43 2000 (sic) (as datas do diário ficam confusas a partir dessa entrada), o herói está convencido de ser ele mesmo o sucessor do trono da Espanha. Após assumir definitivamente a identidade de Fernando VIII, Popritchine corta seu uniforme militar e faz dele um manto real, sob o qual pode, finalmente, aparecer em público. A personagem é levada para um hospício, mas pensa estar no Palácio Real Espanhol. Popritchine acredita ter caído nas mãos da Inquisição quando é submetido a um inquérito e a banhos de água fria. Na última entrada do diário, a personagem declara que não suporta mais a tortura. Implora por salvação e para ser transportado por uma troika aos braços de sua mãe, onde poderá se livrar da perseguição.

CONJUNTURA HISTÓRICA E RECRIAÇÃO

Se compararmos *Quincas Borba* ao "Diário de um louco" no que diz respeito à natureza das relações entre as personagens, percebemos que no romance brasileiro a rede social é muito mais intricada e ao mesmo tempo muito menos hierárquica do que na sociedade retratada por Gogol. Popritchine bate-se contra a burocracia rígida e impessoal do regime opressor de Nicolau I. Como vimos no capítulo 2 deste livro, *Quincas Borba* retrata, por sua vez, uma sociedade em mutação. Segundo Gilda de Mello e Sousa, o romance de Machado oferece como

---

19 "Les mémoires d'un fou", *Nouvelles choisies*, 1853, p. 21, 22, 25, 26.

um todo uma visão dinâmica da mudança da posição dos indivíduos, que valem pelo que têm, uns em relação aos outros. Souza compara a mobilidade social em *Quincas Borba* às figuras simétricas do caleidoscópio, que podem ser constantemente modificadas ou recompostas ao girarmos o instrumento:

> [*Quincas Borba*] dá-nos uma visão preciosa desse recompor-se constante do caleidoscópio, com os afastamentos infindáveis das amizades antigas, o apego sôfrego dos mais modestos aos hábitos da classe dominante, amargura dos que se negam a aceitar a figura movediça da sociedade[20].

Voltaremos mais adiante à imagem do caleidoscópio quando tratarmos dos recursos literários empregados por Machado para concretizar os seus planos de retratar ficcionalmente esse ininterrupto movimento de ascensão e declínio social de um grupo de indivíduos. Antes, não podemos deixar de mencionar que a ideia do caleidoscópio se encontra no centro da interpretação de John Gledson para *Quincas Borba*. Para Gledson, a novidade de *Quincas Borba* em relação a *Brás Cubas* reside exatamente no fato de que *Quincas Borba* representa, como vimos anteriormente, uma sociedade em transformação, dominada pelo comércio e não mais pelas relações da burguesia detentora de terra. Gledson observa que a trama de *Quincas Borba* é muito mais complexa do que a de *Memórias póstumas de Brás Cubas*, o primeiro romance do período chamado "maduro" da obra de Machado. E isso porque *Brás Cubas* é constituído de episódios e anedotas autossuficientes, além de suas personagens secundárias não desempenharem papel essencial na trama[21].

Além disso, vale para *Quincas Borba* o que Alfredo Bosi sintetiza para a obra de Machado como um todo: o romance oferece um retrato das relações interpessoais pelo seu "intervalo social menor". Como escreve Alfredo Bosi:

---

20   Souza, p. 114-115.

21   Gledson, 2003, p. 82. Ver também John Gledson, *The Deceptive Realism of Machado de Assis* (Liverpool: Francis Cairns, 1984), p. 22.

> quem percorre a narrativa de Machado, que cobre a vida do Rio dos meados ao fim do século XIX, reconhece uma teia de relações sociais, quer intrafamiliais (na acepção ampla de parentesco, compadrio e agregação), quer de vizinhança, profissão e vida pública entre pares ou entre pessoas situadas em níveis distintos. E o que salta à vista no desenho dessa teia? Relações assimétricas compõem a maioria dos enredos machadianos; e levando em conta a dimensão subjetiva da assimetria, pode-se afirmar que esta se encontra em toda parte e dentro de cada personagem. A experiência do gradiente social é aqui fundamental. (...) Olhando de perto, vê-se que nesse contexto de diferenças predomina o tratamento do intervalo social menor. Daí a presença apenas discreta do par de extremos senhor-escravo, mas a frequência significativa do par senhor-agregado, bem como a singular ocorrência do par forro-escravo, o que acusa a violência real das interações mal dissimuladas pela distância aparentemente diminuída[22].

O intervalo social entre as personagens de *Quincas Borba* não é diferente da situação descrita anteriormente por Bosi. O arrivista Palha, por exemplo, é um comerciante de origem média e com bom tino para os negócios. Sofia é filha de funcionário público; também pertence, assim, ao setor médio em expansão da sociedade. Rubião, por sua vez, sobe no início do romance da posição de agregado para a de herdeiro universal da fortuna de Quincas Borba, enquadrando-se na categoria dos ricos por herança e não por trabalho. A distância social entre Rubião e Palha é muito fluida. Ambos têm origens modestas e aspiram à ascensão social. Além disso, ao longo do romance, a fortuna de cada um dos dois está a todo o momento mudando de valor.

---

22 Alfredo Bosi, *Machado de Assis: O enigma do olhar* (São Paulo, Ática), p. 153-154.

Em comparação com o "Diário de um louco", a hierarquia social no romance brasileiro foi reduzida ao mínimo. E, junto com a hierarquia social, também foi diminuída a barreira que separa a vida pública da vida privada. Rubião transita livremente pelo interior da casa de Palha, o que não acontece no conto de Gogol com Popritchine. Rubião não chega a ter acesso direto à alcova de Sofia, mas encontra-se muito frequentemente a sós com a dama em outras partes da casa. Podem fitar juntos o Cruzeiro no jardim, ou mesmo passear a sós de carruagem. A carruagem, a que já nos referimos no capítulo 3, é outro espaço de privacidade, que protege os passageiros do olhar curioso da multidão na rua, quando as cortinas se encontram fechadas, como é o caso no episódio perto do final do romance.

O CALEIDOSCÓPIO NARRATIVO

De que forma Machado constrói então essa trama mais complexa? Dentro dos recursos literários disponíveis, quais o escritor escolhe para reproduzir um microcosmo social? A escolha por um narrador em terceira pessoa certamente apresenta vantagens se o romancista não quer dar relevo apenas a uma versão da história, por exemplo, a do narrador protagonista Brás Cubas e Bento, de *Dom Casmurro*.

No "Diário de um louco", Gogol se valeu do recurso da carta como estratégia narrativa, a qual, na ausência de um narrador em terceira pessoa, possibilita o acesso à vida privada de Sophie e às opiniões de personagens que pertencem a uma rede de relações sociais da qual Popritchine não participa, por causa da sua posição na hierarquia social. Nós, leitores, temos, assim, acesso não somente ao ponto de vista do herói, mas também ao ponto de vista de Medgi e Sophie, mesmo não passando as cartas de um produto da imaginação de Popritchine. As opiniões de Medgi e Sophie são o desdobramento da voz do herói, um sinal de sua loucura.

Machado não optou, como Gogol, por narrar *Quincas Borba* na forma do diário, nem na primeira pessoa, como em *Memórias póstumas de Brás Cubas* e *Dom Casmurro*. Nem mesmo escolheu um narrador participante, como o de *Casa velha*. Seu objetivo em *Quincas Borba* não era contar uma história do ponto de vista de uma só personagem. Ao contrário, o escritor montou a trama romanesca a partir da exposição das impressões que cada personagem guardou do mesmo evento e da opinião de cada personagem uma em relação à outra. Como num caleidoscópio, o romancista multiplica os pontos de vista narrativos, representando, dessa forma, uma sociedade em mutação não sob apenas um olhar, mas antes a partir da soma dos pontos de vista das personagens.

Vejamos a partir de dois exemplos a maneira como Machado constrói a trama romanesca. Uma vez que seus elementos essenciais não mudam da primeira para a segunda versão, citarei sempre a partir da versão em livro, mesmo quando a numeração dos capítulos não coincidir. Este capítulo, o primeiro em que comparo as duas versões do romance, começa, nesse sentido, dedicando-se ao estudo do que não mudou do folhetim para o livro[23].

Machado privilegia no início da narrativa duas reuniões sociais: a reunião na casa de Palha, na qual Rubião convida Sofia para fitar o Cruzeiro; e o baile na casa de Camacho, em que Sofia dança por mais de quinze minutos com Carlos Maria. O romancista construirá em torno desses dois acontecimentos a trama romanesca, ou seja, a intricada rede de suspeitas entre as personagens a respeito do suposto *affair* entre, em primeiro lugar, Sofia e Rubião e, posteriormente, Sofia e Carlos Maria.

Dos capítulos 34 a 50 da versão em livro, o narrador vai tratar da reunião em Santa Teresa na casa de Sofia[24]. Na cena do jardim, Rubião "chamou aos olhos de Sofia as estrelas da terra, e às estrelas os olhos do céu" e pediu

---

23 Neste capítulo, todas as citações de *Quincas Borba* serão feitas a partir de *Quincas Borba* (1975), cujo texto-base é a terceira edição do romance em livro (1899). Quando houver variantes em *Quincas Borba apêndice*, elas serão apresentadas em nota de rodapé.

24 *Quincas Borba*, p. 142-168; *A Estação*, 15 de novembro de 1886 a 28 de fevereiro de 1887, caps. 32-50; *Quincas Borba apêndice*, p. 35-52.

à moça "que, todas as noites, às dez horas, fitasse o Cruzeiro; ele o fitaria também, e os pensamentos de ambos iriam achar-se ali juntos, íntimos, entre Deus e os homens"[25]. Dona Tonica é a primeira a levantar suspeitas:

> Não tardou em perceber que os olhos de Rubião e os de Sofia caminhavam uns para os outros; notou, porém, que os de Sofia eram menos frequentes e menos demorados, fenômeno que lhe pareceu explicável, pelas cautelas naturais da situação. Podia ser que se amassem...[26]

Em casa, falando sozinha, a solteirona jura vingança e ameaça contar tudo ao Palha: "Conto-lhe tudo, – ia pensando – ou de viva voz, ou por uma carta... Carta não; digo-lhe tudo um dia, em particular"[27]. O Major Siqueira também poderia ter percebido alguma coisa, suspeita Rubião:

> A luz do fósforo deu à cara do major uma expressão de escárnio, ou de outra coisa menos dura, mas não menos adversa. Rubião sentiu correr-lhe um frio pela espinha. Teria ouvido? visto? adivinhado? Estava ali um indiscreto, um mexeriqueiro?[28]

Ainda na festa, notamos que Sofia considera ultrajante o comportamento do mineiro, mas disfarça, porque o próprio marido havia lhe dito que deveriam tratá-lo com "atenções particulares". Já no seu quarto, depois de todos os convidados se retirarem, ela compara Rubião com o diabo: "Então o diabo também é matuto, porque ele pareceu-me nada menos que o diabo.

---

25   *Quincas Borba*, cap. 39 e 41, p. 147, 149; *A Estação*, 30 de novembro de 1886, cap. 38, 15 de dezembro de 1886, cap. 40; *Quincas Borba apêndice*, p. 39, 41.

26   *Quincas Borba*, cap. 37, p. 145; *A Estação*, 30 de novembro de 1886, cap. 36; *Quincas Borba apêndice*, p. 38.

27   *Quincas Borba*, cap. 43, p. 153; *A Estação*, 31 de dezembro de 1886, cap. 42; *Quincas Borba apêndice*, p. 45.

28   *Quincas Borba*, cap. 42, p. 151; *A Estação*, 31 de dezembro de 1886, cap. 41 (continuação); *Quincas Borba apêndice*, p. 43. Variantes: *A*: um bisbilhoteiro, um denunciante?

E pedir-me que à certa hora olhasse para o Cruzeiro, a fim de que as nossas almas se encontrassem?"[29]. Palha, no entanto, não poderá romper as relações com Rubião, como quer a mulher, porque lhe deve muito dinheiro:

> – Mas, meu amor, eu devo-lhe muito dinheiro.
>
> Sofia tapou-lhe a boca e olhou assustada para o corredor.
>
> – Está bom, disse, acabemos com isto. Verei como ele se comporta, e tratarei de ser mais fria... Nesse caso, tu é que não deves mudar, para que não pareça que sabes o que se deu. Verei o que posso fazer[30].

Os capítulos 69 a 78 tratam do baile na rua dos Arcos, na casa de Camacho, no qual Carlos Maria dança por quinze minutos com Sofia[31]. Mais uma vez o narrador irá pormenorizar as impressões que as personagens envolvidas na trama guardaram da festa, a partir das quais se constrói a suspeita do *affair*, desta vez entre Sofia e Carlos Maria. Rubião "começava a crer possível ou real uma ideia que o atormentava desde muitos dias. Agora, a conversação dilatada, os modos dela..."[32]. Maria Benedita, que ama Carlos Maria em segredo, dá-se conta de que sua prima é um obstáculo aos seus planos de conquista da atenção de Carlos Maria. Na manhã seguinte, ela acorda com a ideia de voltar para a roça. A roceira rói-se de ciúmes, porém Sofia não percebe. Maria Benedita insinua que a prima gosta de dançar para ter um homem apertando-lhe o corpo: "Não gosto que um homem me aperte o corpo ao seu corpo, e ande comigo, assim, à vista dos outros. Tenho vexame"[33].

---

29   *Quincas Borba*, cap. 50, p. 164; *A Estação*, 15 de fevereiro de 1887, cap. 50 (continuação); *Quincas Borba apêndice*, p. 50.

30   *Quincas Borba*, cap. 50, p. 167-8; *A Estação*, 15 de fevereiro de 1887, cap. 50 (continuação); *Quincas Borba apêndice*, p. 52. Variantes: *A, B:* disse, não falemos mais nisto. Verei como; *A, B:* sabes alguma coisa. Verei o que posso fazer.

31   *Quincas Borba*, p. 192-204; *A Estação*, 15 de julho a 15 de outubro de 1887, caps. 69 a 79 (continuação); *Quincas Borba apêndice,* p. 69-83.

32   *Quincas Borba*, cap. 70, p. 196-7; *A Estação*, 31 de julho de 1887, cap. 70; *Quincas Borba apêndice*, p. 73.

33   *Quincas Borba*, cap. 77, p. 203; *A Estação*, 31 de agosto de 1887, cap. 75 (continuação); *Quincas Borba apêndice*, p. 77.

O pequeno conflito entre as duas personagens se desfaz quando Sofia fala dos planos de Palha em casar a prima na corte. Por puro egoísmo, Sofia não revela, no entanto, que o noivo almejado é Rubião, o que faz com que a roceira conclua erroneamente que o pretendente seja o próprio Carlos Maria e que ela teria sido o assunto da conversa entre o moço e Sofia durante a polca. A verdade, no entanto, é que ninguém no baile, além de Sofia e Carlos Maria, pôde escutar a conversa entre o casal dançante. Carlos Maria disse a Sofia um galanteio: "O mar batia com força, é verdade, mas o meu coração não batia menos rijamente; – com esta diferença que o mar é estúpido, bate sem saber por que, e o meu coração sabe que batia pela senhora"[34]. O leitor ficará sabendo mais tarde que a história de Carlos Maria, na qual Sofia piamente acreditou, era pura mentira. O rapaz confessa, para si mesmo, que foi tolo ao inventar que tinha passado a noite na praia em frente à casa de Sofia: "Quem diabo me mandou dizer semelhante coisa"[35].

Vemos que Machado utiliza um narrador em terceira pessoa para expor não somente os acontecimentos, mas também as impressões que cada personagem guardou do mesmo evento. Para construir a trama, ele multiplica os pontos de vista narrativos, como em um caleidoscópio, e cria um quadro completo da interação entre as personagens durante essas duas reuniões sociais. Os diferentes prismas narrativos correspondem, por conseguinte, às figuras simétricas do caleidoscópio que constantemente se alternam à medida que o narrador muda o ângulo a partir do qual o mesmo evento é refratado. O narrador é, desta forma, quem efetua o movimento de rotação do caleidoscópio. É um procedimento narrativo muito diferente do utilizado em *Brás Cubas* (e posteriormente em *Dom Casmurro*), no qual o narrador-protagonista vê tudo sobre o seu ponto de vista e narra, parodiando Sterne, *his own life and opinions*.

---

34 *Quincas Borba*, cap. 69, p. 195; *A Estação*, 31 de julho de 1887, cap. 69 (continuação); *Quincas Borba apêndice*, p. 72.

35 *Quincas Borba*, cap. 75, p. 202; *A Estação*, 15 de outubro de 1887, cap. 79 (continuação); *Quincas Borba apêndice*, p. 83.

NARRADOR CONFIÁVEL OU NÃO CONFIÁVEL, EIS A QUESTÃO

Faz parte desse processo de recriação literária a partir do "Diário de um louco" a opção por um narrador onisciente, que fornece ao leitor uma visão muito mais abrangente do que a possuída por cada personagem individualmente. O narrador onisciente permite ao leitor (re)construir, como em um mosaico, o fato real a partir das impressões que cada personagem guardou do mesmo acontecimento ou a partir das opiniões que cada personagem tem uma das outras. Dessa forma, porque a trama romanesca é montada sobre os múltiplos pontos de vista, ao leitor é dado saber muito mais do que às personagens. O seu campo de visão abarca, na verdade, o prisma narrativo de todas as personagens. Eu diria que, em relação à trama romanesca, o leitor sabe tanto quanto o narrador.

Tocamos aqui na questão da posição do leitor em relação ao narrador de *Quincas Borba*, assunto amplamente discutido na fortuna crítica do romance. Kinnear, por exemplo, em seu artigo pioneiro sobre as duas versões, acredita que, do folhetim para o livro, existe um movimento consciente em direção à não confiabilidade do narrador. Kinnear fundamenta seu argumento na reescrita dos episódios que constroem o suposto *affair* entre Sofia e Carlos Maria. Segundo Kinnear, para o leitor do folhetim fica bem claro que Rubião se engana ao imaginar o caso. Na segunda versão, o leitor "nunca está inteiramente certo de que não existe um caso amoroso, até o novo capítulo 106, quando ele é tão vítima quanto Rubião ["is never entirely sure that there is no affair until the new chapter 106, when he is as much the victim as is Rubião"][36]. Para Kinnear a confiabilidade do narrador define-se, desta forma, como a propensão do narrador a acreditar que existe apenas uma realidade que pode ser capturada pela observação. Segundo esta ótica, o narrador confiável acredita e faz o leitor acreditar na capacidade da ficção de

---

36 Kinnear, p. 58.

recriar a realidade. O capítulo 106 é central na sua interpretação, porque, sendo idêntico em texto e número nas duas versões, comprova que Machado iniciou a reescrita antes de finalizada a publicação do folhetim. Realmente não pode se tratar de coincidência, porque no folhetim a numeração um tanto desorganizada dos capítulos já se encontrava no 121, em 31 de julho de 1889.

Machado interrompeu a publicação do romance entre os meses de agosto e novembro de 1889, período em que, seguindo a hipótese de Kinnear, o romancista provavelmente se dedicou à revisão. Quando a publicação do romance é reiniciada em 30 de novembro de 1889, o folhetim não retoma a numeração anterior. Em vez de dar continuidade com o capítulo 122, temos o número 106. Machado revisara o material publicado anteriormente n' *A Estação* já pensando no livro, fazendo com que a numeração do folhetim e do livro se igualassem nessa altura da narrativa.

Precisamos discutir a afirmação de Kinnear por partes. Em primeiro lugar, é indubitável que na primeira versão o narrador é confiável e que, consequentemente, o leitor não é enganado em relação à trama romanesca, como já ficou comprovado aqui. A questão agora é verificar se do folhetim para o livro houve realmente essa mudança de um narrador confiável para não confiável, no que diz respeito à construção das suspeitas do *affair*. Eu acredito que isso efetivamente não ocorre, porque a confiabilidade do narrador está intrinsecamente ligada ao modo como Machado constrói a trama romanesca, e que não muda do folhetim para o livro. Em ambas as versões, o leitor é colocado, como no teatro, na posição de espectador e não é enganado, repito, em relação à trama romanesca. Ele é conduzido a sintonizar suas opiniões com as do narrador, para que não julgue as personagens segundo valores morais tradicionais, como veremos no capítulo 7 deste livro.

Para que o leitor acredite na história do *affair* entre Carlos Maria e Sofia (e, consequentemente, na história do cocheiro), ele teria de limitar o seu campo de visão ao de Rubião e ignorar os vários prismas narrativos gerados pela exposição do ponto de vista das outras personagens. Vejamos dois exemplos que comprovam que, porque Machado manteve ou mesmo enfatizou na reescrita a visão caleidoscópica da narrativa, o ponto de vista do leitor não se limita ao de Rubião. Ao leitor da segunda versão é dado saber antes do capítulo 106 que as preocupações de Sofia já não mais se concentravam nem em Carlos Maria nem em Rubião. Trata-se do episódio em que Rubião vai à casa de Sofia na ocasião da morte da mãe de Maria Benedita. Sofia contou-lhe sobre seus planos de organizar a comissão de senhoras para arrecadar esmolas para as vítimas da epidemia de Alagoas. O narrador revela-nos tudo: a natureza beneficente e ao mesmo tempo egocêntrica do projeto. Sofia sonhava, agora, com a sua projeção social por intermédio da Comissão de Alagoas:

> Era tudo verdade. Era também verdade que a comissão ia pôr em evidência a pessoa de Sofia, e dar-lhe um empurrão para cima. As senhoras escolhidas não eram da roda da nossa dama, e só uma a cumprimentava; mas, por intermédio de certa viúva, que brilhara entre 1840 e 1850, e conservava do seu tempo as saudades e o apuro, conseguira que todas entrassem naquela obra de caridade. Desde alguns dias não pensara em outra coisa. Às vezes, à noite, antes do chá, parecia dormir na cadeira de balanço; não dormia, fechava os olhos para considerar-se a si mesma, no meio das companheiras, pessoas de qualidade. Compreende-se que este fosse o assunto principal da conversação; mas Sofia tornava de quando em quando ao presente amigo[37].

A essa altura, Sofia não despreza Rubião e nem Carlos Maria. Ela ainda trata o primeiro com atenções particulares, como lhe havia pedido o marido no capítulo 50; e o segundo porque ele virá a se casar com Maria Benedita. Mas nada além disso, porque a dama se ancora agora em damas da nobreza e em iniciativas filantrópicas para alcançar não só os fins monetários, mas também o prestígio necessário para entrar na alta roda social. O narrador mostra a clara distinção entre aparência e intenções ocultas.

A citação anterior foi extraída da versão em livro. Ela é substancialmente diferente do trecho correspondente no folhetim. Na reescrita, Machado reforçou a visão caleidoscópica da narrativa. O escritor aprofundou-se na observação dos pensamentos de Sofia, em vez de enfocar a participação de Palha na empreitada:

---

37 *Quincas Borba*, cap. 92, p. 220.

> Era tudo verdade. Era também verdade que esta comissão ia pôr em evidência a pessoa de Sofia, e dar-lhe um empurrão para cima. Uma titular, senhora idosa e recolhida, presidiria a comissão; Sofia tinha outras senhoras em vista, pessoas mui da moda, e, por intermédio da titular alcançaria que todas aceitassem aquela obra de misericórdia. Trabalhariam juntas, pediriam juntas, comeriam juntas, às vezes; o costume traria a comunhão. Poder-se-ia crer que esta ideia nascera na cabeça do Palha; mas era dela mesma, original. Palha o que fez foi aprovar, animar e trabalhar. Não lhe faltaria com dinheiro para as despesas necessárias; pôr-lhe-ia um coupé às ordens, dar-lhe-ia os vestidos que precisasse; estimulou-a, aconselhou-a, cuidou das carteirinhas de notas, do papel, da circular que devia ter, ao alto, (ideia dele) as armas da presidente...[38]

O escritor não só dá mais espaço à personagem feminina, mas também ao espírito empreendedor e certa independência em relação ao marido. Uma das vantagens da visão caleidoscópica da narrativa é que as personagens secundárias, sobretudo as femininas, ganham em complexidade, por ser-lhes destinado mais espaço. Temos não apenas uma personagem feminina complexa, como em *Helena* e *Dom Casmurro*, mas pelo menos quatro: Sofia, Maria Benedita, Dona Tonica, e Dona Fernanda, muito diferentes entre si.

Outro exemplo que põe em dúvida o argumento de Kinnear está no capítulo 105. Estamos agora no sétimo dia depois da morte da mãe de Maria Benedita. Rubião retorna à casa de Sofia, com as suas suspeitas intensificadas por causa do envelope endereçado pela dama a Carlos Maria, que o mensageiro havia deixado cair à porta de Rubião e que o mineiro assume erroneamente ser uma carta de amor. O assunto da carta leva Sofia a recordar seus encontros com Carlos Maria, os gracejos dele, e a se perguntar por que a "aventura" não dera em nada:

> Nunca Sofia compreendera o malogro daquela aventura. O homem parecia querer-lhe deveras, e ninguém o obrigava a declará-lo tão atrevidamente,

---

38 *A Estação*, 31 de outubro de 1888, cap. 96; *Quincas Borba apêndice*, p. 109.

nem a passar-lhe pelas janelas, alta noite, segundo lhe ouviu. Recordou ainda outros encontros, palavras furtadas, olhos cálidos e compridos, e não chegava a entender que toda essa paixão acabasse em nada. Provavelmente, não haveria nenhuma; puro galanteio; – quando muito, um modo de apurar as suas forças atrativas... Natureza de pelintra, de cínico, de fútil[39].

Sofia finalmente chegara à conclusão de que Carlos Maria era um cínico. No entanto, o leitor já havia sido avisado de que o rapaz mentia na manhã seguinte ao baile na casa de Camacho. A citação anterior, idêntica nas duas versões, tem antes a qualidade de síntese e reitera que nunca houve nenhum caso entre Carlos Maria e Sofia. Somente o leitor desatento, a quem o narrador se dirige no capítulo 106, poderia realmente ter acreditado no *affair*:

> ...ou, mais propriamente, capítulo em que o leitor, desorientado, não pode combinar as tristezas de Sofia com a anedota do cocheiro. E pergunta confuso: – Então a entrevista da rua da Harmonia, Sofia, Carlos Maria, esse chocalho de rimas sonoras e delinquentes é tudo calúnia? Calúnia do leitor e do Rubião, não do pobre cocheiro, que não proferiu nomes, não chegou sequer a contar uma anedota verdadeira... É o que terias visto, se lesses com pausa. Sim, desgraçado, adverte bem que era inverossímil que um homem, indo a uma aventura daquelas, fizesse parar o tílburi diante da casa pactuada. Seria pôr uma testemunha ao crime[40].

Como observa Kinnear, na reescrita Machado faz personagens desaparecerem ou diminuírem em importância e elimina alguns episódios[41]. O crítico não menciona, no entanto, que alguns capítulos foram

---

39   *Quincas Borba*, cap. 105, p. 235; *A Estação*, 31 de julho de 1889, cap. 120; *Quincas Borba apêndice*, p. 134.

40   *Quincas Borba*, cap. 106, p. 236; *A Estação*, 30 de novembro de 1889, cap. 106; *Quincas Borba* apêndice, p. 137.

41   Kinnear, p. 56.

acrescentados. Ele muito menos investe na hipótese de que, eliminando, suprimindo, acrescentando ou reordenando episódios ou capítulos, Machado estaria adequando o texto para a leitura não mais seriada, mas em um volume. Veremos nos três últimos capítulos deste livro a importância dessas operações de reescrita para a redefinição do padrão de leitura do romance. Machado buscava um desenlace que não se inclinasse para o folhetinesco. Porém, enquanto não encontrava uma solução para o conflito, o escritor permitiu que o narrador insistisse na suspeita de Rubião, para ganhar tempo, desdobrando a narrativa em episódios que apelam para o melodramático e que, adiantando, seriam posteriormente eliminados ou condensados. Foi o recurso utilizado pelo escritor para manter a trama envolvente antes de encontrar uma solução para o impasse narrativo. Na reescrita dos episódios que aumentam as suspeitas de Rubião, Machado mudou de enfoque, concentrando-se no desenvolvimento da loucura do agora protagonista.

O objetivo de Machado ao construir um caleidoscópio narrativo é, sobretudo, realista. Ele cria um retrato perfeito da natureza complicada das relações entre indivíduos: há um grande abismo entre o que as personagens de fato são e pensam, e o que elas representam ser em sociedade. Um resultado disso é que as personagens não conhecem verdadeiramente umas às outras, nem na intimidade conjugal, como Palha e Sofia ou Dona Fernanda e Teófilo. Além disso, uma vez que as personagens guardam impressões diferentes do mesmo acontecimento, a multiplicidade de visões passa a ser mais importante do que o acontecimento em si. Percebemos que estamos a um passo de *Dom Casmurro*, no que diz respeito ao tratamento que Machado dá à relação entre o fato real e o fato imaginado[42].

A habilidade narrativa de Machado em *Quincas Borba* (e, por conseguinte, a dimensão universal do romance) reside na capacidade de revelar, pela multiplicidade dos pontos de vista, a verdadeira natureza das relações entre indivíduos: como as personagens de ficção, os próprios homens, só conhecem uns aos outros parcialmente. No jogo das relações sociais, todos vestem uma máscara. Rubião talvez seja a exceção que comprova a regra. A sua sinceridade anda lado a lado com a loucura, o que nos leva a concluir que, para a sociedade retratada no romance, a sinceridade é um sinal de sandice.

---

42   Antonio Candido, "Esquema de Machado de Assis", *Vários escritos* (São Paulo: Duas Cidades, 1970), p. 25.

CAPÍTULO

A PRIMEIRA VERSÃO: SOB O SIGNO DO FOLHETIM

Este capítulo comprova que a maior dificuldade na realização da primeira versão de *Quincas Borba* decorre da longa extensão que as unidades narrativas do romance adquiriram, com a multiplicação dos pontos de vista sobre o mesmo evento. Essas longas unidades narrativas e temporais se tornaram muito repetitivas e, por isso, sem suspense para o leitor do folhetim. Para compensar a falta de suspense, Machado de Assis apelou para o melodrama e criou episódios irrelevantes para o enredo, o que são sinais de que ele perdia temporariamente o controle sobre o seu próprio texto. Além disso, o autor não era responsável pela composição dos fascículos. Ele enviava o material já escrito para a tipografia de Lombaerts, ficando sob a responsabilidade do paginador determinar o que incluir em cada fascículo. Em alguns casos, esse profissional criou falsos *cliffhangers* no romance. As interrupções na publicação do romance são momentos em que o escritor revisa o material já publicado em busca de uma solução narrativa para o impasse criativo. Somente em novembro de 1889, quando todo o material já publicado foi revisado e os capítulos renumerados, é que o escritor encontrou uma solução para a finalização da escrita.

UM FOLHETIM QUE FICOU INCOMPREENDIDO?

Quem ler a versão de *Quincas Borba* em folhetins, seja na edição crítica ou nas páginas de *A Estação,* encontrará várias incoerências. O que primeiro nos salta aos olhos, antes mesmo de começar a leitura, é a numeração muito irregular dos capítulos[1]. O narrador faz remissões a capítulos cujo número não corresponde ao capítulo referido. No capítulo 69, por exemplo, de 15 de julho de 1887, ao descrever Sofia, o narrador remete a um capítulo anterior: "Trajava de azul escuro, mui decotada, – pelas razões ditas no **capítulo 38**; os braços nus, cheios, com uns tons de ouro claro, ajustavam-se às espáduas e aos seios, tão acostumados ao gás do salão"[2]. O trecho referido se encontra, no entanto, no capítulo 34, e não no 38, de 15 de novembro de 1886: Palha "tinha essa espécie de vaidade impudica; decotava a mulher sempre que podia, e até quando não podia, para mostrar aos outros as suas venturas particulares"[3].

Outro exemplo mais grave é a referência no folhetim a um capítulo que só existe na verdade na versão em livro. No capítulo 137, de 15 de abril de 1890, o narrador se refere ao delírio matrimonial de Rubião: "Sentado na loja do Bernardo, gastava toda uma manhã, sem que o tempo lhe trouxesse fadiga, nem a estreiteza da rua do Ouvidor lhe tapasse

---

1 Ver "Introdução crítico-filológica", *Quincas Borba*, 1975, p. 39-46.

2 *Quincas Borba apêndice*, p. 70. Todos os grifos são meus.

3 *Quincas Borba apêndice*, p. 37.

o espaço. Repetiam-se as visões deliciosas, **como as das bodas (cap. 81)** em termos a que a grandeza não tirava a graça"[4].

As visões das bodas encontram-se realmente no capítulo 81 da versão em livro:

> Antes de cuidar da noiva, cuidou do casamento. Naquele dia e nos outros, compôs de cabeça as pompas matrimoniais, os coches, – se ainda os houvesse antigos e ricos, quais ele via gravados nos livros de usos passados. Oh! grandes e soberbos coches! Como ele gostava de ir esperar o Imperador, nos dias de grande gala, à porta do paço da cidade, para ver chegar o préstito imperial, especialmente o coche de Sua Majestade, vastas proporções, fortes molas, finas e velhas pinturas, quatro ou cinco parelhas guiadas por um cocheiro grave e digno! Outros vinham, menores em grandeza, mas ainda assim tão grandes que enchiam os olhos.

As visões das bodas inexistem, no entanto, no folhetim, o que comprova que um capítulo fundamental para a construção da loucura progressiva do protagonista é um acréscimo feito durante a reescrita, com vistas à publicação do livro. Esse exemplo vai, na verdade, ao encontro do argumento de Kinnear, segundo o qual Machado de Assis haveria iniciado a revisão do texto para a publicação do livro antes de terminada a sua serialização na revista:

> Existem três fases distintas de publicação; a partir da evidência de cada seção, pode se presumir que o material já publicado foi revisto no intervalo que ocorreu antes da impressão da seção seguinte.
>
> [There are three distinct phases of publication; from the evidence of each section, it can be assumed that the material already published was revised in the interval which occurred before the next section was put into print][5].

---

4   *Quincas Borba apêndice*, p. 170.

5   Kinnear, p. 56.

Eu iria ainda mais longe afirmando que, depois de cada interrupção, a continuação da escrita do folhetim tomava como pressuposto o texto já revisado e não mais os capítulos publicados em *A Estação*. Apesar dessas incoerências, não acredito, no entanto, que a leitura do folhetim tenha sido afetada, a ponto de que o texto, como acredita Kinnear, "não poderia ter sido lido nem compreendido por qualquer assinante de *A Estação*" ["could not have been read and understood by any subscriber to *A Estação*"][6]. Em primeiro lugar, em razão do caráter efêmero do periódico, nenhum leitor era motivado a voltar aos fascículos anteriores para recuperar a referência. O folhetim de *Quincas Borba* foi uma publicação que se estendeu por mais de cinco anos, o que resultaria, mesmo para o leitor que tenha colecionado os suplementos, numa pilha muita grande de papéis velhos, de difícil manuseio. Em segundo lugar, excetuando o episódio da circular da Comissão de Alagoas, os elementos da trama romanesca são coerentes e permanecem os mesmos de uma versão para a outra. Em terceiro, a marcação temporal do romance é intrinsecamente coerente, como veremos a seguir.

Eu prefiro, assim, continuar apostando na hipótese de que as duas versões fornecem experiências de leitura diferentes, em primeiro lugar por causa do formato de publicação. A leitura estendida ao longo de mais de cinco anos e feita em intervalos ritmados pela periodicidade quinzenal é, como já ficou registrado anteriormente, um elemento crucial na determinação do envolvimento do assinante com a história e das suposições temporárias que iam sendo construídas à medida que o texto se desdobrava de fascículo em fascículo. Já vimos nos capítulos 2 e 3 deste livro que a armação material é muito diferente nos dois formatos, por causa da presença ou ausência do conteúdo iconográfico e textual circundante. Além disso, as experiências de leitura nos formatos folhetim e livro são distintas por causa do próprio ritmo de leitura e, finalmente, em virtude das alterações feitas no texto pelo escritor.

Veremos ao longo dos próximos três capítulos que Machado levou ao extremo o seu plano inicial de construir sentido por meio de envergaduras narrativas muito mais longas do que os fascículos originais,

---

[6] Kinnear, p. 56.

chegando a englobar todo o romance, do primeiro ao último capítulo. É o que precisamente chamo neste trabalho de visão global do romance, e do que começo a tratar aqui.

Neste capítulo, mais especificamente, investigo as ferramentas ficcionais da primeira versão de *Quincas Borba*, cujas implicações ainda não foram sistematicamente levadas em conta em nenhum estudo das variantes do romance. O objetivo é acompanhar a evolução da narrativa no contexto material da revista a partir de uma leitura atenta do texto (*close reading*), na busca do sistema de convenções que permitiu ao texto seriado ganhar forma e sentido: a estrutura do enredo e seu desdobramento no tempo, a maneira como detalhes de várias naturezas foram introduzidos, seja para produzir efeito de suspense, seja para definir ou apresentar (novas) personagens ou, enfim, para engendrar, suspender ou concluir a trama romanesca. Será importante não só detectar tais convenções narrativas, mas também observar se elas se acomodaram bem (ou não) ao formato de publicação seriada. Dessa forma, não escapa aos meus objetivos a investigação da adequação da estrutura interna do texto à sua divisão externa em fascículos. No entanto, não é meu intento oferecer uma interpretação para cada incidente ou decidir qual foi a intenção de Machado ao incluir este ou aquele elemento ou episódio à narrativa.

O objetivo é apreender a forma como o texto se organiza para pontuar, se possível, os momentos em que a visão narrativa de Machado para *Quincas Borba* entra em desacordo com o modo de publicação seriada. Com a expressão "visão narrativa", neste caso, refiro-me aos parâmetros narrativos básicos que o autor estabeleceu para este romance desde o início de sua publicação na revista (e que foram discutidos no capítulo 4).

UNIDADES NARRATIVAS DE *QUINCAS BORBA*

Acredito que só conseguiremos produzir um estudo comparativo sistemático da evolução das duas versões se tomarmos como ponto de partida algum elemento organizador intrínseco à narrativa que não sofreu muita variação em ambos os textos. Só assim teremos alguma chance de não nos perdermos entre capítulos de numeração incoerente e no vai e vem de um texto ao outro, ainda mais porque as duas versões nem sempre seguem a mesma sequência narrativa.

O elemento organizador intrínseco à narrativa a ser tomado, então, como ponto de partida são as suas articulações temporais demarcadas, como Genette esclarece, seguindo o critério da presença de intervalos temporais importantes, que, em *Quincas Borba*, pude identificar sem muita hesitação, como veremos a seguir[7]. Este critério mostrou-se eficiente não somente porque as mesmas articulações narrativas estão presentes nas duas versões, mas também porque Machado muito provavelmente efetuou o trabalho de reescrita tendo em mente os limites temporais estabelecidos entre elas. Assim, seguindo esse critério de análise, podemos avançar mais seguramente na comparação das duas versões passo a passo e, ao mesmo tempo, delimitar no fluxo contínuo do texto o(s) momento(s) em que a composição do romance passou por crises.

Neste capítulo apresento, então, uma por uma, as cinco unidades temporais em que o romance se divide, tomando como ponto de partida a primeira versão, até o capítulo 122 de 31 de julho de 1889 (capítulo 105 na versão definitiva). Esse corte se justifica porque entre 31 de julho e 30 de novembro de 1889 a publicação do folhetim sofreu a sua mais significativa interrupção. Foi, segundo Kinnear, o momento em que Machado interrompeu a serialização para revisar o material já publicado, com vistas à composição do livro. Concentro boa parte da minha análise na comparação dessa primeira parte do romance, em primeiro lugar porque, apesar de não concordar com Kinnear no que diz respeito ao eixo que guiou Machado na reescrita, acredito ser definitiva a sua constatação de que o romancista iniciou a revisão para a edição em livro exatamente nesse capítulo de número 122, de 31 de julho de 1889. Em segundo, haviam ocorrido até aí as interrupções mais longas na publicação, o que é um indício de que a escrita dessa primeira metade do romance foi mais problemática do que a segunda. Em terceiro, até o capítulo 106, algumas sequências narrativas

---

7 Genette, p. 88-89.

foram reordenadas para, como defendo, produzir no livro um efeito de leitura diferente da leitura dosimétrica na revista, como bem a definiu Artur Azevedo. Desta forma, o padrão de leitura de cada versão difere não somente por causa do seu arcabouço material específico, mas também por causa da reestruturação da primeira metade do romance. Finalmente, encontramos na primeira parte do romance o maior número de características emprestadas do folhetim e de gêneros literários populares, como o melodrama, o que mostra que, no momento em que a escrita entrou em crise, o romancista fez uso de recursos folhetinescos para não interromper de vez a publicação e até encontrar, como veremos, uma solução para a trama romanesca.

Mostrarei que na primeira unidade narrativa Machado segue de muito próximo o modelo do folhetim, fazendo a história evoluir em paralelo à passagem do tempo real, ou seja, das semanas nas quais os fascículos eram publicados. Isso faz com que se instaure no romance um padrão de leitura gradual, o que no entanto não é mantido na segunda unidade narrativa. Nesta, o escritor monta a trama romanesca a partir da construção daquele caleidoscópio de impressões que cada personagem guardou do mesmo evento e que resultou, como vimos, no primeiro jogo de suspeitas. Essa técnica acarreta, no entanto, a dilatação do tempo, o que contrasta muito com o ritmo temporal que Machado havia estabelecido no decorrer da primeira unidade. Acredito que o primeiro desajuste entre a técnica narrativa e o modo de publicação já ocorre na segunda unidade da primeira versão.

No entanto, a composição do romance ainda não entra em crise porque, mesmo que a serialização prejudique a visão global de que vários eventos concorrem para a construção do mesmo quadro, a trama romanesca, ou seja, o jogo de suspeita do *affair* entre Sofia e Rubião e, posteriormente, entre Sofia e Carlos Maria, já estava pronta ou pelo menos delineada antes mesmo de iniciada a publicação. Porém, uma vez montada a trama, o romancista parece perder o rumo, por não saber como resolver o conflito romanesco, ou seja, como desmanchar, uma vez construído, o jogo de suspeitas. Essa é a hipótese que eu levanto para as razões que levaram a narrativa a entrar em crise, crise que se reflete na multiplicação de episódios melodramáticos e sem relevância para o enredo e, posteriormente, nas interrupções que a publicação começa a sofrer com mais frequência.

Do ponto de vista narrativo, a solução que Machado encontrou para o impasse criativo está também ligada ao desenlace da trama. O escritor encontra uma saída folhetinesca para resolver o conflito romanesco e pela necessidade de terminar a serialização. Veremos que a solução encontrada para o desenlace da trama romanesca foi a introdução de uma nova personagem, Dona Fernanda, depois do capítulo 106.

Não podemos nos esquecer de que Machado, na verdade, efetuava duas tarefas ao mesmo tempo. Antes de retomar a escrita do folhetim, ele revisou os capítulos anteriores tendo em mente a publicação do livro. Dessa forma, quando deu continuidade à escrita do romance a partir do capítulo 106, ele passou a escrever ao mesmo tempo um folhetim e um livro. Para driblar a dificuldade de produzir a continuação de um texto que atendesse às exigências dos dois formatos, ele mescla recursos folhetinescos com a redefinição do padrão de leitura do romance, que, na segunda versão, enfatiza a visão global da narrativa.

Por uma questão de método, o estudo mais detalhado da mudança do padrão de leitura fica para o próximo capítulo, para tentarmos distinguir mais nitidamente duas operações de reescrita muito bem entrelaçadas: de um lado, os cortes, mais numerosos, que atenuam o caráter folhetinesco e episódico do romance e, do outro, os acréscimos e a reordenação de cenas, responsáveis, em grande parte, pelo fortalecimento do sentido global do romance.

PRIMEIRA UNIDADE NARRATIVA: ESTAMOS DIANTE DE UM ROMANCE-FOLHETIM

Os cinco primeiros fascículos de *Quincas Borba*, publicados de 15 de junho a 15 de agosto de 1886, correspondem à parte da narrativa que se desenvolve em Barbacena[8]. Na abertura, somos transportados para

---

8   Primeira unidade narrativa: caps. 1-2 (15 de junho), caps. 3-5 (30 junho), caps. 6-9 (15 de julho), caps. 10-14 (31 de julho), 14 (continuação)-18 (15 de agosto de 1886); *Quincas Borba* apêndice, p. 7-21.

uma história *in medias res,* para os diálogos entre Quincas Borba e o médico e entre o médico e Rubião. O início do romance joga o leitor em pleno desenvolvimento da ação sem nenhuma explicação preliminar, sem que seja, por exemplo, descrito o espaço geográfico em que a história vai se desenrolar, ou ainda sem que haja uma apresentação prévia das personagens que participarão da ação. Neles ficamos sabendo já de saída que a personagem que dá nome ao romance está doente e que de fato vai morrer. É certo que Quincas Borba não precisa ser apresentado, porque já é possivelmente conhecido do leitor. O próprio narrador-autor nos lembrará, algumas linhas abaixo, de que o filósofo já figurou no seu *Memórias póstumas de Brás Cubas,* publicado havia quatro anos.

O capítulo 1 ainda nos informa que Quincas Borba é um excêntrico, autor de um certo livro de filosofia, no qual provavelmente fica explicado o seu não temor à morte. Ficamos sabendo no capítulo 2 da existência do cão homônimo do seu dono, e terminamos a leitura do fascículo com Rubião recompondo suas expressões no espelho, para tentar ocultar, sob um rosto melancólico, a esperança de ser incluído no testamento. As duas séries de diálogo do *incipit* já apontavam, assim, para uma certa disjunção: entre as palavras do médico dirigidas, de um lado, a Quincas Borba e, de outro, a Rubião, em relação ao verdadeiro estado da saúde do doente. Agora, com a imagem do enfermeiro no espelho, mesmo que o leitor ainda não saiba quem é o mineiro, há o prenúncio de que a dissimulação e o interesse, que sobressaem no tratamento de uma personagem em relação à outra, predominarão nas relações interpessoais ao longo do romance.

Está aí grosso modo o resumo do primeiro fascículo, contendo os dois primeiros capítulos do romance. O leitor que virou a primeira página de número 41 do suplemento, para finalizar a leitura da narrativa na 44, certamente passou os olhos pelas gravuras alemãs, que ocupam as páginas internas desta parte da revista, como vimos no capítulo 3 deste livro. A história de Rubião (ou melhor, de Quincas Borba, como se apreende até aqui) continua na terceira página do suplemento, disputando espaço com as duas colunas de Artur Azevedo – *Croniqueta* e *Teatros* – e com mais alguns anúncios comerciais. Na data do início da serialização de *Quincas Borba,* a parte literária de *A Estação* possuía quatro páginas. Como já vinha acontecendo com as outras narrativas de Machado de Assis publicadas também nesse periódico, o novo romance ganha lugar privilegiado na primeira página, passando, assim, a ocupar três colunas completas, as quais, no entanto, eram muitas vezes encurtadas pelos anúncios comerciais do rodapé[9]. No número de 15 de junho de 1886, *Quincas Borba* vem acima dos anúncios dos perfumistas franceses Veloutine e Germandrée, do vinho de Chassaing e do xarope de Falières, este contra afecções das vias digestivas e aquele contra moléstias nervosas. Quando o texto do fascículo não cabia no espaço da primeira página, ele era disposto, de forma um tanto desordenada e assimétrica, ao redor das gravuras alemãs das páginas internas ou no topo da primeira coluna da última página, como aconteceu já nesse primeiro fascículo.

Finalizada a leitura da narrativa dentro dessa armação tipográfica, quais são as questões que o texto deixa em aberto? Que história, ou melhor dizendo, a história de quem o romance vai contar? De Rubião ou de (qual dos dois) Quincas Borba? Quem é este Rubião e qual é o conteúdo do testamento? Somente dali a quinze dias, com a publicação do segundo fascículo, é que o narrador se encarregará de responder às três perguntas que toda narrativa põe ao seu leitor (quem? onde? e quando?), satisfazendo a curiosidade a respeito, sobretudo, do testamento e da figura de Rubião. Desta forma, tendo começado em pleno andamento, os dois primeiros capítulos preparam, ao mesmo tempo, o ambiente para o *flashback* com que começa o fascículo seguinte. No capítulo 3, o narrador volta ao passado para que fiquemos sabendo quem é Rubião, onde e em que ano estamos (Barbacena, 1867) e as circunstâncias que ligaram o enfermeiro ao filósofo.

A moldura do romance parece, desta forma, se encaixar sem muitos problemas no modelo folhetinesco. Em primeiro lugar, como vimos anteriormente, lá está a mesma configuração do tempo na história, que evolui com a sucessão de quadros.

---

9   Entre os contos de Machado publicados em *A Estação*, encontram-se: "Um para o outro", de 30 de julho a 15 de outubro de 1879; "O caso da viúva", 15 de janeiro a 15 de março de 1881; "Dona Benedita", 15 de abril a 31 de junho de 1882; "Capítulos dos chapéus", 15 de agosto a 15 de setembro de 1883; "A viúva Sobral", 15 de abril a 30 de maio de 1884; "Curta história", 31 de maio de 1886; "Pobre Finoca", 31 de dezembro de 1891 a 31 de janeiro de 1892; "A inglesinha Barcelos", 31 de maio a 30 de junho de 1894; "Relógio parado", 15 de janeiro a 31 de março de 1898. Para uma lista da colaboração de Machado em *A Estação*, ver Galante de Sousa, 1955, p. 231-233.

A técnica de composição dos quadros é emprestada do teatro: por meio dela reproduz-se a organização em cenas. À medida do necessário, o escritor intercala os *flashbacks,* que explicam e justificam o momento presente da narrativa. O encadeamento das cenas (mesmo que venham entrecortadas por *flashbacks*) fornece um modelo de desenvolvimento contínuo e gradual da história, dando a impressão de que ela decorre em tempo real. Depois de finalizado o *flashback,* a ação do romance volta mais uma vez ao tempo presente, tendo nos dois primeiros fascículos a duração de um dia. Ao todo, do prognóstico da morte de Quincas Borba em Barbacena até a transposição da ação para o Rio de Janeiro, no capítulo 20, decorrem aproximadamente dez semanas. Essa parte da ação em Barbacena, a qual podemos considerar a primeira unidade narrativa da versão seriada de *Quincas Borba,* tem, grosso modo, a mesma duração de treze semanas de publicação dos seis fascículos em que ela foi distribuída.

CARACTERÍSTICAS DO FOLHETIM

Vejamos a seguir que o início de *Quincas Borba* apresenta pelo menos mais duas características do folhetim: o emprego de artifícios pouco previsíveis para a complicação do enredo e a criação de suspense. Debrucemo-nos, então, sobre a primeira característica, ou seja, sobre os recursos utilizados pelo escritor para fazer avançar a história e complicar o enredo. Para mudar de cena e realizar um salto temporal, Machado se vale de pelo menos três estratégias. Ele pode introduzir uma nova personagem na ação, secundária ou não, como o tabelião, o médico e a comadre Angélica, respectivamente nos capítulos 2, 8 e 18. A aparição em cena ou a menção a essas personagens sempre se dá na sucessão dos quadros e em conexão com a doença e a cláusula do testamento de Quincas Borba. O escritor também se vale do recurso da correspondência ou da notícia para introduzir um novo dado, como a carta enviada do Rio a Rubião (cap. 9) ou o obituário de Quincas Borba publicado num jornal da corte (cap. 11). É através da primeira que o mineiro tem confirmada a loucura de Quincas Borba, e é pelo jornal que a notícia da morte do filósofo chega a Barbacena. O terceiro recurso é o próprio narrador, que está encarregado de guiar ou mesmo manipular a ordem dos

Figura 5.1 Capítulos 1 e 2 de *Quincas Borba*, *A Estação*, 15 de junho de 1886.
© Biblioteca Nacional do Rio de Janeiro.

Figura 5.2 Continuação do capítulo 2 de *Quincas Borba*, as colunas "Chroniqueta" e "Theatros" de Artur Azevedo e anúncios. © Biblioteca Nacional do Rio de Janeiro.

eventos. Ele marca sua presença como contrarregra, informando-nos no comentário a duração total de uma cena ou o tempo decorrido entre duas séries de acontecimentos. Por exemplo, para introduzir o *flashback*, o capítulo 3 é aberto com uma pergunta retórica ("Mas que Rubião é este? E, antes de tudo, onde estamos nós?"), que faz o corte temporal e permite, assim, que o narrador retroceda ao momento em que Quincas Borba se instala em Barbacena e se enamora da irmã de Rubião. Mais adiante, o narrador deixa outra marca temporal, desta vez ao dar um pulo em direção ao futuro. Ficamos sabendo que, entre a primeira cena e o dia em que Quincas Borba acorda com a ideia de ir ao Rio de Janeiro, decorrem no máximo sete dias: "Um dia, no princípio da outra semana, o doente levantou-se com ideia de ir à corte, voltaria no fim de um mês, tinha certos negócios"[10]. Somando as marcações temporais deixadas pelo narrador é que chegamos ao total aproximado de dez semanas de duração desta primeira unidade narrativa do romance.

Finalmente, a terceira característica é a mais conhecida como típica do folhetim: a criação do suspense. Também encontramos no início de *Quincas Borba* a mesma técnica de apreensão do leitor, mesmo que os fascículos não terminem necessariamente em clima de suspense. No capítulo 3, cria-se com um "por ora" a expectativa do deslocamento da ação para outro ambiente, quando o narrador responde à pergunta da abertura do capítulo: "Estamos, por ora, em Barbacena, Minas Gerais"[11]. O capítulo 15 antecipa que o Rio de Janeiro, capital do Império e cenário habitual dos romances de Machado, também será o palco de grande parte da ação de *Quincas Borba*. Rubião manifesta suas intenções de se transferir para a corte:

> Tudo se baralhava na cabeça do Rubião, – e, no meio de tudo, este grave problema, – se iria viver na Corte, ou se ficaria em Barbacena. A ideia de ficar não era má; dava-lhe umas cócegas de brilhar onde escurecia, de quebrar a castanha na boca aos que se riam dele; mas a Corte, que

---

10 *Quincas Borba apêndice*, cap. 5, p. 12.

11 *Quincas Borba apêndice*, cap. 3, p. 9.

ele conhecia, com os seus atrativos, movimento, teatros em toda a parte, mulheres na rua, muitas, com vestidos de francesa... Nada; iria para a Corte; estava cansado de viver escondido[12].

Como fica escrito na passagem acima, as mulheres estariam vestidas à francesa como as assinantes de *A Estação* que cosiam ou mandavam coser seus vestidos segundo os moldes vendidos junto com a revista[13]. Ainda fica subentendido que as personagens femininas do romance, Sofia e Dona Fernanda, por exemplo, também estarão vestidas à francesa, ou pelo menos alguma vez já se vestiram segundo a moda vigente, como é o caso mais notoriamente de Dona Tonica. Há ainda Maria Benedita, um tipo de Dinah Piedefer ao contrário, do romance *La Muse du Département*, de Honoré de Balzac (1843). Transferindo-se para a capital, Maria Benedita pouco a pouco, com as lições de piano, de francês, com os bailes e passeios pelas ruas comerciais do Rio de Janeiro na companhia de Sofia, vai se aclimatando ao estilo de vida da cidade, sem que a sisudez e o espírito de roceira a abandonem por completo. No romance de Balzac, a protagonista havia sofrido o processo inverso. Tendo mudado de Paris para a província, aos poucos as maneiras distintas de se comportar, de pensar e de se vestir na capital e no campo vão se mesclando numa combinação única, admirada pelas provincianas e abominadas pelas parisienses[14].

Vemos que o narrador já começa aqui a criar expectativa em relação às personagens femininas que integrarão a narrativa, o que ficará ainda mais evidente no capítulo 17. Com a morte de Quincas Borba, Rubião

---

12 *Quincas Borba* apêndice, cap. 15, p. 19.

13 O editorial de 15 de julho de 1890, por exemplo, anuncia o aumento no número de moldes publicados: "Novo melhoramento acaba de ser feito, aumentando-se o número de moldes que publicamos com mais duas folhas no correr do ano e aumentando o número de páginas da nossa parte literária". Segundo o mesmo editorial, "a norma seguida em relação a tudo quanto publicamos é colocar a assinante em condições de tudo executar de *per si* ou sob suas vistas".

14 Ver especialmente capítulo 10: "Comment Dinah devient femme de province", Honoré de Balzac, *La Muse du Département*, http://fr.wikisource.org/wiki/La_Muse_du_d%C3%A9partement, acessado em 15 de julho de 2006.

vê-se livre da obrigação de cuidar do cão e manda um escravo levá-lo à comadre Angélica. Depois de tomar conhecimento da cláusula do testamento, Rubião corre à casa da comadre para buscar o animal. No capítulo 17, de parágrafo único e que foi eliminado na versão em livro, o narrador pede desculpa aos leitores por ser feia a primeira mulher a figurar na narrativa:

> A comadre era muito feia. Peço desculpa de ser tão feia a primeira mulher que aqui aparece; mas as bonitas hão de vir. Creio até que já estão nos bastidores, impacientes de entrar em cena. Sossegai, muchachas! Não me façais cair a peça. Aqui vireis todas, em tempo idôneo... Deixai a comadre que é feia, muita feia[15].

Segundo o narrador (e aproveitando a metáfora teatral), a peça será povoada por outras personagens femininas, que entrarão em cena pouco a pouco, quando for conveniente ao enredo. O leitor que tiver paciência verá que o narrador cumprirá com suas promessas, porque em *Quincas Borba* a personagem feminina ganha ainda mais espaço do que nos romances anteriores. Como vimos no capítulo 2 deste livro, o leitor do romance encontrará mais de uma dama que desempenha papel relevante na trama: Sofia, Dona Tonica, Maria Benedita e Dona Fernanda, nessa ordem de aparecimento.

SEGUNDA UNIDADE NARRATIVA: UM DOMINGO QUE DURA TREZE FASCÍCULOS

Uma das dificuldades em relacionar a ficção de Machado de Assis ao modelo do folhetim reside no mito de que a sua composição dispensava planejamento. No entanto, segundo Queffélec, é falsa a crença de que os folhetinistas escreviam a cada dia a parcela narrativa do dia seguinte,

---

15 *Quincas Borba apêndice*, cap. 17, p. 20.

para assim poderem responder às demandas imediatas do leitor, da revista e até dos censores. Ao contrário, as obras já se encontravam "bel et bien planifiées dans la grande majorité des cas *avant* la parution en feuilletons", o que, no entanto, não limitava a liberdade do escritor em prolongar ou adicionar episódios, complicando o enredo ou criando desvios do fio principal da narrativa[16]. Talvez seja exatamente isso o que Brito Broca queria dizer ao afirmar que "os autores escrevendo, geralmente, *au jour le jour* iam adaptando o desenvolvimento da intriga aos limites e às exigências do folhetim"[17]. Assim, ao mesmo tempo em que possuíam um plano, os folhinistas poderiam se estender ou incluir novos episódios, retardando, dessa forma, a conclusão da narrativa.

Parece ter sido esse também o caso de Machado quando compunha *Quincas Borba*. É muito provável que, antes do início da serialização, o romancista já tivesse projetado as unidades narrativas da primeira versão – individualmente ou em conjunto –, que são responsáveis pela construção da trama do romance. Vimos que a primeira unidade narrativa, que se estende dos capítulos 1 ao 18, corresponde à parte da ação que se desenvolve em Barbacena. No curto capítulo 19, o narrador faz o salto geográfico e temporal de Barbacena em direção à corte, pulando os meses em que se deram o inventário e a viagem de trem da província à capital. Tudo isso será posteriormente assunto de alguns *flashbacks* ao longo da segunda unidade narrativa[18]. Esta inicia-se com a apresentação de Rubião já instalado em Botafogo. Começa no capítulo 20 do mesmo fascículo – "Aqui está o nosso Rubião no Rio de Janeiro" – e só vai terminar na conclusão do capítulo 50, de 28 de fevereiro de 1887: "Não, senhora minha, ainda não acabou este dia tão comprido"[19].

---

16 Lisa Queffélec, *Le romain-feuilleton français* (Paris: Presses Universitaire de France, 1989), p. 30.

17 Brito Broca, "O romance-folhetim no Brasil", in *Românticos, pré-românticos, ultra-românticos: vida literária e romantismo brasileiro* (São Paulo: Polis; Brasília: INL, 1979), p. 175.

18 *A Estação*, 31 de agosto de 1886, cap. 19; *Quincas Borba apêndice*, p. 22.

19 Segunda unidade narrativa: caps. 20-22 (31 de agosto), caps. 22 (continuação)-25 (15 de setembro), caps. 26-28 (30 de setembro), caps. 28 (continuação)-29 (15 de outubro),

Do capítulo 20 ao 50, Rubião brinca com seu cachorro, almoça com Freitas e Carlos Maria, recebe a cestinha de morangos de Sofia. No fim da tarde, Rubião vai à casa de Sofia. Lá convida Sofia para fitar o Cruzeiro e fica conhecendo o major Siqueira e Dona Tonica, que, por sua vez, como já vimos, suspeitam que Rubião e Sofia sejam amantes. No final da noite os convidados descem o morro de Santa Teresa. O narrador nos faz acompanhar Dona Tonica e o pai a caminho de casa, e depois Rubião. Este, ao chegar à parte baixa da cidade, vai se lembrar do episódio do enforcamento do escravo.

Não podemos deixar de mencionar aqui que esse é o único fascículo do romance que não foi ainda encontrado, nem por mim nem anteriormente pela Comissão Machado de Assis. Pode-se, no entanto, ter certeza de que estava presente já na primeira versão, porque o narrador se refere a ele no capítulo 49, publicado no fascículo seguinte: "Ah! tinha vivido um dia cheio de sensações diversas e contrárias, desde as recordações da manhã, e o almoço aos dois amigos, até aquela última ideia de metempsicose, passando pela lembrança do enforcado, e por uma declaração de amor não aceita, mal repelida, parece que adivinhada por outros..."[20].

O mineiro é visto pela primeira vez perambulando pelo Rio, na praça da Constituição e no largo de São Francisco, até entrar no coche que o leva à sua mansão em Botafogo. Na sequência, o narrador nos faz voltar mais uma vez à casa de Sofia para, desta vez, penetrar na intimidade do quarto do casal. A sós com o marido, a anfitriã revela-lhe o galanteio atrevido de Rubião. Para nós, leitores, termina aqui esse longo dia.

O recurso utilizado por Machado para encerrar essa unidade narrativa é um par de pretextos que serão posteriormente aproveitados na complicação da trama: a aparição de Carlos Maria e novamente uma carta. Na manhã seguinte ao sarau, entre novas e antigas amizades, Sofia vê

---

caps. 30-32 (31 de outubro), caps. 31[sic]-35 (15 de novembro), caps. 36-38 (30 de novembro), caps. 39-41 (15 de dezembro), caps. 41 (continuação)-42 (31 de dezembro de 1886), provavelmente caps. 43-47, não localizados (15 de janeiro), caps. 48-50 (31 de janeiro), cap. 50 (continuação) (15 de fevereiro), cap. 50 (continuação)-52 (28 de fevereiro de 1887); *Quincas Borba apêndice*, p. 22-55.

20 *Quincas Borba apêndice*, p. 47.

Carlos Maria passeando a cavalo e recebe, logo em seguida, uma carta da roça[21]. O surgimento inesperado de Carlos Maria e o riso causado pela queda do carteiro fazem com que Sofia se esqueça momentaneamente da dor de cabeça e do aborrecimento causado por Rubião. O leitor já conhece Carlos Maria do almoço na casa de Rubião. Agora ele aparece em outro contexto. Machado, dessa forma, fecha essa unidade narrativa tornando possível, como em uma boa novela televisiva, o desenvolvimento posterior de histórias paralelas à do protagonista, a do amor secreto de Maria Benedita por Carlos Maria e a da atração existente entre este e Sofia. Carlos Maria, até agora, era somente o amigo de Rubião. O moço já se diferenciava dos outros comensais que frequentavam a casa do mineiro, por ser mais estimado por esse recém-chegado na corte.

As personagens secundárias deste romance poderão, assim, se relacionar entre si, no interior das diferentes rodas sociais, às quais o protagonista tem acesso, atuando como uma forma de denominador comum. A carta da roça, por sua vez, trazia notícias da tia e da prima de Palha, Maria Augusta e Maria Benedita, que serão apresentadas ao leitor posteriormente. A montagem de uma parte substancial da intriga dependerá, como já vimos, do ponto de vista de Maria Benedita.

Ao longo desses treze fascículos, o narrador semeou a suspeita do romance entre Sofia e Rubião, não no leitor, mas nas outras personagens, como Dona Tonica e Major Siqueira. Machado dilata a passagem do tempo, porque expõe, como examinado no capítulo anterior deste livro, uma multiplicidade de pontos de vista a respeito do mesmo episódio, incorporando incidentes do passado repletos de significados para a construção das personagens e da trama do romance. Isto não chega a constituir um defeito. Trata-se, na verdade, de uma evolução na técnica narrativa do desenvolvimento da intriga, com a alteração da sucessão cronológica. José de Alencar já havia mostrado que uma narrativa não precisava respeitar a estreita progressão linear do tempo. Ao contrário, era possível intercalar o passado ao presente com o recurso do *flashback*. Afrânio Coutinho atribui a Alencar o desenvolvimento, no romance brasileiro, da técnica da intercalação de planos narrativos, "com a ação e o tempo retroagindo até um ponto anteriormente narrado, sob outra

---

21   *A Estação*, caps. 51-52 (28 de fevereiro de 1887), cap. 54 [sic] (15 de março de 1887); *Quincas Borba apêndice*, p. 52-55.

perspectiva". É o caso de *Senhora* (1870), em que "o início da história, que vai explicar toda a primeira parte já narrada, só vai ser contado do 1º ao 8º capítulo da segunda parte"[22].

Machado parece ter ido, no entanto, muito longe ao estender a narração dos eventos ocorridos no mesmo dia por tantos capítulos, sabendo que eles teriam de ser necessariamente divididos em fascículos, levando ao todo mais de seis meses para serem publicados. Ao contrário do ocorrido com a primeira unidade, em que o romancista havia optado por um início que acompanha de muito próximo a passagem do tempo real (isto é, com duração muito próxima ao tempo decorrido de publicação dos fascículos), a partir do capítulo 21 o romancista preferiu focalizar as impressões das personagens sobre um par de eventos, como vimos no capítulo 3. Assim, se a primeira unidade havia se assentado sem muitos problemas no espaço que lhe era reservado quinzenalmente, o mesmo não ocorre com a segunda unidade. Isso porque, quando esta é dividida para a publicação periódica, a percepção de que os treze fascículos fazem parte do mesmo bloco temporal de um dia fica prejudicada.

COMPOSIÇÃO DOS FASCÍCULOS

Analisemos a seguir a forma como possivelmente foi feita a composição tipográfica dos fascículos, baseando-nos em alguns exemplos, para percebermos mais de perto essa disjunção. Acredito que, desde o início da composição criativa da primeira versão de *Quincas Borba*, Machado não se prendia a um limite preestabelecido de espaço ou de palavras. É muito improvável que os fascículos saíssem da mão do romancista um a um, sujeitos às urgências da publicação quinzenal. O mais certo é que o escritor enviava a Lombaerts grandes parcelas narrativas, as quais seriam divididas e acomodadas no espaço destinado a *Quincas Borba* em cada número da revista. Além da constituição de sentido em longas unidades narrativas, outro elemento que reforça essa hipótese é a própria composicão material do folhetim: muitos fascículos não respeitam a extensão dos capítulos, sendo,

---

22   Afrânio Coutinho, "José de Alencar e a ficção romântica", A literatura no Brasil, vol. 3 (Rio de Janeiro: José Olympo e UFF, 1986), p. 297.

por isso, mais seguro supor que os capítulos tenham sido estabelecidos pelo escritor. É muito comum durante toda a serialização do romance que um capítulo se estenda por dois ou mais fascículos. A primeira ocorrência dá-se no capítulo 14, que é dividido em dois, tendo começado em 31 de julho de 1886. Apenas o último parágrafo ficou de fora e foi publicado em 15 de agosto de 1886. Outro exemplo é o capítulo 50, que, por ser muito longo, teve de ser distribuído por três números sucessivos da revista.

A ideia de que Machado planejava a sua narrativa em unidades narrativas mais longas do que o espaço destinado ao romance na revista vai, assim, ao encontro da hipótese de Kinnear de que o romance foi escrito em grandes blocos ou etapas: três, segundo o próprio Kinnear[23].

A quem cabia então a tarefa de decidir onde o corte seria efetuado: ao próprio Machado ou ao editor? Para respondermos a essa pergunta, é preciso observar como terminam alguns fascículos da segunda unidade narrativa do romance. Já ficou anotado que, no que diz respeito à primeira unidade narrativa, os elementos que aguçam a curiosidade do leitor – por exemplo, que antecipam o deslocamento da ação para o Rio Janeiro e preveem a aparição de belas mulheres – não coincidem com o fecho do fascículo. Naquela primeira unidade narrativa de *Quincas Borba*, não encontramos a técnica do corte – o *cliff-hanger*, em inglês – a qual, segundo Afrânio Coutinho, seria efetuada "num momento culminante de uma cena ou sequência de cenas para que o leitor voltasse ao romance"[24]. Na segunda unidade narrativa, encontramos, no entanto, alguns fascículos cujo momento de suspense coincide, pelo menos à primeira vista, com o fecho. É o que acontece em 31 de agosto de 1886 e 31 de janeiro de 1887. No primeiro caso, a narrativa é interrompida depois de um "Lá vou", pronunciado por Rubião, o que faz com que o leitor espere que o protagonista vá ter com Sofia ou que, pelo menos, saia da sala onde está para saber por que o cão estava tão inquieto. Na segunda versão, esta mesma fala foi reescrita. No livro lemos: "– Lá vou soltá-lo", o que tira a ambiguidade das intenções anunciadas por Rubião[25].

───────

23   Kinnear, p. 56.

24   Coutinho, p. 295.

25   *Quincas Borba apêndice*, cap. 22, p. 24; *Quincas Borba*, cap. 3, p. 108. Percebe-se

Por sua vez, no fascículo de 31 de janeiro de 1887, capítulo 50, o paginador interrompe a narração antes de Sofia revelar ao marido a declaração de amor do novo amigo:

> Sofia, reclinada no canapé, riu das graças do marido. Criticaram ainda alguns episódios da tarde e da noite; depois, Sofia, acariciando os cabelos do marido, disse-lhe de repente:
> – E você ainda não sabe do melhor episódio da noite.
> – Que foi?
> – Adivinhe.
> (Continua)[26].

"Lá vou" e "Adivinhe" são falas que anunciam uma mudança de cenário ou a apresentação de novas informações essenciais ao prosseguimento da trama. Porém, os fascículos seguintes, de 15 de setembro de 1886 e 15 de fevereiro de 1887, não satisfazem a curiosidade do leitor em relação ao suspense criado no final do número anterior. Em 15 de setembro de 1886, Rubião não se dirige nem ao canil, muito menos a Santa Teresa. Em vez disso, continua metido nos seus pensamentos e desloca-se apenas para ir sentar-se no *pouf*, na mesma sala onde havia sido servido o café. A aparição de Sofia em cena, pela qual o leitor tanto espera, só será efetuada no número de 15 de novembro de 1886. Por sua vez, em 15 de fevereiro de 1887, na sala já vazia e sob a luz de poucos lampiões, Sofia segreda ao marido o atrevimento de Rubião. O problema é que essa notícia já é velha para o leitor. O "adivinhe" só pode, então, servir para aguçar a curiosidade de Palha. Aos olhos do leitor, essa fala está na verdade tornando a narrativa repetitiva, porque adianta que o incidente do jardim será mais uma vez contado, mesmo que seja sob outro ponto de vista. Para o leitor do folhetim, o atrevimento de Rubião, é, então, apresentado duas vezes. Na verdade, Palha era o único que ainda não sabia da história. O fascículo seguinte, desta forma, não traz nada novo à narrativa no sentido linear, apesar de acrescentar informações muito importantes. Em vez de encontrarmos uma repreensão à atitude licenciosa da mulher, ficamos sabendo que Palha deve muito dinheiro

---

aqui que houve uma mudança na ordem dos capítulos da primeira para a segunda versão, o que será assunto do capítulo 6 deste livro.

26 *Quincas Borba apêndice*, p. 48.

a Rubião e que, por isso, o casal não poderá cortar relações com o mineiro. Sofia deverá, daí em diante, iniciar o complicado jogo de dissimulação e sedução, usando seus atrativos femininos, sem, no entanto, ultrapassar o limite da moral, para manter o ingênuo Rubião no círculo de amigos proeminentes do casal. Assim, juntando mais uma peça do quebra-cabeça, o leitor perceberá que a dissimulação abrange, de fato, o todo das relações interpessoais no romance. Ela não mais se limita ao tratamento de Quincas Borba pelo seu enfermeiro, mas também agora de Rubião, na posição de novo capitalista, pelas novas amizades travadas na capital.

O PAGINADOR

Percebemos, assim, que os fechos desses dois fascículos não passam de falsos *cliffhangers* ou de *cliffhangers* irônicos, por estarem se contrapondo a uma característica intrínseca ao folhetim, e acabam, então, por depreciar o gênero. No caso de ter sido Machado incumbido de determinar o local onde o corte seria efetuado, é possível que ele tenha decidido interromper esses dois fascículos com um "Lá vou" ou "Adivinhe" exatamente para expressar o oposto do sentido literal das duas falas. Não podemos, no entanto, eliminar a hipótese de que a composição dos fascículos, depois de escrito o texto, não tenha sido da responsabilidade do autor, mas antes do editor – ou melhor, do paginador da revista.

Vimos no capítulo 3 deste livro, em que ficou determinado o local da editoração e impressão da "Parte Literária" de *A Estação*, que Lombaerts contava com um profissional encarregado da tarefa mais geral de efetuar a paginação desse suplemento da revista. Pudemos, inclusive, identificar o nome do paginador durante o ano de 1889 (pelo menos): Alfredo Leite. Em mais uma ocasião, Artur Azevedo se refere ao paginador, desta vez para pedir desculpas ao leitor pela brevidade da sua crônica em 30 de junho de 1887: "E termino aqui, porque o paginador da Estação recomendou-me que escrevesse muito pouco. Eloy, o herói"[27]. Por conseguinte, foi Alfredo Leite ou outro paginador quem determinou a extensão de cada fascículo do romance, em função das outras rubricas da revista.

---

27 "Croniqueta", *A Estação*, 30 de junho de 1887.

A tarefa de compor as páginas do suplemento literário de *A Estação* devia ser uma verdadeira orquestra editorial, a qual Machado, muito provavelmente, não regia. O romancista já era autor consagrado na época e não mais se ocupava, como no início da carreira em *A Marmota*, com a tipografia. Outro dado que nos faz investir na hipótese de que coube antes ao paginador e não a Machado a tarefa de dividir em fascículos a parte do texto já escrita é a numeração um tanto quanto desordenada dos capítulos. Se essa tarefa fosse da responsabilidade de Machado, ele teria tido mais cautela com relação à numeração.

Em 15 de junho de 1886, início da publicação do romance, *A Estação* aparentava contar ainda com poucos colaboradores fixos: apenas Machado de Assis e Artur Azevedo. José Simões assinou algumas narrativas seriadas, publicadas durante o ano de 1886[28]. Também encontramos no primeiro ano de publicação de *Quincas Borba* alguns versos de Lúcio de Mendonça, Olavo Bilac, Carlos Coelho, Alberto de Oliveira, Raimundo Corrêa, Joaquim Cahn e Luiz Delfino. A partir de 1888, no entanto, o número de colaboradores assíduos aumenta, ao mesmo tempo em que se torna mais frequente a publicação de contos seriados, escritos, inclusive, por Artur Azevedo[29]. A maior novidade se encontra nas seções assinadas por mulheres, como Júlia Lopes de Almeida, a partir de dezembro de 1888[30], e Inês Sabino Pinho Maia, a partir de 1890[31]. Dessa forma, a partir de 1888, grosso modo, o paginador passou a ter de reger um número maior de colaboradores e, consequentemente, de textos. Em seu trabalho, o paginador tinha de inserir as duas gravuras nas

---

28   "Pelo telefone": 15.07, 30.08, 15.09, 30.09.1886; "A impiedosa": 15.12.1886

29   "Um bilhete de loteria": 31.10.1887; "Argos": 15.02, 15.03.1888; "Rogério Brito": 30.04, 31.05.1888; "Parizina": 30.06.1888; "A toalha de crivo": 15-31.07.1888; "E minha mãe!": 15.02.1889; "22 e 27": 28.02, 15.03.1889; "O cão e o gato": 15.04.1890. Percebemos que Artur Azevedo publicou mais contos nos anos em que a serialização de *Quincas Borba* sofreu o maior número de interrupções.

30   "As nossas casas": 15-31.12.1888; "Guiomar Torrezão": 31.03.1889: "Nossas casas": 15.08.1889; "Maria Amália Vaz de Carvalho": 31.10.1889; "Belas Artes": 15.03.1890; "Os livros": 30.06.1890; "Higiene": 30.08.1890; "A cozinha": 31.05.1891; "Entre dois berços": 30.04.1891.

31   "A tempestade" (poesia): 30.11.1889; "Esboços e perfis": 14.04.1890; "Esboços femininos": 1890: 30.04, 31.05, 30.06, 15.07-31.08, 31.10-30.11, 31.12; 1891: 15-31.01, 28.02, 15.03, 15.04-15.09; "A cruz" (poesia): 31.05.1891.

páginas intermediárias do suplemento. Não podemos deixar de mencionar ainda que, a partir de 31 de março de 1887, o número de anúncios na primeira e última páginas aumentou, ocupando, inclusive, parte do espaço tradicionalmente destinado à publicação de *Quincas Borba*.

Essas dificuldades se materializam na relativa falta de organização do suplemento literário de *A Estação*. Ao folhearmos a revista, atualmente, temos a impressão de estarmos diante de um periódico um tanto quanto amador. Se compararmos a "Parte Literária" com a folha de entretenimento de *Die Illustrierte Frauen-Zeitung*, esse aspecto amador fica ainda mais saliente. Por exemplo, a ordenação do material e a frequência com que algumas seções aparecem, no periódico brasileiro, são muito irregulares. A extensão dos textos varia muito, além de o espaçamento entre linhas não manter sempre o mesmo padrão. Estes dois últimos dados nos revelam que, a cada número, o paginador era obrigado a fazer pequenos ajustes no espaçamento, tamanho da fonte e na distribuição dos textos pelas colunas, para adequar o espaço da revista aos textos dos colaboradores, que não obedeciam a um número de palavras predeterminado.

Em 30 de junho de 1887, Artur Azevedo desculpa-se por estar sendo breve, porque o paginador havia lhe pedido para escrever pouco, provavelmente porque já sabia de antemão que havia muita matéria para assentar nas quatro páginas cuja composição era da sua responsabilidade. Foi mais fácil pedir brevidade a um colaborador fixo, como o cronista, que normalmente escrevia sua coluna no intervalo da quinzena. Em algumas ocasiões, para resolver o problema da falta de espaço em uma revista de modas muito bem-sucedida, como era *A Estação*, os editores adicionaram duas páginas a mais ao corpo do suplemento. Finalmente, em 15 de julho de 1890, Lombaerts parece ter tornado definitiva a solução antes provisória, pois o suplemento passou a ter seis páginas.

Se o romancista realmente não teve controle sobre a serialização do seu texto, poderíamos então considerar a versão folhetinesca de *Quincas Borba*, na sua configuração material, como fruto de uma parceria entre o escritor e a revista, representada na figura do paginador. Além disso, talvez tenhamos identificado, aqui, o primeiro leitor de *Quincas Borba*: o próprio Alfredo Leite, junto com os outros paginadores que possivelmente tenham se revezado nessa função durante os cinco anos em que o romance foi publicado. Caso isso tenha realmente acontecido, qual teriam sido as motivações ou limitações que guiaram ou restringiram o trabalho desse profissional? A leitura do paginador é orientada pela necessidade editorial de dividir o texto em fascículos. Ao contrário de Machado, que poderia ter visto no "Lá vou" de Rubião e no "Adivinhe" de Sofia a possibilidade de ser mais uma vez irônico, o paginador, que provavelmente não lia o romance em profundidade enquanto compunha os tipos, talvez tenha interrompido o fascículo nessas duas falas por acreditar que elas introduziam verdadeiros *cliffhangers*.

Tendo sido com intenção irônica ou não, esses dois *cliffhangers* projetam ainda mais explicitamente o modelo folhetinesco sobre a continuação do enredo. O paginador pode ter feito o assinante desejar não só a entrada de mulheres bonitas, vestidas à francesa e o deslocamento da ação para a corte, mas também a continuação da leitura de um verdadeiro folhetim. É certo que, quando voltamos a esses papéis velhos para reler o romance (da forma como o autor ele mesmo não desejaria) e já de conhecimento da versão revisada e publicada em livro, a distância temporal faz-nos pensar que aquele "Adivinhe" e "Lá vou" são mais uma manifestação da ironia de Machado de Assis. No contexto em que o texto foi produzido, vemos aqui que podem, no entanto, ter sido gerados pelas próprias circunstâncias editoriais, como a autoridade do paginador sobre o manuscrito, quando este não está mais sob o poder do romancista.

TERCEIRA UNIDADE NARRATIVA: PREPARANDO O TERRENO PARA O SEGUNDO JOGO DE SUSPEITAS

Identificamos até agora as duas primeiras unidades narrativas na versão seriada de *Quincas Borba*: a parte da ação em Barbacena e o domingo do sarau na casa de Sofia. No total, elas correspondem aos cinquenta primeiros capítulos do romance, publicados, sem nenhuma interrupção, de 15 de junho de 1886 a 28 de fevereiro de 1887. Neste último fascículo ainda se encontram os capítulos 51 e 52, que fazem, juntamente com o erroneamente numerado 54, de 15 de março de 1887, a transição da segunda para a terceira unidade.

Como vimos anteriormente, no dia seguinte à reunião social na casa de Sofia, a anfitriã acorda com dor de cabeça, recebe a carta da roça e vê Carlos Maria passar a cavalo. A terceira unidade narrativa começa logo em seguida, no capítulo 55, de 15 de março[32]. Com ela o narrador efetua um salto temporal de quinze dias, que equivale à periodicidade da revista e ao tempo decorrido entre a noite da reunião social e a visita de Palha a Rubião, para indagar do sumiço do amigo:

> Quinze dias depois, estando Rubião em casa, apareceu-lhe o marido de Sofia. Vinha perguntar-lhe o que era feito dele? onde se tinha metido que não aparecia? estivera doente? ou já não cuidava dos pobres? Rubião mastigava as palavras, sem acabar de compor uma frase única[33].

Ao entrar na sala, Palha dá-se conta de que Rubião está na companhia de Camacho, personagem que não faz parte de sua roda social e que, de fato, também é nova para os leitores. Mesmo fracassado, esse jornalista com pretensões políticas causa boa impressão no mineiro. No momento presente da narrativa, entre olhares trocados, une-se secretamente a Palha no objetivo de manter Rubião na capital. Machado encontra aqui a oportunidade de incluir dois *flashbacks*. No capítulo 57, de 15 de março de 1887, e na sua continuação (erroneamente numerada 56), o narrador explica por que Rubião queria deixá-los, fazendo um sumário dos sentimentos e acontecimentos vividos pelo herói durante a quinzena. No final do capítulo, ele volta novamente ao momento presente da narrativa, para logo em seguida (no capítulo 57, de 31 de março de 1887) recuar novamente no tempo e apresentar-nos mais propriamente esse mais novo amigo de Rubião e as circunstâncias em que o conheceu. Voltando mais uma vez ao tempo presente, vemos Rubião totalmente convencido a não mais retornar a Minas. Também se encontra aqui o germe das aspirações políticas do protagonista.

---

32   Terceira unidade narrativa: caps. 55-57 (15 de março), caps. 56 (continuação) [sic]-57 (31 de março), caps. 58-60 (15 de abril de 1887), caps. 63 [sic]-64 (30 de abril); caps. 64 (continuação)-65 (15 de maio), caps. 66-68 (15 de junho de 1887); *Quincas Borba apêndice*, p. 55-68. Uma transcrição dos capítulos 58 a 60 encontra-se no apêndice deste livro.

33   *Quincas Borba apêndice*, cap. 55, p. 55.

Do capítulo 60 ao 66, Rubião é deixado sozinho até o dia seguinte, quando recebe a *Atalaia* e almoça com Freitas. Motivado pelo desejo de assinar a folha de Camacho, põe-se a caminho da sede do jornal. Porém, antes de lá chegar, ocorre o incidente de Deolindo, que transforma a nossa personagem em herói local. Rubião perambula pelas ruas e bairros do Rio e faz-nos descobrir alguns de seus tipos populares e alguns de seus horrores, como no episódio do enforcamento do escravo, na cena do atropelamento de Deolindo e no passeio de Rubião à praia Formosa.

Depois de deixar Camacho, Rubião volta para a rua. Lá, o herói cruza com Sofia, que está acompanhada da prima e da tia da roça, autoras da carta com a qual Machado havia fechado a segunda unidade narrativa. Ainda de noite, o mineiro vai à casa de Sofia, onde se encontram Maria Benedita e Dona Augusta. Rubião topa com Carlos Maria quando se despede de Sofia. Ficamos então sabendo que Carlos Maria é *habitué* ao mesmo tempo das casas de Rubião e de Sofia, desta por razões ainda desconhecidas. Acontece então, aqui, o cruzamento de todas as personagens, que agora frequentam, com exceção de Freitas e dos outros comensais, todos os círculos de amizades. Fica, por conseguinte, montado o ambiente para a criação do segundo jogo de suspeitas: do suposto *affair* entre Carlos Maria e Sofia, que será assunto da quarta unidade narrativa. Podemos ainda considerar como parte constitutiva desta terceira unidade o dia seguinte em que Rubião lê na *Atalaia* a notícia do incidente de Deolindo.

A terceira unidade narrativa tem, dessa forma, a duração de três dias e estende-se por seis fascículos, de 15 de março a 15 de junho de 1887. Ocorreu, aqui, a primeira interrupção na publicação do romance (em 31 de maio) e o primeiro erro na numeração dos capítulos, como já ficou anotado anteriormente. Seu objetivo principal, no folhetim, foi a apresentação de Camacho, dos interesses dos amigos de Rubião em mantê-lo na corte e do despertar das ambições políticas do protagonista. Veremos no próximo capítulo deste livro que, na reescrita dessa unidade narrativa, Machado se concentrou na caracterização de Rubião para dar início aí ao desenvolvimento progressivo da loucura do protagonista.

QUARTA UNIDADE NARRATIVA: OITO MESES DEPOIS

A transição entre a terceira e quarta unidades é muito sutil, porque Machado a faz brotar do enfoque dado a Maria Benedita. No capítulo 68, que se estende de 15 a 30 de junho de 1887, há uma verdadeira pausa no desenvolvimento da ação, uma vez que todas as atenções se dirigem a essa mais nova personagem feminina. Essa pausa se encarrega de fazer um salto temporal de oito meses, período que permite a evolução das personagens ou a consolidação das (falsas) amizades e fortunas. Nele ficamos sabendo dos progressos feitos por Maria Benedita desde sua instalação na corte, das razões que a levaram, depois de muita resistência, a aprender francês e piano, e que sua beleza e prendas já começavam a competir com as da prima. Para voltar ao presente, o romancista habilmente arremata o capítulo (da mesma forma que inicia o seguinte) com Maria Benedita a contar no relógio de Rubião os quinze minutos em que Carlos Maria e Sofia valsavam:

> Maria Benedita sorriu de um modo tão particular, que a outra não insistiu. Não foi riso de vexame, nem de despeito, nem de desdém. Desdém, por quê? Contudo, é certo que o riso parecia vir de cima. Não menos o é que Sofia polcava e valsava com ardor, e ninguém se pendurava melhor do ombro do parceiro; Carlos Maria, que era raro dançar, só valsava com Sofia, – dois ou três giros, dizia ele; – Maria Benedita contou uma noite quinze minutos.
> (Continua)

> LXIX
> Os quinze minutos foram contados no relógio do Rubião, que estava ao pé da Maria Benedita, e a quem ela perguntou duas vezes que horas

eram, no princípio e no fim da valsa. A própria moça inclinou-se para ver bem o ponteiro dos minutos[34].

Somos, assim, jogados diretamente para dentro da cena do baile, mesmo antes de sabermos que haviam, como o narrador nos avisará ainda no capítulo 69, "decorrido oito meses desde o princípio do capítulo anterior, e muita coisa estava mudada"[35]. Sofia já não morava mais em Santa Teresa. A dama havia se mudado para o Flamengo. Palha e Rubião já eram sócios, e o capital do mineiro já precisava do "regímen do bom juro".

Como vimos no capítulo 4 deste livro, essa cena do baile na rua dos Arcos e o subsequente caleidoscópio das impressões das personagens são assunto, no livro, dos capítulos 69 ao 78. Na verdade, dos capítulos 69 (de 15 de julho) ao 79 (de 15 de outubro), livro e folhetim não apresentam muitas variantes. Há apenas uma inversão, como veremos, na ordem em que as personagens se revezam no palco. Isso comprova que Machado, ao se dedicar ao livro, estava relativamente satisfeito com a construção da trama nesta unidade narrativa.

Não podemos dizer o mesmo, no entanto, com relação ao restante desse bloco narrativo. A partir do capítulo 80, há no folhetim uma quantidade muito maior de episódios do que na versão em livro, o que indica que eles foram eliminados por não terem uma função específica no enredo. Tinham antes sido gerados ao sabor, ou melhor dizendo, ao dissabor da pena. O romancista eliminou episódios, sintetizou outros por não estar satisfeito com o resultado final do material já publicado. A reordenação no enfoque dado a cada uma das personagens envolvida na trama um dia após o baile faz parte desse mesmo gesto de supressão do episódico.

---

34   *Quincas Borba* apêndice, caps. 68 (continuação) e 69, p. 69.

35   Quarta unidade narrativa: caps. 69 (15 de julho), 69 (continuação)-71 (31 de julho), caps. 72-75 (15 de agosto), cap. 75 (continuação) (31 de agosto), caps. 75 (continuação)-77 (15 de setembro), caps. 78-79 (30 de setembro), caps. 79 (continuação)-80 (15 de outubro), cap. 80 (continuação) (15 de novembro), caps. 80 (continuação)-81 (30 de novembro), cap. 72 [sic] (15 de dezembro), caps. 82 (continuação) [sic]-83 (31 de dezembro de 1887), cap. 83 (continuação) (15 de janeiro de 1888), caps. 84-86 (31 de janeiro de 1888); *Quincas Borba* apêndice, p. 69-96.

Na versão seriada, no dia seguinte ao baile, vemos primeiro Sofia, que repete em pensamentos o galanteio de Carlos Maria (caps. 71-72). Depois, a dama fala brevemente com o marido já de saída para o trabalho, que lhe pede para dissuadir a prima do desejo de voltar para a roça (caps. 73-75). Sofia vai ter com Maria Benedita e, da conversa, a roceira sai crente de que os primos planejavam casá-la com Carlos Maria (caps. 75-78). Na verdade, Palha planejava casá-la com Rubião para que as dívidas ficassem em família. No folhetim são, no total, oito capítulos dedicados exclusivamente a essas duas personagens. No capítulo seguinte, o narrador se volta para Carlos Maria (cap. 79). É quando ficamos sabendo que o rapaz havia mentido para Sofia durante a valsa de quinze minutos. O rapaz sai em seguida a cavalo e vê no Largo do Machado o cachorro de Rubião, que havia fugido (cap. 80). Ao voltar para casa, esperava-o Rubião, que, a essa altura, estava certo de que Carlos Maria mantinha um *affair* com Sofia e queria, assim, arrancar-lhe uma confissão (15 e 30 de novembro de 1887, cap. 80 continuação). A conversa entre essas duas personagens beira o melodramático. Ficam por um fio a revelação do amor do mineiro por Sofia e a acusação do adultério. O narrador revela-nos a intensidade dos sentimentos (contidos) do protagonista:

> Interiormente, mordia-se; as lágrimas queriam vir--lhe aos olhos. Como as mãos lhe tremessem muito, meteu-as nas algibeiras das calças; a voz saía-lhe soturna, apesar do esforço que ele fazia para alegrá-la[36].

Os sentimentos e as acusações não são, no final, expostas porque o assunto da fuga de Quincas Borba desvia a atenção de Rubião para sua obrigação com o amigo defunto. Quando Carlos Maria revela a Rubião que havia visto Quincas Borba rondando pela cidade, o mineiro se esquece do seu objetivo de obter uma confissão de Carlos Maria. Sem a confissão, a explosão das emoções não se realiza e, portanto, não há revelação, clímax nem desenlace da trama.

Os episódios seguintes – capítulos 72 [sic], 82 (continuação), 83 e 83 (continuação) – são motivados pela fuga do cachorro. Eles introduzem novamente o Major Siqueira e Dona Tonica, que haviam achado

---

36 *Quincas Borba apêndice*, p. 87.

e recolhido Quincas Borba. Rubião paga a recompensa e leva Quincas Borba de volta para casa. O narrador tem, aqui, oportunidade de voltar a tratar da condição de solteirona de Dona Tonica, que agora já completou 40 anos, e de fazer suscitar em Rubião o desejo de se casar, a conselho do major.

Desta forma, se acompanharmos a aparição das personagens em cena ou os episódios gerados depois do baile na rua dos Arcos, temos resumidamente a seguinte a ordem:

- **1**.........Sofia (caps. 71, 72)

- **2**.........Sofia e Palha (caps. 72-74)

- **3**.........Sofia e Maria Benedita (caps. 75-78)

- **4**.........Carlos Maria (cap. 79)

- **5**.........Carlos Maria vê cachorro de Rubião perdido (cap. 80)

- **6**.........Rubião visita Carlos Maria (cap. 80 continuação, de 15 e 30 de novembro de 1887)

- **7**.........Carlos Maria sozinho (cap. 81)

- **8**.........Rubião procura Quincas Borba e publica o anúncio da recompensa (cap. 72 [sic])

- **9**.........Cachorro está na casa do Major Siqueira, Rubião o leva para casa (caps. 72 [sic], 83)

- **10**.......Major Siqueira semeia em Rubião a ideia conjugal (cap. 83 continuação)

- **11**.......Delírio matrimonial (caps. 84-86)

Na reescrita, essa parte da unidade foi muito trabalhada. Machado elimina, sobretudo, os eventos entremeados que alongam a narração e intensificam o melodrama. Encontramos na versão final o seguinte arranjo, seguindo a numeração estabelecida para a ordem dos personagens ou episódios resumidos acima: 1, 2, 4, 3, 10, 11.

Em primeiro lugar, vemos que o romancista altera a ordem de apresentação das impressões das personagens sobre o baile, como já ficou escrito. As de Carlos Maria vêm logo após as de Sofia e, depois, vêm as de Maria Benedita. Além do mais, a conversa entre as duas damas foi reduzida. Ficou de fora o chilique de Maria Benedita, que decompõe o seu penteado, e o passeio das duas damas pela praia. Depois disso, Machado suprime o episódio da fuga de Quincas Borba. Ele mantém desse episódio apenas dois elementos, essenciais para retomar o controle do enredo. De maneira muito engenhosa, no capítulo 78 da versão em livro Machado incorpora a aparição do Major Siqueira e a ideia conjugal que ele semeia no protagonista. Esses são os conectivos essenciais, dentre essa profusão de incidentes concatenados, para o desenvolvimento da loucura de Rubião. Vejamos seus dois primeiros parágrafos:

> Rubião é que não perdeu a suspeita assim tão facilmente. Pensou em falar a Carlos Maria, interrogá-lo, e chegou a ir à rua dos Inválidos, no dia seguinte, três vezes; não o encontrando, mudou de parecer. Encerrou-se por alguns dias; o Major Siqueira arrancou-o à solidão. Ia participar-lhe que se mudara para a rua Dois de Dezembro. Gostou muito da casa do nosso amigo, das alfaias, do luxo, de todas as minúcias, ouros e bambinelas. Sobre este assunto discorreu longamente, relembrando alguns móveis antigos. Parou de repente para dizer que o achava aborrecido; era natural, faltava-lhe ali um complemento.
>
> – O senhor é feliz, mas falta-lhe aqui uma coisa; falta-lhe mulher. O senhor precisa se casar. Case-se, e diga que eu o engano[37].

Na passagem acima, pertencente à segunda versão do romance, Machado frustra o plano de Rubião de extrair uma confissão de Carlos Maria ao simplesmente anotar que o moço não se encontrava em casa quando o mineiro foi procurá-lo. Assim, o escritor consegue eliminar

---

37 *Quincas Borba*, cap. 78, p. 205.

todo o trecho do diálogo entre Carlos Maria e Rubião, que na verdade não tinha nenhum papel relevante no enredo. Pelo contrário, apenas sobrecarregava a narrativa com elementos folhetinescos, como se o romancista quisesse compensar a falta de rumo com a imaginação melodramática. A estratégia usada por Machado para justificar a aparição aqui de uma personagem presente num episódio já eliminado é a visita do próprio Major Siqueira a Rubião, que comunica ao mineiro a sua mudança de endereço.

Ao mesmo tempo em que elimina o melodramático, o romancista investe no processo de enlouquecimento de Rubião, ao estender e trabalhar mais o delírio matrimonial de Rubião. Assim, na segunda versão, o delírio matrimonial ganha destaque e transforma-se no ponto culminante dessa unidade narrativa. No próximo capítulo deste livro, tratarei em conjunto de todos os trechos acrescidos em cadeia, nos quais os estágios progressivos da loucura de Rubião ficam melhor delineados. Por enquanto, continuemos com a apresentação das unidades narrativas, para salientar o trabalho efetuado por Machado para controlar o enredo e eliminar, na reescrita, os traços típicos de uma narrativa folhetinesca.

QUINTA UNIDADE NARRATIVA: CRISE NA COMPOSIÇÃO E APELO À IMAGINAÇÃO MELODRAMÁTICA

A próxima unidade narrativa tem novamente limites temporais muito rígidos: dez dias, que abrangem o período decorrido entre a morte e a missa de sétimo dia da mãe de Maria Benedita, e os três dias seguintes à missa. Na primeira versão, estende-se do capítulo 87, de 15 de fevereiro de 1888, ao 122, de 31 de julho de 1889[38]. Na versão em livro, essa uni-

---

38   Quinta unidade narrativa: cap. 87 (15 de fevereiro de 1888), caps. 88-89 (29 de fevereiro), cap. 90 (31 de março), caps. 91-93 (15 de abril), caps. 94-97 (31 de maio), caps. 96 [sic]-98 (31 de outubro), caps. 99-103 (15 de novembro), caps. 104-108 (30 de novembro), caps. 109-111 (15 de dezembro), caps. 112-115 (31 de dezembro de 1888), caps. 112 [sic]-113 (31 de janeiro de 1889), caps. 112 [sic] (28 de fevereiro), cap. 113 (15 de março), cap. 114

dade corresponde aos capítulos de 83 a 105[39]. Vê-se que a numeração nos dois textos se afasta ainda mais durante o desenvolvimento dessa unidade e que, depois do seu final, irá novamente convergir. O capítulo 106 já é o mesmo, tanto em número quanto em conteúdo, nas duas versões. É devido a essa coincidência que Kinnear acredita que foi entre os meses de julho e novembro de 1889 que Machado revisou o material já escrito e publicado, para iniciar a composição do livro, ou seja, antes mesmo de terminar a serialização do folhetim.

Essa unidade narrativa foi, de fato, a que mais sofreu interrupções: em 15 de março, 30 de abril, 15 de maio, de 15 de julho a 15 de outubro de 1888; em 15 de janeiro, 15 de fevereiro, 15 de abril, 15 e 31 de maio, e, finalmente, de 15 de agosto a 15 de novembro de 1889. Isso pode ser um indício de que Machado perdera completamente as estribeiras, não só por causa das lacunas na publicação, mas também porque ele continua a bater na mesma tecla, ou seja, a insistir nas suspeitas de Rubião, como já observou Kinnear. Vejamos, como fizemos com a terceira e a quarta unidades, o seu desenvolvimento passo a passo.

No capítulo 87 da versão seriada (correspondente ao capítulo 83 da versão em livro), o narrador conta: "Um dia, indo ao armazém, achou o Palha de luto. Morrera a tia da mulher, D. Maria Augusta, na fazenda; a notícia chegara na véspera à noite"[40]. A morte da tia é um bom pretexto para uma visita de Rubião a Sofia e para que o mineiro satisfaça o seu desejo de ver a amada vestida de preto. Antes de ir à casa de Sofia, Rubião, que não tem muito o que fazer, como de costume, perambula sem rumo pela rua, totalmente aborrecido, até se lembrar de Freitas, que estava doente, em estado terminal (caps. 88-89). O reaparecimento

---

(31 de março), caps. 115-118 (30 de abril), caps. 117 (continuação) [sic]-119 (15 de junho), cap. 119 (continuação) (30 de junho), caps. 120-122 (31 de julho de 1889); *Quincas Borba apêndice*, p. 96-137.

39   *Quincas Borba*, p. 210-236.

40   *Quincas Borba apêndice*, p. 96; *Quincas Borba*, p. 210. Variantes: *B, C, D*: Um dia, como se houvesse saído mais cedo de casa, e não soubesse onde passar a primeira hora, caminhou para o armazém. Desde uma semana que não ia à praia do Flamengo, por haver Sofia entrado em um dos seus períodos de sequidão. Achou a Palha de luto; morrera a tia da mulher, Dona Maria Augusta, na fazenda; a notícia chegara na antevéspera, à tarde.

dessa personagem é, como se vê, totalmente episódico. Serve para ocupar o tempo do mineiro, fazê-lo lembrar do que era ser pobre, e preencher mais algumas páginas do jornal. Permite também que o nosso herói faça uma boa ação, ao deixar nas mãos da mãe de Freitas um bolo de seis notas de vinte mil réis. Finalmente, leva-nos, ao mesmo tempo, a um canto mais remoto da cidade, mais uma vez como no folhetim de Eugène Sue: a uma paisagem muito diferente da rua do Ouvidor e do salão de um arrivista. Penetramos no interior de uma casa simples e passeamos pela praia Formosa, semideserta, onde crianças, em camisa e descalços, brincam descontraidamente entre canoas ancoradas.

Em seguida, Machado acrescenta mais um episódio em que investe repetidamente no caso amoroso entre Carlos Maria e Sofia. No caminho de volta da casa de Freitas para a cidade, o cocheiro semeia novamente as suspeitas em Rubião, com a história da costureira alcoviteira. O protagonista volta para casa, veste-se de preto, janta com os comensais e, finalmente, presta visitas à família de luto (caps. 90-96). Lá as suspeitas são desfeitas e novamente ressuscitadas pela costureira encarregada de confeccionar os vestidos pretos de Sofia. Por pura coincidência, e sem muito nos convencer, como numa novela televisiva, ela mora na mesma rua daquela outra costureira da história inventada pelo cocheiro. Visivelmente transtornado, Rubião interrompe sua visita para perseguir as duas costureiras na tentativa de confirmar a história do cocheiro. Como uma história puxa a outra, Machado vê-se obrigado a pôr um fim ao episódio da perseguição. Para isso, tem de narrar o que aconteceu às costureiras e ao presidente do banco, em quem o protagonista havia esbarrado no caminho (caps. 97-105).

O narrador mostra, aqui, um sinal de mudança na sua atitude. Se no capítulo 17, de 15 de agosto de 1886, ele havia incitado a curiosidade do leitor a respeito da continuação da história, com o anúncio de que as mulheres bonitas ainda estavam por vir, agora o narrador parece perder a paciência ou pelos menos estar sem muita vontade de prosseguir com o relato. O romancista se atola nas suspeitas de Rubião e é encurralado por personagens secundárias, como a costureira e o diretor do banco. Ele inclui no romance a conversa entre Dondon e a costureira e acaba por contar o que sucedera com o casal. Na abertura do capítulo 105, de 30 de novembro de 1888, o narrador exclama enfastiado: "O resto? Oh! O resto das coisas!"[41] e faz Rubião perder o casal de vista. Para concluir por completo o episódio da perseguição, Machado acaba tendo que incluir mais um acontecimento de timbre quase policial na história: Rubião presencia um ato de violência e acaba servindo de testemunha na delegacia. Desta forma, por entre tropeços, perseguições e boletins policiais, Machado parece deixar se dominar totalmente pela pena do folhetinista.

No entanto, nem tudo é insignificante nessa unidade, principalmente para a consolidação de uma das temáticas do romance. Prosseguindo com seu objetivo de retratar uma sociedade em transformação, o escritor conseguiu redefinir, aqui, a posição das personagens no microcosmo social do romance. Freitas é visto em plena ruína e à beira da morte, enquanto a escalada social do casal Palha vai de vento em popa. Sofia e o marido renovam seu círculo de amizades, do qual já fazem parte banqueiros e damas da alta sociedade, estas engajadas na ação beneficente promovida por Sofia com a criação da Comissão de Alagoas.

Desta forma, em harmonia com o assunto central de uma revista, sobretudo, de modas, como era *A Estação*, Sofia não somente precisará de um *coupé* à sua inteira disposição, mas também de trajes de luto e de mais vestidos feitos sob medida. Além do mais, é a primeira vez que se ouve falar da Comissão de Alagoas, que ilustra bem a ascensão social de Sofia. A Comissão de Alagoas tem também uma função no enredo: gera de imediato uma falsa prova do caso amoroso entre a sua patrona e Carlos Maria e, no capítulo 106, de 30 de novembro de 1889, fornece o gancho para a resolução da intriga: a inclusão, como em um bom folhetim, de uma nova personagem – Dona Fernanda – e sua teia social. A sua presença é totalmente coerente com o enredo até antes da grande interrupção, já que ela entrou na roda das amigas de Sofia por intermédio da mesma comissão beneficente.

Falta relatar aqui o episódio com o qual se chega ao ápice do apelo à imaginação melodramática: Machado arma Rubião com um revólver quando este vai à casa de Sofia para arrancar-lhe definitivamente a confissão do adultério. Rubião acredita que uma prova definitiva do *affair* se encontra dentro da circular da Comissão de Alagoas endereçada por Sofia a Carlos Maria, que o carteiro deixa cair em frente à sua casa.

---

41 *Quincas Borba apêndice*, cap. 105, p. 114.

No folhetim, Rubião vai a casa de Sofia duas vezes. Na primeira visita (caps. 116-117), o protagonista se esquece de levar a carta. Ele faz menção à circular; porém, não a tendo consigo, o assunto do adultério se dilui. Rubião revela-lhe, então, o plano secreto de sua candidatura política e confessa novamente sua paixão. Toda a conversa é, além do mais, entrecortada pela entrada e saída de Maria Benedita. No dia seguinte, Rubião volta à casa de Sofia, desta vez com a carta na mão e um revólver de quatro tiros no bolso. Estamos no capítulo 119, de 15 de junho de 1889, o qual incita a imaginação para a resolução do conflito pela violência: "Pode ser que ela, uma vez de posse da carta, a guarde consigo, e eu fico sem saber nada. Neste caso ameaço-a; se tentar correr, mato-a"[42].

Esse capítulo termina em clima de suspense:

> Depois que ficaram a sós, nenhum deles soube por onde começasse. Venceu a curiosidade; Sofia pediu-lhe o papel, a famosa carta; que diria ela?
>
> – Não sei o que diz, porque não a abri, explicou Rubião; tenho-a comigo desde muitos dias, mas não lhe toquei.
>
> – Como sabe que é minha?
>
> – A letra do sobrescrito é sua.
>
> Rubião tirou a carta do bolso da sobrecasaca; antes de a entregar, verificou se trazia o revólver; a mão tremia-lhe.
>
> (Continua)[43].

Percebemos que Machado se encontra várias vezes na iminência da resolução do impasse do enredo pela via melodramática, ou seja, pela encenação de um conflito altamente emocional, com uso da força física e fortes conotações morais. Acredito que o romancista apela para a imaginação melodramática para compensar a desaceleração do ritmo e o caráter repetitivo da narrativa. Kinnear já havia

---

42 *Quincas Borba apêndice*, cap. 119, p. 131.

43 *Quincas Borba apêndice*, p. 132.

chamado a atenção para esses sinais de incerteza na direção da narrativa e para o tom melodramático e de farsa no confronto entre Sofia e Rubião[44]. No folhetim, o conteúdo da carta é finalmente revelado, o que desmancha a possibilidade da resolução do conflito por meio de um melodrama.

Na segunda versão, Machado novamente reestruturará essa unidade narrativa. Da primeira para a segunda versão, ele aproveita os capítulos 84-86 na elaboração mais detalhada do delírio matrimonial (capítulos 79-82 do livro). Trataremos mais especificamente da reescrita deste trecho no capítulo 7 deste livro. Por enquanto, limitemo-nos aos cortes. Machado reduz ao mínimo os desdobramentos desnecessários, como a longa conversa de Rubião com Palha, a visita de Rubião a Freitas e a perseguição às costureiras, eliminando, por exemplo, a conversa entre a costureira e Dondon e o incidente policial que o mineiro testemunhara. Em alguns casos, em lugar dos diálogos, a cena é narrada. Em outros, sequências de diálogos são eliminadas, o que diminui a participação de personagens secundárias na ação, como a mãe de Freitas, a costureira e Dondon. O foco concentra-se, assim, em Rubião.

Na primeira versão, para atrasar a revelação do conteúdo da carta, Machado havia adiado a sua leitura por Rubião. Ele primeiro lê uma notícia do jornal a respeito do incidente policial que testemunhara e, posteriormente, fica pensando na notícia. Na reescrita, Machado elimina a notícia do jornal e, por conseguinte, os capítulos 107 a 110. O escritor também inverte a ordem de episódios. Na segunda versão, a visita de Camacho é deslocada para antes do enterro de Freitas. Na primeira versão, Rubião recebe três cartas: de Sofia, de Camacho, e da mãe de Freitas. No livro, Rubião não recebe a carta de Camacho. A visita do jornalista acontece depois do almoço e entra no lugar do longo episódio eliminado, do almoço de Rubião com Sarmento. No folhetim, Rubião visita Sofia duas vezes, como vimos, ao passo que na versão definitiva apenas uma. No livro, a cena é composta a partir do remendo de diálogos extraídos das duas cenas do folhetim. Há ainda o confronto entre as personagens e a revelação dos sentimentos, um breve contato

---

[44] Kinnear, p. 58.

físico e o movimento corporal mais violento, mas o romancista opta por deixar a carta fechada. Juntamente com a numeração desordenada dos capítulos e a existência de capítulos referidos inexistentes, é mais um lugar em que o folhetim se torna incongruente.

Kinnear acredita que essa mudança prova que Machado estava claramente insatisfeito com o tratamento dado às suspeitas de Rubião, ou, mais especificamente, à forma como o texto deixava o leitor apreender tais suspeitas, tendo feito a dúvida pairar no leitor, tanto quanto no protagonista, até o capítulo 106. Eu acredito, no entanto, que Machado opta por não desmanchar as suspeitas de Rubião no seu confronto sincero, frente a frente com Sofia, exatamente para diminuir a intensidade sentimental do relato. Se Machado insistisse na resolução do conflito pela via melodramática, poderia promover um debate de questões morais, uma vez que as personagens teriam de revelar abertamente os seus verdadeiros interesses na manutenção dos laços de amizade. Entretanto, como já ficou escrito aqui, as duas séries de diálogos da abertura do romance já chamavam a atenção para a dissimulação que reinaria no código das convenções sociais. Isso fica ainda mais claro na conversa ocorrida entre Sofia e Palha na noite daquele longo domingo, depois que todos os convidados deixaram o sarau[45]. A sala estava agora iluminada "por poucos bicos de gás", o que insinua uma atmosfera de intimidade; é esta atmosfera de intimidade na qual o casal trata de assuntos tão delicados. O diálogo, entretanto, é mais do que direto, pois mostra ao leitor com todas as palavras o pacto firmado entre o casal para continuar a lidar com Rubião sem quebrar a linha do decoro. Lembremos que Palha revela à esposa a amplidão de suas obrigações monetárias com Rubião.

Este pacto era o elemento que constituía novidade na trama, e não a repetição do episódio do galanteio de Rubião a Sofia. Lembremos que o capítulo 50 se fechava com o falso *cliffhanger* "Adivinha". Machado já fornecia, naquela altura da narrativa, fortes indícios de que nas relações interpessoais do romance não haverá lugar para o excesso e nem para a franqueza, a não ser, é claro, para atestar a loucura do herói Rubião.

---

45 *Quincas Borba apêndice*, p. 52

O DESENLACE DA TRAMA ROMANESCA

De 31 de julho a 30 de novembro de 1889, foram três meses e meio de interrupção na publicação de *Quincas Borba*. No capítulo 108, o narrador nos informa: "Durante alguns meses, Rubião deixou de ir ao Flamengo"[46]. A duração do intervalo é, dessa forma, incorporada à narrativa. Corresponde, grosso modo, ao período em que Rubião deixa de visitar Sofia em sua casa, agora no Flamengo. É durante esse segundo sumiço de Rubião em que decorrerão vários acontecimentos importantes para o início da resolução do conflito do romance. Eles serão narrados num longo *flashback* entremeado à constatação por Rubião de que Carlos Maria e Maria Benedita estavam prestes a se casar: 15 de janeiro de 1890 (caps. 116-118), 31 de janeiro (cap. 118 – continuação), 15 de fevereiro (caps. 118 – continuação, 119, 120) e 28 de fevereiro (caps. 121-125).

Desta forma, em 30 de novembro de 1889, quando a publicação do romance é retomada, Machado passa a tirar proveito de duas características intrínsecas ao folhetim. A primeira diz respeito ao aproveitamento da passagem temporal para a acentuação das mudanças na situação social e psíquica das personagens, e a segunda, à introdução de uma nova personagem. Voltamos aqui à questão do ritmo narrativo e da percepção pelo leitor de que o movimento de ascensão ou declínio das personagens é, além de gradual, irreversível. As personagens se revezam no palco nas últimas rodadas em que o narrador avança e, finalmente, fixa as suas posições finais nesse microcosmo social. Por exemplo, o narrador revela-nos o processo galopante de enriquecimento do casal Palha, seja por meio de marcas exteriores (como a mobília da casa e, na primeira versão, os empregados uniformizados trazendo nos botões as iniciais C. P., a construção do palacete em Botafogo, os vestidos de seda e acessórios de Sofia), seja por meio de suas novas ambições, entre elas o vago pensamento no baronato. Dona Tonica acaba solteirona depois da investida no seu último candidato, e, juntamente com o pai, é afastada da roda social de Sofia.

///////

46 *Quincas Borba* apêndice, cap. 108, p. 138.

É ainda nos quatro fascículos do *flashback* que o narrador introduz um novo núcleo inesperado de personagens, no qual Dona Fernanda é a figura chave. Dona Fernanda não somente serve de gancho para o desfecho do casamento entre Carlos Maria e Maria Benedita, mas também possibilita a criação de uma série de outros episódios que desviam a atenção do leitor do fio condutor da narrativa. Entre esses episódios, encontra-se a constituição do novo ministério, do qual Teófilo, marido de Dona Fernanda, tinha esperança de participar. Dona Fernanda também assumirá papel importante no diagnóstico da loucura e na instalação de Rubião na casa de saúde.

Na reescrita da segunda metade do romance, não foi feita nenhuma alteração sustancial no texto. Machado cortou ou sintetizou algumas cenas, tornando a narrativa ainda menos episódica. É o caso da cena do passeio a cavalo de Sofia, Rubião e Palha, narrada dos capítulos 142 a 148, de 31 de maio de 1891. Eles foram resumidos no capítulo 143 do livro. Outro exemplo são as suspeitas de Palha de que Sofia mantinha um caso com Rubião depois do episódio da carruagem, que se encontravam nos capítulos 144 a 147 da primeira versão, e que foram posteriormente eliminados. Finalmente, parte dos fascículos de 31 de março e de 15 de junho de 1891 foi eliminada. No primeiro, Sofia visita Maria Benedita e Carlos Maria depois do nascimento da filhinha do casal. No segundo, Dona Fernanda discute com o Doutor Falcão o tratamento de Rubião e sua internação numa casa de saúde.

Vemos que tanto a razão pela qual a serialização é várias vezes interrompida, quanto à solução encontrada pelo escritor para o seu impasse criativo (e que, consequentemente, reata a publicação dos folhetins) giram em torno da trama romanesca. Depois de montada a trama, Machado encontra dificuldades para desmontá-la sem incorrer no melodrama, no dramalhão. Por um triz o romance não terminou em tiros e na morte precoce da sua heroína, Sofia. Já não era mais do seu agrado, como o era nos tempos de *Helena*, o confronto físico, cenas de alta densidade emocional e por fim o sangue. Mesmo não sendo melodramática, a solução encontrada para o desfecho da trama foi, no entanto, ainda muito folhetinesca. Com a entrada de Dona Fernanda em cena, que amarra junto todas as personagens em laços de parentesco ou amizade, as personagens vão, pouco a pouco, encontrando seus destinos. Ela é responsável pelo casamento de Maria Benedita com Carlos Maria, o que a torna, por tabela, uma parente de Sofia. Dona Fernanda ainda toma o lugar de Dona Tonica entre as amizades de Sofia, ajudando, assim, na sua ascensão social, e também é quem cuida de Rubião.

Para os que terminaram a leitura do folhetim, a solução para a crise da escrita do romance foi, dessa forma, de cunho puramente folhetinesco: deu-se por meio da introdução de uma nova personagem e de seu núcleo social, a qual, por puro artifício romanesco, é ao mesmo tempo casamenteira, caridosa, parente de uma personagem e amiga de outras. Para os que leem o romance no formato de livro, a fixação do eixo em Rubião, o desenvolvimento dos estágios progressivos da sua loucura e a transformação do todo da narrativa numa exemplificação do Humanismo transformam a sua experiência de leitura, mesmo havendo poucas variantes entre as duas versões a partir do capítulo 106 de 30 de novembro de 1889. Além disso, por mais que a introdução de uma nova personagem seja um recurso folhetinesco, veremos que Dona Fernanda, a personagem mais bondosa e socialmente estável do romance, tem muito a ver com o Humanismo: mesmo estando no alto da pirâmide, ela participa do jogo de ascensão na esfera mais alta da elite política, na posição de esposa a um aspirante ao ministério. Seu altruísmo aparenta ser, na superfície, uma propensão natural ou um sinal da liberdade feminina, mas é, na verdade, a conduta que se espera de damas da sua estirpe social.

Essas operações da reescrita responsáveis pela transformação do folhetim em livro serão objeto de estudo dos dois próximos e últimos capítulos deste livro.

CAPÍTULO 6

Do folhetim ao livro: visão global do romance

A revisão do folhetim com vistas à publicação do livro iniciou-se antes de finalizada a serialização. A maior parte das exclusões eliminou o melodramático, a participação ativa de personagens secundárias e episódios que não eram essenciais para a construção do enredo. Machado também acrescentou poucos, mas importantes, capítulos e parágrafos, e reordenou alguns eventos. Este capítulo mostra que os acréscimos e a reordenação dos vinte primeiros capítulos deram proeminência à personagem Rubião e ao desenvolvimento gradual de sua loucura.

CENTRALIZAÇÃO DO FOCO EM RUBIÃO

Entre as grandes mudanças efetuadas no texto na passagem da revista para o livro, está a fixação do eixo em Rubião. Antes o eixo do romance era mais oscilante, já que no folhetim o destino paralelo das personagens secundárias, de Maria Benedita, Carlos Maria, Freitas e Dona Tonica, por exemplo, podia ser acompanhado com o mesmo entusiasmo, mesmo que a trajetória de Rubião já merecesse destaque na projeção da narrativa.

John Gledson, em seu *Machado de Assis: ficção e história*, já havia apontado para a caracterização de Rubião como uma das principais preocupações de Machado durante a reescrita de todo o romance. O crítico mostrou-nos que foi com o protagonista que Machado enfrentou suas maiores dificuldades[1]. Gledson interpreta o trabalho paciente do romancista de caracterização da personagem como uma alegoria política da nação, seguindo a sugestão de Araripe Júnior: "Quem nos diz que este personagem não seja o Brasil?"[2]. Neste livro, apesar de não ignorar as implicações que as variantes tenham trazido para o sentido alegórico – histórico e político – do romance, interesso-me, sobretudo, pelo papel desempenhado pelas mudanças realizadas na estrutura narrativa em relação a Rubião, mais especificamente na reestruturação do *plotting* de *Quincas Borba*. Peter Brooks prefere o termo *plotting* (construção do enredo) a *plot* (enredo), uma vez que a forma no gerúndio enfatiza o aspecto dinâmico da narrativa:

> o que nos move para a frente como leitores do texto narrativo, o que nos faz – como os heróis do texto muitas vezes e, certamente, como os seus autores – querer e precisar traçar um enredo, através do texto narrativo, à medida que ele desfralda diante de nós uma precipitação de forma e

---

1   Gledson, 2003, p. 90.

2   Araripe Júnior, "Ideias e sandices do ignaro Rubião", *Gazeta de Notícias*, Rio de Janeiro, 5 de fevereiro de 1893, p. 1, citado por Guimarães, 2004, p. 405.

sentido, um simulacro de compreensão de como o significado pode ser construído sobre e através do tempo.

[that which moves us forward as readers of the narrative text, that which makes us – like the heroes of the text often, and certainly like their authors – want and need plotting, seeking through the narrative text as it unfurls before us a precipitation of shape and meaning, some simulacrum of understanding of how meaning can be constructed over and through time[3].]

O trabalho sistemático de Machado sobre Rubião, na reescrita da versão seriada para o livro, foi um dos principais agentes na redefinição do enredo e, consequentemente, na forma como lemos a segunda versão. Em outras palavras, as alterações promovidas na reescrita do romance em relação à personagem principal desempenham papel importante na definição de um novo padrão de leitura para o romance em livro. É o que eu gostaria de comprovar a partir de agora, começando com um exemplo que documenta o trabalho de reorganização do texto em nível macroscópico.

ROTAÇÃO DOS VINTE PRIMEIROS CAPÍTULOS

O processo de centralização do foco em Rubião começa quando Machado reordena os eventos apresentados nos primeiros vinte capítulos do romance. A versão seriada, nas palavras de Augusto Meyer, "começava então pelo começo", pela revelação da doença do filósofo e pelo prognóstico de sua morte[4]. No capítulo 3, ou seja, no segundo fascículo do

---

3 Peter Brooks, *Reading for the Plot: Design and Intention in Narrative* (Cambridge, Massachusetts: Harvard University Press, 2003), p. 35.

4 Augusto Meyer, "Quincas Borba em variantes", *A chave e a máscara* (Rio de Janeiro: Edições Cruzeiro, 1964), p. 174.

folhetim, o narrador vai explicar quem é Rubião e as circunstâncias que uniram as duas personagens. Até o capítulo 18, a ação toma lugar em Barbacena. Só no capítulo 20 é que a ascensão do herói à posição de capitalista e de personagem principal será concretizada, com a cena em que Rubião, da mansão que herdou do amigo, admira a enseada de Botafogo.

Na versão em livro, Machado opera uma rotação na ordem dos eventos, trazendo para o início do romance o que estava no capítulo 20 do folhetim. O resultado é que, quando o livro começa, Rubião já é um homem de posses, firmemente estabelecido no Rio de Janeiro, mesmo que essa situação, ao mesmo tempo social e de espírito, seja apenas transitória. O fato é que, no romance em livro, a ordem de apresentação dos episódios parte do auge da riqueza e da saúde mental de Rubião, se acreditarmos que o nosso herói foi algum dia são. São apresentados em *flashback* os eventos que tomam lugar em Barbacena, assim como a viagem de trem de Minas para a corte, os encontros subsequentes de Rubião com o casal Palha. Aqui o *flashback* alcança o tempo presente da narrativa, voltando à cena de abertura, em que o mineiro se encontra sozinho na varanda da mansão de Botafogo. O *flashback* é tão longo – vai do capítulo 4 ao 27 – que, sem a advertência do narrador, talvez não fôssemos capazes de perceber que no capítulo 27 a narrativa retorna àquela mesma cena de Rubião na varanda da mansão:

> Tudo isso passava agora pela cabeça do Rubião, depois do café, no mesmo lugar em que o deixamos sentado, a olhar para longe, muito longe. Continuava a bater com as borlas do chambre. Afinal lembrou-se de ir ver o Quincas Borba, e soltá-lo. Era a sua obrigação de todos os dias. Levantou-se e foi ao jardim, ao fundo[5].

Machado está jogando aqui com a distinção entre *fabula* e *sjužet*. Apesar de em ambas as versões o fato narrado (*fabula*) é o mesmo, a ordem de apresentação dos eventos no discurso narrativo (*sjužet*) é diferente. Ao reordenar a matéria dos vinte capítulos, o escritor deu ao romance uma nova "força dinâmica de modelagem" ["dynamic shaping

---

5   *Quincas Borba*, cap. 27, p. 133; *A Estação*, 30 de setembro de 1886, cap. 27; *Quincas Borba apêndice*, p. 28. Variantes: A: café, sentado no *pouf*, olhando para longe... muito longe... Afinal, lembrou-se; A: soltá-lo... Levantou-se.

force"], que conduz a um novo *plotting*, no qual Rubião é o eixo principal[6]. Quando alcançamos o capítulo 27 do livro, somos capazes de compreender a transformação de Rubião, a qual a própria personagem já havia insinuado no capítulo 1: "– Vejam como Deus escreve direito por linhas tortas"[7]. A versão seriada não oferece a mesma articulação narrativa, porque os eventos que tomam lugar em Barbacena haviam sido narrados antes da mudança de Rubião para o Rio.

Os leitores estão, assim, menos inclinados a ver os acontecimentos narrados nesses vinte e sete capítulos como um todo. O folhetim põe ênfase na ordem cronológica dos eventos e, por isso, não fornece uma visão muito clara de que as condições que afetaram o herói nessa primeira parte do romance formam uma só unidade. Além disso, na versão em livro a relação entre Quincas Borba e Rubião é mais visivelmente a de mestre e discípulo. Rubião se transforma em discípulo, mesmo que ignaro, de Quincas Borba, quando este lhe explica didaticamente, por meio de um exemplo, o funcionamento do Humanitismo, no capítulo 6 acrescentado[8]. Desde muito cedo no romance, na verdade desde o capítulo de abertura, o leitor é capaz de (e mesmo induzido pelo narrador a) associar a recente fortuna de Rubião com a teoria do Humanitismo. Na abertura do romance, no entanto, Deus é o responsável pela mudança tão repentina (e muito artificial, diga-se de passagem) no destino da personagem:

> – Vejam como Deus escreve direito por linhas tortas, pensa ele. Se mana Piedade tem casado com Quincas Borba, apenas me daria uma esperança colateral. Não casou; ambos morreram, e aqui está tudo comigo; de modo que o que parecia uma desgraça...[9]

---

6   Brooks, 2003, p. 13.

7   *Quincas Borba*, p. 107.

8   *Quincas Borba*, p. 112-114.

9   *Quincas Borba*, p. 107; *A Estação*, 31 de agosto de 1886, cap. 20; *Quincas Borba* apêndice, p. 22. Variantes: *A*: Se tenho casado a mana Marica como o Quincas Borba, apenas alcançaria uma esperança colateral. Não os casei; ambos morreram.

Não podemos deixar de observar que a ideia de criar sentido por meio de envergaduras narrativas muito mais longas do que os fascículos da revista já estava presente em germe no folhetim. Vimos no capítulo anterior que Machado já havia criado, do capítulo 20 ao 50, uma unidade narrativa de um dia, que teve, assim, de ser dividida em treze fascículos, levando mais de seis meses para ser publicada. Dessa forma, no livro, Machado apenas leva ao extremo esse princípio de construção de unidades narrativas mais longas porque agora os capítulos 1 ao 50 pertencem ao mesmo contínuo temporal de um dia.

ELIMINAÇÃO DA PARTICIPAÇÃO DAS PERSONAGENS SECUNDÁRIAS

Vejamos mais um exemplo, desta vez mais pontual, para mostrar que o trabalho de concentração do foco em Rubião se faz perceber também no nível microscópico, no qual observamos, ainda, uma mudança sutil no posicionamento do narrador em relação a essa personagem. Destaco, aqui, a reescrita dos capítulos 58 a 62, de 15 de abril de 1887, cuja versão seriada ainda não havia sido localizada pela Comissão Machado de Assis quando da elaboração da edição crítica, e cuja transcrição completa se encontra no apêndice.

Os capítulos 58 a 62 da versão seriada correspondem aos capítulos 58 a 60 do romance em livro. Machado reescreve alguns trechos, suprime diálogos e funde os três últimos capítulos. São essas as principais alterações que ocorrem no processo da reescrita. Focalizarei os três grupos de variantes que considero mais importantes como um todo, porque revelam em um nível microscópico o trabalho de Machado na caracterização de Rubião.

No capítulo 59, Camacho e Palha encontram-se na casa de Rubião: "Palha e Camacho olharam um para o outro... Oh! esse olhar foi como um bilhete de visita trocado entre as duas consciências. Nenhuma disse o seu segredo, mas viram os nomes no cartão, e cumprimentaram-se"[10]. A essa altura da narrativa, Rubião está pensando em voltar para Minas, pois ele acha que foi muito tolo ao declarar seu amor por Sofia

---

10 *Quincas Borba*, p. 177.

e sente-se constrangido pela ideia de permanecer no Rio. O capítulo 59 mostra os interesses de Camacho e Palha em manter Rubião no Rio. Primeiro, Palha tenta convencer Rubião a adiar seus planos, propondo-lhe uma viagem a Minas na sua companhia e na da mulher: "Sofia é companheira para estas viagens"[11].

O primeiro trecho reescrito começa quando Rubião tenta justificar seu retorno a Barbacena por ocasião das eleições. Agora é a vez da intervenção de Camacho. Na versão seriada, o diálogo entre Rubião e Camacho é apresentado em discurso direto. No livro, o diálogo é condensado e incorporado à voz narrativa. Em seguida, Machado suprime outra intervenção de Palha e, mais uma vez, incorpora as palavras de Rubião à voz narrativa.

A	D
A Estação, 15 de abril de 1887	*Quincas Borba*, p. 178
Rubião agitava-se no canapé, um pouco trêmulo. Sorria, abanava a cabeça. Camacho alegava os sucessos políticos... — Por isso mesmo, as eleições, interrompia Rubião. — Não, deixe lá as eleições. Cá temos muito que fazer por ora. Precisamos lutar aqui mesmo, na capital; aqui é que devemos esmagar a cabeça da cobra. Lá irá quando for tempo; irá então receber a recompensa e matar as saudades... E sabia que político não tem saudades; e o dever do cidadão é entregar-se ao seu partido, militar no ostracismo para triunfar no dia da vitória. A recompensa era, com certeza, o diploma de deputado. Rubião entendeu bem, posto que o outro não lhe falasse em tal. Visão deliciosa, ambição que nunca teve, quando era um pobre diabo. Ei-la que o toma, que lhe aguça todos os apetites de grandezas e de glória... De outro lado, o amigo Cristiano continua a falar da necessidade de ficar, por enquanto, – mormente agora que acaba de saber da vocação política do amigo. Concorda com o outro, sem saber bem por quê, nem para quê. Tudo é que fique. — Mas uma viagem de alguns dias, disse Rubião sem desejo de lhe aceitarem a proposta. — Vá de alguns dias, concordou Camacho. A lua estava então brilhante...	Rubião agarrou-se às eleições próximas; mas aqui interveio Camacho, afirmando que não era preciso, que a serpente devia ser esmagada cá mesmo na capital; não faltaria tempo depois para ir matar saudades e receber a recompensa... Rubião agitou-se no canapé. A recompensa era, com certeza, o diploma de deputado. Visão magnífica, ambição que nunca teve, quando era um pobre diabo... Ei-la que o toma, que lhe aguça todos os apetites de grandeza e glória... Entretanto, ainda insistiu por poucos dias de viagem, e, para ser exato, devo jurar que o fez sem desejo de que lhe aceitassem a proposta. A lua estava então brilhante...

Tabela 6.1   Capítulo 59 em *A* e *D*[12].

---

11   *Quincas Borba*, p. 178.

12   A explicação das siglas encontra-se na "Introdução", p. 12.

O processo de eliminação e incorporação de diálogos à voz narrativa dá a esse trecho um novo ritmo. Machado cria uma nova cadência de vozes, tornando mais tênue a passagem do discurso direto para o discurso indireto livre. Esse movimento nos permite penetrar nos pensamentos de Rubião, sem a quebra do diálogo, como acontecia na versão seriada. Como escreve Mattoso Câmara, em vez de

> "apresentar o personagem no palco da narração como uma figura dramática, que fala por si (discurso direto) ou de lançá-lo aos bastidores para nos informar objetivamente sobre o que ele disse (discurso indireto estrito), o narrador associa-se ao seu personagem, transpõe-se para junto dele e fala em uníssono com ele"[13].

A adoção do discurso indireto livre, continua Mattoso Câmara, "conserva os traços afetivos, mas não impõe ao leitor a noção de que o personagem pensou em frases definidas e nítidas, pois as frases apresentadas são do autor, tendo apenas a coloração afetiva do personagem" (p. 39).

Além do mais, os seis parágrafos da revista condensam-se em um só no livro. O foco passa do jogo de persuasão de Camacho e Palha (cujas falas se alternam) para os efeitos das palavras pronunciadas pelas duas personagens no estado mental de Rubião. O herói começa a ter ambições políticas e está mais próximo de desenvolver sua megalomania imperial.

Na tabela 6.2, a supressão de uma passagem torna a narrativa mais concisa, além de facilitar a junção dos capítulos 59 e 62. Estamos agora na manhã seguinte à visita de Camacho e Palha, no primeiro parágrafo do capítulo 69 do folhetim. No romance em livro, o trecho corresponde ao segundo parágrafo do capítulo 60, pois Machado já havia fundido na reescrita o curto capítulo 60 ao 61. Rubião recebe em casa o jornal *Atalaia* e está lendo o artigo furibundo de Camacho. Na versão em livro, Rubião está todo o tempo sozinho, ao passo que, na primeira versão, o protagonista recebe a visita de Freitas no almoço. Freitas lê mais uma vez o artigo em voz alta. Depois os dois amigos ainda conversam sobre a *Atalaia* e seu editor. No capítulo seguinte (A: 62), Rubião se dirige ao escritório de Camacho, mas no caminho um incidente ocorre:

---

13 Mattoso Câmara Jr., "O discurso indireto livre", *Ensaios machadianos* (Rio de Janeiro: Livraria Acadêmica, 1962), p. 30-31.

A	D
A Estação, 15 de abril de 1887 **61** No dia seguinte recebeu um jornal que nunca vira antes, a *Atalaia*, sem nome de redator, artigos anônimos, várias notícias, poucos anúncios e de grandes letras. O artigo editorial desancava o ministério; a conclusão, porém estendia-se a todos os partidos e à nação inteira: – *Mergulhemos no Jordão constitucional*. Rubião achou-o excelente; tratou de ver onde se imprimia a folha para assiná-la. Freitas, que veio almoçar com ele, deu-lhe explicações sobre a *Atalaia*. Era redigido pelo Dr. Camacho, um Camacho... – Conheço; ainda ontem esteve aqui comigo, interrompeu Rubião. – É dele, e não é má. Que diz o número de hoje? Freitas leu o artigo com ênfase, por modo que o Rubião ainda o achou melhor do que quando o lera na cama. Concordaram que era magnífico. Ao almoço, falaram muito do Camacho, confessando Rubião que simpatizava com ele, e pedindo ao outro a sua opinião. A opinião era a mesma. Depois indagou dos costumes da pessoa, da consideração em que o tinham, e todas as respostas foram agradáveis; era homem circunspecto, estimado, perfeito cavalheiro, um *gentleman*. **62** Nesse mesmo dia foi ao escritório de Camacho. Queria elogiar o artigo e assinar a folha. Ia andando pela rua da Ajuda, quando sucedeu dar com um menino de dois anos, se tanto, no meio da rua, e um carro que descia a trote largo, com o cocheiro distraído. A mãe, que estava à porta de uma colchoaria, deu um grito angustioso, mas não teve forças para correr a salvá-lo. – Deolindo!...	**Quincas Borba, p. 179** No dia seguinte recebeu um jornal que nunca vira antes, a *Atalaia*. O artigo editorial desancava o ministério; a conclusão, porém estendia-se a todos os partidos e à nação inteira: – *Mergulhemos no Jordão constitucional*. Rubião achou-o excelente; tratou de ver onde se imprimia a folha para assiná-la. Era na rua da Ajuda; lá foi, logo que saiu de casa; lá soube que o redator era o Doutor Camacho. Correu ao escritório dele. Mas, em caminho na mesma rua: – Deolindo!...

Tabela 6.2 Capítulos 61 e 62 em *A*; capítulo 60 em *D*.

Em primeiro lugar, Machado elimina a participação de Freitas da ação. A sua aparição era curta, mas apresentava todos os elementos componentes de uma cena, com mudança de cenário, entrada e saída da personagem e os diálogos constitutivos. Mais uma vez, o foco cai sobre Rubião, pois agora ele está só na cena. Ao invés de falar com uma outra personagem (com Freitas, nesse caso), ele é deixado sozinho mergulhado em seus pensamentos.

Machado também suprimiu o primeiro parágrafo do capítulo 62, que tinha o objetivo de introduzir uma nova situação dramática, com novo cenário, personagens e diálogos. É o episódio de Deolindo, que vai transformar Rubião em herói entre as testemunhas do incidente e, mais tarde, em notícia de jornal. Nesse caso, o resultado da supressão é a intensificação da natureza dramática do romance. Rubião tenta impedir que Deolindo seja atropelado pela carruagem desgovernada. No folhetim, a apresentação do acidente é retardada pela abertura do capítulo (e também pela aparição de Freitas). Mas no livro a cena é apresentada sem nenhuma interposição ou explicação.

Na tabela 6.3, flagramos a supressão da discussão entre os pais de Deolindo a respeito do incidente da carruagem.

A	D
A Estação, 15 de abril de 1887; *Quincas Borba* apêndice, p. 59	*Quincas Borba*, p. 180
– Ia quase morrendo, disse a mãe. Se não fosse este senhor, não sei o que seria do meu pobre filho.	– Ia quase morrendo, disse a mãe. Se não fosse este senhor, não sei o que seria do meu pobre filho.
Era um acontecimento no quarteirão. Vizinhos entraram a ver o que sucedera ao pequeno; na rua,* crianças e moleques, espiavam pasmados. A criança tinha apenas um arranhão no ombro esquerdo, e certamente produzido pela queda, não pelos cavalos.	Era uma novidade no quarteirão. Vizinhos entravam a ver o que sucedera ao pequeno; na rua, crianças e moleques, espiavam pasmados. A criança tinha apenas um arranhão no ombro esquerdo, produzido pela queda.
– Ah! mas você é descuidada, Josefina! dizia o marido. Como é que você deixa sair assim o menino?	– Não foi nada, disse Rubião; em todo caso, não deixem o menino sair à rua; é muito pequenino.
– Estava aqui na calçada, redarguiu a mãe.	– Obrigado, acudiu o pai; mas onde está o seu chapéu?
– Qual calçada! A criança o que quer é brincar. Você é muito distraída...	
– E você também não é? Quero ver se você também não se distrai.	
– Não foi nada, interveio Rubião; em todo caso, não deixem o menino sair à rua; é muito pequenino.	
– Obrigado, disse o marido; mas onde está o seu chapéu?	

Tabela 6.3   Capítulo 62 em *A*; capítulo 60 em *D*.
* Fim da página 28.

Ao cortar essa sequência de quatro diálogos, Machado não elimina as duas personagens da ação, como ele havia feito com Freitas. O escritor, no entanto, limitou a sua participação. O pequeno atrito entre os pais de Deolindo não tinha nenhuma conexão com Rubião. Apenas trazia para a narrativa os problemas familiares de personagens menores. Talvez seja essa a razão pela qual Machado resolveu eliminá-los. O escritor manteve apenas as falas dirigidas a Rubião: "Ia quase morrendo, disse a mãe. Se não fosse este senhor, não sei o que seria do meu pobre filho"; "Obrigado, acudiu o pai; mas onde está o seu chapéu?".

O elemento em comum na reescrita desses três excertos é a centralização do foco em Rubião. Na tabela 6.1, como vimos, o foco muda do jogo de persuasão de Camacho e Palha para os efeitos das palavras dessas duas personagens no estado mental de Rubião. Na tabela 6.2, a supressão de Freitas da ação deixou Rubião sozinho no palco falando com os seus botões, até que ele é tirado dos seus pensamentos pela necessidade urgente de salvar Deolindo. Na tabela 6.3, Machado evitou uma intriga familiar pequena que não acrescentava nada a respeito do herói propriamente dito.

No que diz respeito ao posicionamento do narrador em relação a Rubião, observou-se a preferência pelo discurso indireto livre, como recurso para deixar vir à tona mais frequentemente a confusão mental do herói. É o que novamente acontecerá nos trechos que revelam a preocupação de Machado em marcar os estágios progressivos da loucura de Rubião, os quais começaremos a examinar no subitem seguinte.

O ENLOUQUECIMENTO PROGRESSIVO DE RUBIÃO

É claro que a revisão cuidadosa de Machado desses cinco capítulos não teria tido, entretanto, nenhum impacto se o mesmo princípio não tivesse sido aplicado em níveis mais abrangentes da narrativa, como no caso estudado anteriormente dos cinquenta primeiros capítulos do romance. É como se Machado estivesse, agora, colocando Rubião no topo da pirâmide, em cujas bases se encontram, de um lado, as personagens femininas, e do outro, as masculinas. Na reescrita da trajetória paralela das outras personagens, o romancista marcará com estágios mais distintos o desenvolvimento da loucura do protagonista.

Vejamos passo a passo, a partir de agora, as principais mudanças efetuadas de uma versão para outra no que diz respeito ao enlouquecimento do protagonista. A primeira se encontra ainda no início do romance, ou seja, na parte da ação que se desenvolve em Barbacena. O folhetim punha mais ênfase no caráter ambicioso e egoísta de Rubião, como já observado por Gledson[14]. Em primeiro lugar, uma vez que essa parte da ação não ocorre mais em tempo real, mas antes em *flashback*, alguns trechos muito importantes do trato de Quincas Borba por Rubião são eliminados. Como em uma cena representada, no folhetim haviam sido reveladas em detalhes as nuances das expressões faciais, tom de voz e pensamentos de Rubião. No capítulo 1, em um trecho posteriormente eliminado, o narrador comenta "que as palavras de Rubião não lhe saíam naturalmente persuasivas; mas podiam iludir a um doente, e foi o que lhe pareceu"[15]. E, no capítulo 2, o narrador mostra toda a extensão do calculismo de Rubião em relação a Quincas Borba, num trecho que também ficou de fora da segunda versão:

> Rubião desmentia com o gesto; mas, ou porque não tivesse a força necessária para mentir bem, ou por qualquer outra razão particular, o gesto era frouxo, era quase meia confissão. Tirou-lhe o espelho, sorrindo amarelo, vexado de não poder confessar tudo. Fez alguns arranjos no quarto; depois pegou em jornais, para lê-los ao doente, como era costume: mas o doente disse-lhe que antes da leitura, mandasse chamar o tabelião; queria fazer testamento.
>
> – Testamento? repetiu o outro estremecendo.
>
> E disse-lhe que não, que se deixasse disso, mas não alcançou nada; creio que lhe faltava o talento da persuasão, creio também que as palavras já lhe

---

14 Ver sobre o assunto Gledson, 2003, p. 90.

15 *Quincas Borba apêndice*, p. 7.

saíam da alma desejosas de ser inúteis. O doente teimou, ele não teve remédio, e obedeceu; foi dentro e deu as indicações precisas ao pajem, que era o mais inteligente dos fâmulos. Voltou depois ao quarto do doente; passando por uma sala, foi a um espelho, consertar a expressão do rosto. Os músculos recusavam-se: mas uma bela perspectiva dá vontade ao ânimo, e este pôde então reagir sobre a face e compô-la. Foi assim que dali a pouco entrou no quarto uma espécie de monge compassado e tristonho, pegou dos jornais, e começou a ler melancolicamente as primeiras notícias políticas[16].

Vemos anteriormente que, na primeira versão, o leitor fica sabendo que Rubião está satisfeito com o prenúncio da morte do amigo e que é incapaz do disfarce. Na reescrita, por sua vez, não é que Rubião não seja calculista ou mesmo que esteja totalmente desprovido dessa capacidade analítica, mas ele se torna mais indeciso e está mais preocupado em obedecer às ordens de Quincas Borba. Além disso, o fato de que no livro Rubião torna-se efetivamente discípulo de Quincas Borba desvia a atenção do leitor da atitude premeditada do mineiro.

A mudança que ocorre na caracterização de Rubião é muito sutil nessa primeira unidade narrativa. No livro, Machado suaviza o calculismo de Rubião ao mesmo tempo em que põe ênfase na sua pouca capacidade de percepção, inclusive do que é e de como funciona o Humanismo. É interessante anotar aqui que há, no capítulo 57 de *A* e 56 de *D*, uma remissão ao episódio da carta, citado anteriormente. O trecho em que se encontra a referência permaneceu o mesmo. É, no entanto, diferente o efeito que a remissão provoca em cada uma das versões. No livro, não se trata apenas de uma recapitulação do que foi escrito anteriormente, mas de uma interpretação do episódio da carta feita não mais por Rubião, mas pelo narrador com "a coloração afetiva do personagem", como definido por Mattoso Câmara. Nem a personagem pensou em frases definitivas e nítidas, quanto menos o julgamento do narrador é feito a distância:

16 *Quincas Borba apêndice*, p. 9.

Rubião estava arrependido, irritado, envergonhado. No cap. X deste livro ficou escrito que os remorsos deste homem eram fáceis, mas de pouca dura; faltou explicar a natureza das ações que os podiam fazer curtos ou compridos. Lá tratava-se daquela carta escrita pelo finado Quincas Borba, tão expressiva do estado mental do autor, e que ele ocultou do médico, podendo ser útil à ciência ou à justiça. Se entrega a carta, não teria remorsos, nem talvez legado, – o pequeno legado que então esperava do enfermo[17].

Um segundo sinal do processo gradativo de enlouquecimento de Rubião está na reescrita do final do capítulo 63. O mineiro encontrava-se no escritório de Camacho quando este recebeu o aviso de que a baronesa desejava vê-lo. No folhetim, o narrador descreve a dama e apenas nos informa que Rubião cruzou com a senhora no corredor, além de deixar insinuado que Camacho a trata com mais consideração do que Rubião. No livro, a visita da baronesa não é anunciada, o que torna desnecessário um par de diálogos de transição entre uma cena e outra. Em vez de o porteiro, ou seja, de uma personagem secundária dar a deixa, o narrador ele mesmo incumbe-se de fechar a cena, de fazer as vezes do contrarregra. Dessa forma, torna-se praticamente imperceptível no livro o controle estrutural da saída e entrada de personagens, tornando-se mais importante a repercussão desses pequenos acontecimentos na mente de Rubião. O movimento que receberá destaque nessa ação contínua que vai da despedida, ainda no escritório, até o momento em que Rubião se encontra já na rua, desenvolve-se no corredor. Rubião é visto agora descendo as escadas. Ele para no primeiro degrau para ouvir o cumprimento inflamado de Camacho à baronesa, aproveitado da primeira versão, e continua a descida de manso, meio tonto, como se estivesse sofrendo uma semivertigem, porque se embebe no rastro de perfume deixado por aquela dama "cheirosa e rica". Já embaixo, do lado de fora, vê o coupé e os empregados fardados. Por mais que o

---

17 *Quincas Borba*, cap. 56, p. 173; *A Estação*, 15 de março de 1887, cap. 57; *Quincas Borba apêndice*, 1975: p. 57.

narrador interrompa a descrição para comentar que Rubião sentia-se ainda o mesmo professor de Barbacena, as sensações experimentadas por Rubião propulsionam a sua tendência ao delírio.

A	D
A Estação, 30 de abril de 1887; *Quincas Borba* apêndice, p. 61	*Quincas Borba*, p. 183
	62
– Está aí uma senhora que deseja falar a V. Ex., veio dizer o porteiro. Rubião levantou-se. – Mande entrar. Adeus, até breve; temos de fazer uma reunião... Rubião despediu-se. No corredor passou por ele uma senhora alta, vestida de preto, com um arruído de seda e vidrilhos. Indo a descer a escada, ouviu a voz do Camacho, mais alta do que até então: – Oh! senhora baronesa!	Rubião despediu-se. No corredor passou por ele uma senhora alta, vestida de preto, com um arruído de seda e vidrilhos. Indo a descer a escada, ouviu a voz do Camacho, mais alta do que até então: – Oh! senhora baronesa! No primeiro degrau parou. A voz argentina da senhora começou a dizer as primeiras palavras; era uma demanda. Baronesa! E o nosso Rubião ia descendo a custo, de manso, para não parecer que ficara ouvindo. O ar metia-lhe pelo nariz acima um aroma fino e raro, coisa de tontear, o aroma deixado por ela. Baronesa! Chegou à porta da rua; viu parado um *coupé*; o lacaio, em pé, na calçada, o cocheiro na almofada, olhando; fardados ambos... Que novidade podia haver em tudo isso? Nenhuma. Uma senhora titular, cheirosa e rica, talvez demandista para matar o tédio. Mas o caso particular é que ele, Rubião, sem saber porque, e apesar do seu próprio luxo, sentia-se o mesmo antigo professor de Barbacena...
64	63

Tabela 6.4   Capítulo 63 em A e 62 em D.

Além de outros indícios da tendência de Rubião ao delírio, podemos considerar como mais um sinal de seu enlouquecimento gradativo o seu temor de que a alma de Quincas Borba houvesse realmente transmigrado para o cão. No capítulo 4 da primeira versão e 5 da segunda, o filósofo lhe explicara por que o cão tinha o seu nome. Segundo o filósofo, Humanitas, ou seja, o princípio da vida, "reside em toda a parte", inclusive no cão, que pode, por isso, "receber um nome de gente"[18]. Chamando o cão

---

18   *Quincas Borba* apêndice, p. 10; *Quincas Borba*, p. 110.

de Quincas Borba, o filósofo presume que ele sobreviveria depois de sua morte no nome do cachorro. No capítulo 49 de ambas as versões, Rubião já sentia arrepios com a ideia de o falecido estar dentro do cão:

> Olhou para o cão, enquanto esperava que lhe abrissem a porta. O cão olhava para ele, de tal jeito que parecia estar ali dentro o próprio e defunto Quincas Borba; era o mesmo olhar meditativo do filósofo, quando examinava negócios humanos... Novo arrepio; mas o medo, que era grande, não era tão grande que lhe atasse as mãos. Rubião estendeu-as sobre a cabeça do animal, coçando-lhe as orelhas e a nuca[19].

No capítulo 79 de ambas as versões, o narrador escreve que "a suposição de que naquele Quincas Borba podia estar a alma do outro nunca se lhe varreu inteiramente do cérebro"[20]. Desta vez, continua o narrador, o mineiro vê um tom de censura nos olhos do cachorro, como se o defunto estivesse condenando o mineiro por seus gastos excessivos. Rubião acha que tudo isso é tolice, mas, por via das dúvidas, ainda acaricia o animal na tentativa de cooptar o defunto dentro dele.

Por mais que essa observação esteja nas duas versões, no livro ela funciona como mais um estágio da degeneração mental de Rubião, ao qual se soma, a partir dessa altura da narrativa, a desconfiança altamente irracional e excessiva da personagem em relação ao suposto *affair* entre Sofia e Carlos Maria. No ápice de sua desconfiança, Rubião é levado, como vimos, à perseguição das costureiras e cogita matar Sofia. Se por um lado o romance em *A Estação* havia se tornado repetitivo e de cunho altamente folhetinesco (ver capítulo 5), por outro lado, essas cenas de caráter episódico e que beiram ao melodramático tomam outro contorno na reescrita. Junto com a adição da vertigem causada pelo perfume da baronesa e com o delírio matrimonial, de que trataremos a seguir, fazem agora parte do encadeamento de estágios do desenvolvimento galopante da insanidade do herói.

---

19 *Quincas Borba*, p. 161; *A Estação*, 31 de janeiro de 1887; *Quincas Borba apêndice*, p. 47.

20 *Quincas Borba*, p. 193; *A Estação*, 15 de julho de 1887; *Quincas Borba apêndice*, p. 69. Variantes: *A*: a ideia de.

No próximo grande trecho acrescentado, Machado fará com que a loucura de Rubião evolua desse estado obsessivo para o desdobramento da personalidade e posteriormente para a megalomania. Trata-se do delírio matrimonial e de grandeza, que lemos dos capítulos 79 a 82, em grande parte presente somente na segunda versão. Sua raiz encontra-se nos capítulos 84 a 86 de *A*, e foi semeado pelo Major Siqueira em sua visita de pedido de desculpas pelas palavras da filha, quando ficou acertado qual seria a recompensa por ter recolhido o cão Quincas Borba (*A*, cap. 83). No livro, o pretexto da visita de Siqueira é a comunicação da sua mudança para a rua Dois de Dezembro, já que todo o episódio da fuga havia sido eliminado (*D*, cap. 78).

O capítulo 84 de *A* é idêntico ao 79 de *D*. Em ambos, o narrador (e mesmo Rubião) constata(m) que o desdobramento da personalidade não está no cachorro, mas no próprio Rubião, ao explicar que a voz que ouvia emergia das profundezas do seu próprio inconsciente. O mineiro faz o mesmo gesto de carícia ao cão, ainda temente, como o próprio narrador nos lembra, de que o espírito do finado tenha se instalado no animal:

> – E por que não? perguntou uma voz, depois que o major saiu.
>
> Rubião, apavorado, olhou em volta de si; viu apenas o cachorro, parado, olhando para ele. Era tão absurdo crer que a pergunta viria do próprio Quincas Borba, – ou antes do outro Quincas Borba, cujo espírito estivesse no corpo deste, que o nosso amigo sorriu com desdém; mas, ao mesmo tempo, executando o gesto do capítulo XLIX, estendeu a mão, e coçou amorosamente as orelhas e a nuca do cachorro, – ato próprio a dar satisfação ao possível espírito do finado.
>
> Era assim que o nosso amigo se desdobrava, sem público, diante de si mesmo[21].

---

21   *Quincas Borba*, cap. 79, p. 206; *A Estação*, 31 de janeiro de 1888, cap. 84; *Quincas Borba apêndice*, p. 94.

O último capítulo do delírio matrimonial termina com uma declaração do narrador, ausente na primeira versão: "E o espírito de Rubião pairava sobre o abismo"[22]. Como estes capítulos coincidem com o final da quarta unidade narrativa, o foco recai agora sobre a loucura galopante de Rubião.

No capítulo 85 de *A*, encontram-se as primeiras diferenças substanciais no sentido que a ideia matrimonial assume em cada uma das versões e no posicionamento do narrador enquanto mediador e analista. Em primeiro lugar, o delírio ainda não tem contornos nítidos no folhetim. Ele é composto apenas de reminiscências confusas. Citando Goethe, o narrador compara tais reminiscências a uma viagem longa, que não pode ser contada porque o herói não consegue coligir suas lembranças. Apenas consegue distinguir, do "turbilhão de coisas e pessoas", "as mãos de padre e ombros de mulheres, ramalhetes de cravos brancos entremeados de hissope" e "carruagens"[23]. A ideia conjugal na primeira versão é na verdade uma ideia obscura e inconsciente. Em segundo lugar, no Capítulo 86 de *A*, o narrador reflete e conclui para o leitor sobre as causas subjacentes ao desejo de Rubião de se casar. A origem da ideia conjugal permanece secreta e inconsciente para a personagem. Só o narrador consegue decifrá-la e a compartilha, então, com o "leitor profundo". Na abertura do capítulo, ele escreve: "Sim, leitor profundo. A vida de Rubião carecia de unidade. Sem o perceber, o que ele buscava no casamento era a unidade que a vida não tinha."[24]. E, no fim do capítulo, o narrador comenta:

> Crê, leitor, tal foi a origem secreta e inconsciente da ideia conjugal. As outras explicações são boas, por serem razoáveis e até honestas, mas a verdadeira e única é a que aí fica. Crê ou fecha o livro. Assim, por exemplo, se o próprio Rubião dissesse que o casamento era um modo de calafetar o capital que abria água, podes aceitar essa explicação,

---

22   *Quincas Borba*, p. 210.

23   *A Estação*, 31 de janeiro de 1888, cap. 85; *Quincas Borba apêndice*, p. 95.

24   *A Estação*, 31 de janeiro de 1888, cap. 86; *Quincas Borba apêndice*, p. 95.

> não como causa, mas como efeito. Em verdade, ele gastara, muito, ia gastando... Celibato não é incompatível com economia; mas Rubião não tinha força nem vontade; talvez o casamento lhe desse o segredo de viver com parcimônia, – ou tento, pelo menos.
>
> Isso, porém, era puro efeito do ato. A causa era a que ficou dita. O matrimônio enfeixaria os esforços, recolheria em si o homem disperso...[25]

O princípio que norteia a reescrita se concretiza ainda pela mudança da posição do narrador em relação à personagem, por meio da adoção do discurso indireto livre em detrimento, desta vez, do discurso indireto. Em vez de concluir objetivamente sobre a origem secreta da ideia conjugal, o narrador constrói seu comentário sobre os pensamentos confusos da personagem. O resultado disso é que, no livro, em primeiro lugar, Rubião tem mais capacidade de considerar as razões que o levaram a se inclinar para o casamento. Em segundo, no entanto, a causa secreta fica apenas insinuada. A dúvida passa a ser não somente de Rubião, mas também do narrador. O que era análise conclusiva, no folhetim virou apenas possibilidade, introduzida por um "podia ser":

> Sim, podia ser também um modo de restituir à vida a unidade que perdera, com a troca do meio e da fortuna; mas esta consideração não era propriamente filha do espírito nem das pernas, mas de outra causa, que ele não distinguia bem nem mal, como a aranha[26].

No livro, antes de acrescentar os dois capítulos em que o delírio matrimonial ganha todos os seus contornos, Machado explora, ainda no capítulo 80, a relação entre a fantasia e a realidade, pela indicação dos romances que Rubião lia, para ocupar o tempo: "os históricos de Dumas pai, ou os contemporâneos de Feuillet". O que o atraía nesses escritores era

---

25   *A Estação*, 31 de janeiro de 1888, cap. 86; *Quincas Borba* apêndice, p. 96.

26   *Quincas Borba*, cap. 80, p. 206-207.

uma sociedade fidalga e régia. Aquelas cenas da corte de França, inventadas pelo maravilhoso Dumas, e os seus nobres espadachins e aventureiros, as condessas e os duques de Feuillet, metidos em estufas ricas, todos eles com palavras mui compostas polidas, altivas ou graciosas, faziam-lhe passar o tempo às carreiras[27].

O imaginário adquirido da leitura desses romancistas mistura-se à pompa do préstito imperial, o qual a personagem costumava esperar no paço do Rio de Janeiro. Unidas, realidade e ficção fornecem dessa forma o contorno ao sonho matrimonial de Rubião. Na primeira versão, a pompa já havia ficado registrada na lembrança das carruagens. Na segunda, Machado mais uma vez volta às carruagens, e acrescenta os coches e coupés forrados de um ouro especial. Depois detém-se nos convidados, todos de primeira ordem, no palácio, no tapete, nos sapatos de cetim, nas polcas, no internúncio, nas damas dos mais belos colos da cidade e nos objetos de ornamentação: tudo importado, nomeadamente da Boêmia, Hungria e Sèvres.

Investindo na hipótese de Gledson, de que o romance simboliza o fim do Império, e na minha, da estreita ligação entre a inclinação imperial da revista e o tema da megalomania imperial do romance, podemos imaginar que alguns acontecimentos históricos que precederam a queda do Império tenham ecoado na caracterização do delírio de Rubião por Machado.

No dia 9 de novembro de 1889, ou seja, alguns dias antes da Proclamação da República, ocorreu a última grande festa da monarquia, a qual ficou conhecida como o Baile da Ilha Fiscal. O baile era em homenagem aos oficiais do navio chileno "Almirante Cochrane". Estima-se que cerca de cinco mil pessoas tenham participado do baile: a família imperial, membros do governo e do corpo diplomático estrangeiro, altas patentes das forças armadas, além da alta sociedade da Corte. O baile foi marcado pelo excesso e pela extravagância, na sua ornamentação, música e cardápio (cheio de iguarias e bebidas importadas). No mesmo momento em que acontecia o baile, republicanos liderados pelo tenente-coronel Benjamin Constant reuniam-se no Clube Militar para discutir uma saída para a crise do Império.

---

27   *Quincas Borba*, cap. 80, p. 207.

Há assim uma estreita relação entre o tempo efetivo da escrita e o tempo do romance. A história do romance se passa entre os anos 1867-1871, mas sua escrita coincide com o final da monarquia. Acredito que há um paralelo irônico entre a pompa imperial do delírio matrimonial de Rubião e essa última tentativa de se levantar a monarquia. Segundo Lilia Schwarcz, a família imperial já havia perdido sua pompa fazia alguns anos, sendo inclusive alvo frequente de caricaturistas da imprensa carioca[28]. Em revistas como *A Estação*, no entanto, por trazer ilustrações de outros Impérios (com muito mais pompa, como o de Bismarck da Alemanha), cria-se essa ilusão do requinte régio, o que já não era mais realidade no Brasil. O Baile da Ilha Fiscal foi assim uma tentativa de a Família Real recuperar seu requinte, mas na verdade, ela acabou se despedindo naquela noite. Uma semana depois do baile, no dia 15, a República era declarada, e no 17 a Família Real brasileira seguiu para o exílio na Europa.

O possível paralelo entre o Baile da Ilha Fiscal e a cerimônia do casamento de Rubião se encontra ainda na referência não diretamente à ilha Fiscal, mas à ilha de Próspero, personagem da comédia de Shakespeare, *A Tempestade*. A alusão ocorre logo no capítulo seguinte, também inexistente na primeira versão. Na sua abertura, o narrador comenta:

> Esses sonhos iam e vinham. Que misterioso Próspero transformava assim uma ilha banal em mascarada sublime? "Vai, Ariel, traze aqui os teus companheiros, para que eu mostre a este jovem casal alguns feitiços da minha feitiçaria." As palavras seriam as mesmas da comédia; a ilha é que era outra, a ilha e a mascarada. Aquela era a própria cabeça do nosso amigo; esta não se compunha de deusas nem de versos, mas de gente humana e prosa de sala. Mais rica era. Não esqueçamos que o Próspero de Shakespeare era um duque de Milão; e eis aí, talvez, porque se meteu na ilha do nosso amigo[29].

---

28   Ver capítulo 3 deste livro.

29   *Quincas Borba*, cap. 82, p. 208-209.

A ilha significa, aqui, o mundo mental em que Rubião vivia: um mundo só seu e distante do continente, ou seja, da realidade. Na continuação do capítulo, a justificativa à menção a Próspero se dá pelo interesse de Rubião em títulos de nobreza, chegando a escrevinhar repetidamente um para si mesmo: "Marquês de Barbacena". O herói devaneia e sonha ser tão nobre quanto as personagens dos romances franceses que lia, ou quanto um integrante do préstito imperial do monarca regente. E no final do capítulo 82, encontramos mais um sinal da loucura galopante de Rubião: o mineiro crê que Quincas Borba late frases inteligíveis: "– Case-se, e diga que eu o engano", como a cachorrinha Medgi do conto de Gogol[30].

Chegamos, com o capítulo 82 do livro, ao final da quarta unidade narrativa. Percebemos, então, que a reorganização dessa unidade narrativa, da qual fez parte a eliminação do melodramático e de cenas repetitivas, coincide com o detalhamento do delírio matrimonial de Rubião. Isso faz com que o foco se afaste do episódico e se concentre num fio condutor do enredo mais seguro: Rubião e o seu processo de enlouquecimento; da sua semivertigem provocada pelo perfume da baronesa, passando pela crença na transmigração da alma do filósofo, pela sua obsessão em relação a Sofia, evoluindo para o desdobramento da personalidade, o delírio, a megalomania, até se concretizar no corte da barba. Este episódio, como todos os outros a partir daqui que tratam diretamente da loucura de Rubião, estão presentes nas duas versões e não sofreram modificações substanciais. Depois do corte da barba, há o passeio incógnito de Rubião, que se crê Napoleão, pelas ruas da corte. Trata-se, diga-se de passagem, de uma alusão ao conto de Gogol (cap. 152). A partir daí a loucura de Rubião se torna pública. Seus amigos e os comensais passam a presenciar os momentos em que a personalidade de Rubião se desdobra na do imperador francês. E, no final do romance, sua sandice culmina no ato do coroamento sem coroa, alguns minutos antes da sua morte no final do romance.

---

30   *Quincas Borba*, cap. 87, p. 215. Ver capítulo 4 deste livro.

CAPÍTULO 7

Retórica ficcional de Quincas Borba

Afirmar que o narrador de *Quincas Borba* é confiável em relação à trama romanesca não é o mesmo que dizer que não existem sentidos no romance que estejam "escondidos" do leitor menos atento. Uma das maneiras de se chegar aos significados mais profundos do romance é por meio da percepção da relação entre o autor implícito e o narrador estabelecida no interior do texto. O autor implícito pode deixar pistas para que o leitor desconfie da autoridade do narrador sobre o seu próprio relato. No que diz respeito às duas versões de *Quincas Borba*, a relação entre o narrador e o autor implícito foi estudada por Gledson, para mostrar como Machado semeia, na reescrita, em alguns lugares da narrativa, elementos que, juntos, transportam o sentido político do romance[1].

---

1   Gledson, 2003, p. 73-133.

A minha preocupação se dirige para a compreensão de como Machado adequou o texto seriado à publicação em livro: ou seja, para o estudo da eficácia de sua leitura em volume, a qual se deve muito à reformulação do Humanitismo na reescrita. Em *Quincas Borba*, Machado joga com a distância entre o narrador e o autor implícito, não necessariamente para evitar que o leitor menos atento capte o sentido globalizante que o Humanitismo transporta, mas antes para não chocá-lo logo de saída com a constatação de que a sociedade ficcionalizada no romance se move por uma nova moral burguesa, movida pelo desejo de lucrar e de enriquecer a qualquer custo.

Como a distância entre o narrador e o autor implícito tem sido estudada, sobretudo, em relação aos romances em primeira pessoa de Machado de Assis, vejamos como elas operam em *Memórias póstumas de Brás Cubas* e *Dom Casmurro*, segundo seus principais críticos. Nosso objetivo é mostrar que a escolha por Machado de um tipo de narrador em específico faz parte da retórica ficcional de cada obra, independentemente do ponto de vista narrativo escolhido.

O NARRADOR E O AUTOR IMPLÍCITO EM *DOM CASMURRO* E *MEMÓRIAS PÓSTUMAS DE BRÁS CUBAS*

Segundo o crítico norte-amerciano Wayne Booth, toda narrativa, seja ela em primeira ou terceira pessoa, é sempre apresentada como se passasse pela consciência de um contador ou narrador. Quando o leitor inexperiente se depara com um narrador onisciente, ele está, no entanto, menos propício a perceber que a história é mediada. Se o narrador é um "eu", o leitor tem mais consciência de que uma mente se coloca entre ele e o evento.

Para Booth, o leitor não deve cometer esse erro porque, desde que coloca um narrador dentro do relato – seja ele um mero observador, um narrador-agente, personagem, esteja ele caracterizado ou não –, o escritor produz imediatamente algum efeito mensurável, por exemplo, no curso dos eventos ou na formação do julgamento do leitor. O leitor deve, então, saber medir a distância entre o narrador e o autor implícito, que é, segundo Booth,

> a imagem implícita de um autor que está por trás das cenas, seja como gerente de palco, como marionetista, ou como um Deus indiferente, que apara silenciosamente as unhas. O autor implícito é sempre distinto do "homem real" – seja ele quem for – que cria uma versão superior de si mesmo, um "segundo eu", à medida que cria sua obra.
>
> [the implicit picture of an author who stands behind the scenes, whether as stage manager, as puppeteer, or as an indifferent God, silently paring his fingernails. The implied author is always distinct from the "real man"–whatever we may take him to be–who creates a superior version of himself, a "second self", as he creates his work[2].]

A fortuna crítica de *Memórias póstumas de Brás Cubas*, *Quincas Borba* e *Dom Casmurro* talvez seja uma prova de que os leitores estão realmente mais propensos a perceber a parcialidade de um "eu" do que de um "ele". O primeiro estudo a duvidar de um narrador machadiano foi publicado em 1900. Um ano após a publicação de *Dom Casmurro*, José Veríssimo desconfiou de que a opinião de Bento a respeito de Capitu poderia ser parcial:

> Dom Casmurro a descreve, aliás, com amor e com ódio, o que pode torná-lo suspeito. Ele procura cuidadosamente esconder estes sentimentos, sem

---

2 Wayne Booth, *The Rhetoric of Fiction* (Chicago: The University of Chicago Press, 1961), p. 151.

talvez consegui-lo de todo. Ao cabo das suas memórias sente-se-lhe uma emoção que ele se empenha em refugar[3].

Capitu teria, no entanto, de esperar por sessenta anos até que, finalmente, um crítico a defendesse convincentemente da acusação de adultério. O estudo de Helen Caldwell, *The Brazilian Othello of Machado de Assis*, registrou, pela primeira vez, a absolvição da personagem feminina. Caldwell identifica a problemática do romance na superposição da voz autoral sobre o relato. O autor implícito adverte o leitor, em alguns momentos da narrativa, de que Bento está apenas contando a sua versão da história. Os críticos até então não haviam percebido os sinais deixados pelo autor que relativizam a credibilidade do narrador. Para Caldwell, o veredicto permanece na verdade em aberto, ficando ao leitor a tarefa de julgar a inocência ou não de Capitu.

The Brazilian Othello of Machado de Assis abriu, assim, caminho para uma longa série de estudos sobre a dubiedade do relato de Bento. Destaca-se, entre eles, o de John Gledson, que defende a tese da *non-reliability* do narrador de *Dom Casmurro* e de modo geral dos narradores da fase madura de Machado de Assis. A partir de *Memórias Póstumas de Brás Cubas*, segundo Gledson, o escritor trabalha os seus romances em vários níveis, o que lhes configura uma natureza no mínimo dupla: o autor deixa em relevo uma trama que se sobrepõe a outro nível, em função do qual a obra deve ser interpretada. O leitor que consegue driblar a dissimulação e o despistamento, tão bem elaborados, do narrador machadiano pode trazer à tona pouco a pouco as outras camadas de interpretação e chegar, finalmente, ao sentido alegórico do romance[4].

No que diz respeito mais especificamente a *Dom Casmurro*, para Gledson, Bento se empenha durante toda a narrativa em convencer o leitor da infidelidade de Capitu, pela reconstrução de impressões do passado que, no entanto, não se sustentam pela ausência de evidências

---

3   José Veríssimo, "Novo livro do Sr. Machado de Assis", *Jornal do Comércio*, 19 de março de 1900, citado por Guimarães, p. 414.

4   Gledson, 2003, p. 21-35; e "Machado de Assis' View of Brazilian History", Daniel Balderston (ed.), *The Historical Novel in Latin America* (New Orleans: Ediciones Hispamerica, 1986), p. 97-105.

mais concretas. O empenho do narrador em fazer prevalecer a sua versão dos fatos faz com que o romance se revele ser, à medida que a narrativa avança, o estudo da obsessão patológica de Bento e não do adultério de Capitu. Bento desta forma é um enganador, mas que também é enganado.

Da perspectiva da crítica sociológica, o narrador pode ser visto como um produto da sociedade retratada, que partilha, assim, as suas limitações. Bento possui uma visão distorcida do mundo, porque é enviesada pela sua situação social privilegiada. Uma vez que não compreende o mundo como ele é, o herói cria para si sua própria versão e "em última análise, o seu próprio enredo metafórico (o adultério), que se junta em pecado e condenação, as duas personagens que mais ameaçam seu mundo." ["ultimately his own metaphorical plot (the adultery) which joins in sin and damnation the two characters who most threaten his world"[5].]

Dom Casmurro não é o único romance de Machado em primeira pessoa a exigir cuidado do leitor em relação aos recursos empregados pelo narrador para preveni-lo de questionar ou para obscurecer o julgamento. Segundo Roberto Schwarz, em *Memórias póstumas de Brás Cubas* o narrador também se desmitifica ao longo da narrativa, passando de herói para vítima. A crítica sociológica mais convincente constata dessa forma que, assim como *Dom Casmurro*, *Memórias póstumas de Brás Cubas* também foi escrito contra o seu narrador-autor. Como se o feitiço virasse contra o feiticeiro, os recursos ideológicos e literários que o narrador mais

---

5   Gledson, 1984, p. 90. Essa não é a única leitura possível do romance. Outras leituras existem, uma freudiana, por exemplo, a partir da qual *Dom Casmurro* seria um homossexual inconsciente, com grande medo das mulheres. Visto seja da perspectiva sociológica ou freudiana, o herói não consegue decifrar o significado da sua própria vida. Essa tarefa cabe ao leitor, que no final das contas tem de encontrar para si próprio um significado para o romance. A chave da porta que leva o leitor intrigado à(s) resposta(s) que procura pode estar nas mãos do autor implícito. No entanto, o autor implícito não carrega um chaveiro que abre todas as portas interpretativas do romance. Outra maneira de se buscar um significado para o romance é através do estudo do seu contexto de publicação. Já vimos neste livro que a ironia do romance ficou melhor compreendida quando estudamos o contexto em que sua primeira versão foi publicada, antes mesmo de tratarmos da relação entre o narrador e o autor implícito estabelecida no interior do texto. Para uma leitura psicanalítica de *Dom Casmurro*, ver Luiz Alberto Pinheiro de Freitas, *Freud e Machado de Assis: uma interseção entre psicanálise e literatura* (Rio de Janeiro: Mauad, 2001).

preza seriam aqueles de que o escritor se vale para criticar o grupo a que o narrador pertence[6]. Em *Memórias póstumas de Brás Cubas*, o autor implícito se vale de um narrador que analisa tudo a partir de seu patamar social, para revelar os defeitos e as incoerências da classe inteira (à qual pertence o seu público em potencial), dentre as quais a convivência absurda de ideias progressistas, como o liberalismo, com estruturas sociais arcaicas, como a escravidão e o latifúndio, por exemplo.

Sabemos que Machado possuía um conhecimento íntimo do seu público e fez uso disso para atraí-lo para dentro de sua ficção, mesmo quando surpreendentemente agride o leitor fictício, como em *Memórias póstumas de Brás Cubas*. Poderíamos pensar que há uma contradição aqui ou um erro de cálculo do escritor, que poderia desestimular a leitura com as constantes agressões dirigidas ao seu público. A contradição é, no entanto, apenas aparente e trata-se na verdade de uma estratégia narrativa muito bem calculada, porque o leitor de *Memórias póstumas de Brás Cubas*, apesar de agredido, pode continuar a ler porque o romance é divertido, com um sentido de humor que deriva da tradição *shandiana*, que permite ao escritor dizer as coisas mais absurdas (debaixo das quais há sem dúvida sentidos ocultos).

O público-alvo de *Memórias póstumas de Brás Cubas* era o leitor da *Revista Brasileira*, periódico no qual o romance saiu originalmente. Como consta Moema Vergara, esse leitor pertencia à elite letrada, que não era necessariamente somente a classe dominante[7]. O público da *Revista* era mais amplo por causa das transformações ocorridas no final do século XIX, como o desenvolvimento das instituições de ensino superior. Faziam parte da elite letrada, segundo Vergara, figuras que não pertenciam à classe dominante, como Machado de Assis e Tobias Barreto. Sendo o primeiro um representante dos setores médios da cidade do Rio de Janeiro e Tobias Barreto um autodidata sergipano, que influenciou muitos autores da *Revista*, ambos tinham "no cultivo das letras uma

---

6   Roberto Schwarz, *Um mestre na periferia do capitalismo: Machado de Assis* (São Paulo: Livraria Duas Cidades, 1990).

7   Moema de Resende Vergara, "A Revista Brasileira: a vulgarização científica e construção da identidade nacional na passagem da Monarquia para a República" (tese de doutorado não publicada, Pontifícia Universidade Católica do Rio de Janeiro, 2003), p. 74.

forma de ascensão social[8]". Porém, apesar de alcançar um público mais amplo do que a classe dominante, a *Revista Brasileira* não deixava de ser "um projeto autorreferente", para consumo próprio, feito pela e para a elite letrada brasileira. Como escreve Midosi em 1879, trata-se de uma revista que desejava "oferecer uma amostra da competência dos brasileiros distintos por suas grandes faculdades e luzes, alguns ainda pouco conhecidos neste vasto império[9]".

A *Revista Brasileira* pretendia ser um veículo para a especulação sobre os problemas do país, as mudanças culturais e a ciência contemporânea. Imitando o formato do livro, publicava seus longos artigos em fascículos quinzenais – à maneira de *La Revue des Deux-Mondes* e de forma muito diversa do suplemento literário de *A Estação*[10]. *Memórias póstumas de Brás Cubas* também foi publicado de forma seriada, entre os longos artigos do punho de médicos, naturalistas, engenheiros, juristas, responsáveis pela vulgarização da ciência contemporânea na virada do século XIX para o XX no Brasil[11]. Percebemos que o narrador Brás Cubas, inventor de um emplastro, e seu amigo Quincas Borba, inventor de uma filosofia, são criações que parodiam não só o público-alvo do periódico (e, consequentemente, do romance), mas também o grupo dos colaboradores em si, compostos por homens cultivados, interessados na ciência e no progresso.

8   Vergara, 2003, p. 74.

9   N. Midosi, Editorial, *Revista Brasileira*, 1879, p. 6, citado por Vergara, 2003, p. 74.

10   A comparação da *Revista Brasileira* com a *Revue des Deux-Mondes* foi feita por Ana Luíza Martins: "Seu formato de livro (da *Revue des Deux-Mondes*), a sequência exclusiva de artigos, textos densos de temática selecionada, sem ilustração, sem propaganda, permaneceram como modelo de revista cultural, diferenciada da ilustrada e do *magazine* (...) Não seria improvável que parte das revistas brasileiras de cultura da virada do século a tivessem como referência visual, da *Revista Brasileira*, na fase Midosi, à *Revista do Brasil* em sua primeira fase, de 1916." Ver Ana Luíza Martins, *Revistas em revista: imprensa e práticas culturais em tempos de República, São Paulo (1890-1922)* (São Paulo: FAPESP, EdUSP, 2001), p. 77.

11   Para a história da *Revista Brasileira* ver também o artigo de Moema Vergara, "La Vulgarisation scientifique au Brésil: la cas de la *Revista Brasileira*", *Colloque international pluridisciplinaire "Sciences et écritures"* (Besançon: Maison des Sciences de l'Homme Claude Nicolas Ledoux, 13-14 maio 2004, <http: msh.univ-fcomte.fr/programmation/col04/documents/preactes/Vergara.pdf>, acessado em 10 de outubro de 2004).

Parece-me que o uso do humor *shandiano* tem, assim, um papel de distrair o leitor, nos dois sentidos da palavra. Em primeiro lugar o romance diverte, recreia a mente com uma leitura mais humorada e leve do que os artigos informativos, científicos com que dividia espaço no periódico. Em segundo, o humor desvia o leitor de significados mais ocultos do romance, que poderiam inclusive exigir autocrítica. De acordo com Schwarz, o autor implícito se vale de um narrador que analisa tudo de seu patamar social, para revelar os defeitos e as incoerências do grupo a que pertence, entre as quais a convivência absurda de ideias progressistas, como o liberalismo, com estruturas sociais arcaicas, a escravidão e o latifúndio.

Nesse sentido, o efeito de *Brás Cubas* é muito diverso dos sentimentos infligidos no leitor pelos romances naturalistas, como os de Aluízio Azevedo. É verdade que *O Mulato*, por exemplo, denuncia em tons muito fortes um dos problemas centrais da sociedade brasileira na época: a existência da escravidão e o preconceito racial decorrente dela. No entanto, os costumes e tipos da sociedade maranhense reproduzidos no romance poderiam parecer para o leitor carioca tão exóticos e distantes quanto a figura do índio, romanticamente descrita nas novelas de Alencar, por mais que a existência da escravidão rendesse assunto para fervorosos debates políticos pró ou contra a Abolição.

O sucesso técnico de *Memórias póstumas de Brás Cubas* e *Dom Casmurro* foi possível porque Machado eliminou a distância moral e intelectual entre seus narradores e o público-alvo, para não chocá-lo ou levá-lo a abandonar a leitura já nos primeiros fascículos ou capítulos. Além disso, Machado soube muito bem manter a atenção dos seus leitores, de forma que a leitura do livro se tornasse agradável, comovente, também no caso de *Dom Casmurro*, como bem aponta Gledson. Em *Dom Casmurro*, esse artifícios impedem que o leitor perceba, à medida que a narrativa avança, que "o prazer e a emoção também fazem parte do plano de Machado e podem obscurecer o julgamento" ["the enjoyment and emotion are also part of Machado's plan and they may cloud the judgement"][12]. Quando chega ao último capítulo, a sensação que domina o espírito do leitor é de um forte desconforto. É o que o testemunho de José Veríssimo nos indica em relação a *Dom Casmurro*. O crítico, como um representante da elite letrada, formadora de opinião

---

12   Gledson, 1984, p. 15.

(e que também escrevia para a *Revista Brasileira*), não se vê no espelho e se distancia, acusando o próprio escritor de cético, pessimista, desencantado com a vida e desiludido com o homem:

> Mas, quando em um escritor como ele, de uma tão alta honestidade literária, sentimos esta espécie de repugnância orgânica de um tão humano e legítimo sentimento, esta falta desnatural do amor, ao qual devem a arte e a literatura mais que as suas mais belas obras, a sua mesma existência, desperta-se-nos também a curiosidade de indagar da sua mesma obra até que ponto será qual se nos figura. Dessa obra resumbra [sic] uma filosofia amarga, cética, pessimista, uma concepção desencantada da vida, uma desilusão completa dos móveis humanos[13].

Para compreender a ironia do romance e aceitar o convite do divã, o leitor de carne e osso precisaria perceber que tanto a personificação do narrador como um membro pertencente à sua classe quanto as adulações ou piparotes com que o narrador trata o leitor fictício não passam de recurso retórico para impedir que ele se dê conta, já na partida, de que o tiro sairia, na verdade, pela culatra.

O NARRADOR E AUTOR IMPLÍCITO EM *QUINCAS BORBA*

Voltemos a *Quincas Borba*, para tratar agora da distância entre o seu narrador e o autor implícito. *Quincas Borba* é geralmente visto como um retorno ao modo narrativo mais tradicional, ao modelo da escola realista. Como escreve Ivan Teixeira,

---

13   José Veríssimo, apud Guimarães, p. 410.

Machado abandona a forma livre do romance anterior, para produzir um relato sóbrio e verossímil, bem próximo da estética realista. Dessa vez, diferentemente de *Brás Cubas*, o narrador não participa da ação. Mantém-se distante, observando o que acontece, como se tudo fosse independente de sua voz. Preocupa-se em ordenar bem os acontecimentos para produzir a impressão de que o leitor está diante da vida e não de uma trama fictícia. É mais ou menos como num filme regular em que a estória oculta a presença do diretor[14].

Acredito, no entanto, que a diferença de pontos de vista entre primeira e terceira pessoas apenas encobre uma semelhança latente entre *Memórias póstumas de Brás Cubas*, *Quincas Borba* e *Dom Casmurro*. Em *Quincas Borba,* o escritor também está em busca da dosagem certa para ganhar a confiança do leitor e ao mesmo tempo encher-lhe de piparotes. Como Machado apresentará em *Quincas Borba* uma história que vai contra alguns princípios morais convencionais, ele opta por desenvolvê-la de forma a não chocar o leitor ou pelo menos de forma a evitar que ele perceba, já na saída, que um novo conjunto de valores rege as relações entre o grupo de indivíduos do romance. Esse novo conjunto de valores ou "a quebra de valores antigos", nas palavras de José Murilo de Carvalho, também foi registrada por outro colaborador de *A Estação*, o mesmo Artur Azevedo das *Croniquetas*, mas desta vez na sua revista do ano de 1891, *O Tribofe*[15]. Em *O Tribofe,* como escreve Carvalho,

> o engano, a sedução, a exploração, a mutreta, o tribofe, enfim, aparecem encarnados em pessoas muito reais e possuem até mesmo certo charme.

---

14 Ivan Teixeira, *Apresentação de Machado de Assis* (São Paulo: Martins Fontes, 1987), p. 109.

15 José Murilo de Carvalho, *Os bestializados: o Rio de Janeiro e a República que não foi* (São Paulo: Companhia das Letras, 1987), p. 27. Não podemos nos esquecer de que 1891 é o ano em que Machado finaliza a serialização de *Quincas Borba* em *A Estação* e que o romance, reescrito, sai em livro.

Entre jogadores, cocotes, *bons vivants*, fraudadores de corridas, proprietários exploradores, perde-se a virtude da família interiorana. Primeiro, some a empregada, seduzida por um personagem que se diz lançador de mulheres, ou seja, formador de prostitutas; a seguir, vai o próprio fazendeiro nos braços de uma cocote; finalmente, desaparece o filho em agitações estudantis. Todos pegam o "micróbio da pândega". Se do ar da cidade medieval se dizia que tornava livre social e politicamente, do ar do Rio pode-se dizer que libertava moralmente[16].

Em *Quincas Borba*, também acompanhamos a derrocada de uma personagem proveniente da província, causada pela incompreensão das novas normas que regem as relações sociais e afetivas no Rio de Janeiro. Citando Kátia Muricy, "é diante dessa nova razão que Rubião se perde – ele perde a razão". Para Muricy, a loucura de Rubião é dessa forma uma consequência da inaptidão da personagem em compreender e se adaptar às novas normas sociais (burguesas) da cidade, a qual ela chama de "nova razão", a do capital[17].

Artur Azevedo e Machado têm objetivos muito semelhantes, mas os alcançam valendo-se de recursos e gêneros literários muito diferentes, seguindo cada um a sua própria índole: um de forma mais direta e de gosto popular, própria do teatro, que personifica os vícios e as virtudes no palco; o outro de forma indireta e sutil, e que por isso deixa margens para a dúvida e relativiza, como veremos, o julgamento do que é certo ou errado.

---

16   Carvalho, p. 28-9.

17   Kátia Muricy, "O legado da desrazão", *A razão cética: Machado de Assis e as questões do seu tempo* (São Paulo: Companhia das Letras, 1988), p. 88. Em um outro estudo do romance do ponto de vista da sociologia da literatura, Francisco Loureiro Chaves desenvolve um argumento semelhante, ao ver Rubião como um herói problemático, que vive o drama da "adaptação individual ao mundo reificado, orientando-se por essa tendência irrefreável para confundir o verdadeiro e o falso, que termina fragmentando a personalidade". Ver Chaves, *O mundo social do Quincas Borba* (Porto Alegre: Editora Movimento, 1974), p. 65.

Para que o leitor do romance capte a mensagem, precisará, como em *Memórias póstumas de Brás Cubas* e *Dom Casmurro*, perceber a distância exata entre o narrador que vai guiar o leitor pela história e o autor implícito, que estabelecerá as novas normas de convívio na sociedade em mutação. O autor implícito sobrepõe-se ao ponto de vista do narrador. Para entendermos a sua posição no romance, teremos de voltar ao caleidoscópio narrativo, procedimento utilizado por Machado para construir a trama romanesca. Vimos no capítulo 4 deste estudo que cabe ao narrador criar um quadro da interação entre as personagens durante aqueles dois eventos sociais e, ao mesmo tempo, focalizar as impressões que cada personagem, individualmente, guardou do mesmo quadro. A trama é construída dessa forma pela soma dos múltiplos pontos de vista narrativos, o que no entanto não chega a constituir uma polifonia, no sentido do termo segundo Bakhtin, como discuto a seguir.

Seria errôneo concluir que *Quincas Borba* é um romance polifônico, no sentido *bakhtiniano*, porque o termo se refere a uma posição do autor em relação às personagens, que, segundo Bakhtin, foi inventada por Dostoiévski. Bakhtin acredita que Dostoiévski conseguiu libertar suas personagens da visão unificadora do autor, ao abrir mão da sua visão privilegiada. Bakhtin escreve que "Dostoiévski não mantém nenhum excedente essencial de sentido" ["Dostoevsky never retains any essential 'surplus' of meaning"], ou seja, o campo de visão do autor não atravessa ou colide com o campo de visão e atitudes das personagens[18]. O autor não emite *a priori* nenhuma informação essencial que seja inacessível ao herói até um dado momento, em relação, por exemplo, às suas experiências passadas ou futuras. Ele nunca sabe mais do que o herói sabe de si mesmo ou de outras personagens em um dado momento, porque se priva do campo de visão onisciente e autoencerrado. Dostoiévski escreve sobre pessoas que são realmente representadas como livres, porque o autor abre mão do 'surplus' essencial da sua visão e coloca-se no mesmo nível que as suas personagens. A última palavra não pertence ao autor e nem muito menos se baseia em uma informação que o herói não vê ou não entende, ou em algo localizado fora da consciência do herói. O resultado é a criação de uma multiplicidade de vozes conflitantes.

---

18   Mikhail Bakhtin, *Problems of Dostoevsky's Poetics* (London, Minneapolis: University of Minnesota Press, 1984), p. 73.

Nos romances de Dostoiévski, segundo Bakhtin,

> as principais personagens e seus mundos não se fecham e deixam de escutar uns aos outros; eles se cruzam e se entrelaçam em uma infinidade de formas. As personagens sabem umas sobre as outras, elas trocam suas "verdades", argumentam ou concordam umas com as outras, conversam entre si (incluindo diálogos sobre questões fundamentais de visão de mundo).
>
> the major characters and their worlds are not self-enclosed and deaf to one another; they intersect and are interwoven in a multitude of ways. The characters do know about each other, they exchange their "truths", they argue or agree, they carry on dialogues with one another (including dialogues on ultimate questions of world view)[19].

No caso de *Quincas Borba*, no entanto, os pontos de vista das personagens adquirem dialogicamente sentido somente na visão unificadora do autor implícito que a eles se sobrepõe. Algumas personagens podem possuir uma visão um pouco mais ampla e podem refletir sobre sua posição na rede social de que participam ou sobre as outras personagens. É o caso dos manipuladores Palha e Camacho, que tiram proveito da ingenuidade de Rubião para tentar se manter no mesmo patamar ou subir mais um degrau na escalada social. Mas eles nunca chegam a ser livres, como as personagens de Dostoiévski, segundo Bakhtin. Nem mesmo os mais ambiciosos percebem que fazem parte de uma grande engrenagem que exemplifica o Humanitismo. O Humanitismo seria, assim, o "surplus" adicionado pelo autor implícito sobre o ponto de vista das personagens, do qual Bakhtin acredita que Dostoiévski conseguiu se desvencilhar em seus romances. A única personagem que ouviu falar de Humanitas é Rubião, através das lições do próprio Quincas Borba. No auge de sua lucidez, o mineiro dá sinais de ter, finalmente, entendido a teoria:

---

19   Bakhtin, p. 73

Ao vencedor as batatas! Não a compreenderia antes do testamento; ao contrário, vimos que a achou obscura e sem explicação. Tão certo é que a paisagem depende do ponto de vista, e que o melhor modo de apreciar o chicote é ter-lhe o cabo na mão[20].

Rubião não percebe, no entanto, que a teoria admite a reversibilidade da situação. Quando desce "de Barbacena para arrancar e comer as batatas da capital", o herói não se dá conta de que vai ser usado pelos que se dizem seus amigos[21]. A metáfora só voltará a ser repetida no final do romance, quando o farrapo Rubião já se encontra em Barbacena novamente. O estado mental do herói não nos deixa nenhuma dúvida sobre a penetração e clareza com que ele pronuncia a frase cunhada pelo filósofo. Em vez de provar que Rubião compreendeu profundamente a ironia do seu destino, serve antes como mais um atestado de sua insanidade. O leitor percebe a ironia, em decorrência do contraste entre o estado de decadência e a megalomania imperial de Rubião.

Ao contrário de Rubião e das outras personagens, o leitor tem acesso não somente aos diversos prismas narrativos, mas também ao "surplus" do Humanitismo, podendo relacionar a trajetória de todas as personagens, em conjunto, com a teoria do filósofo que dá nome ao livro. Mesmo que a ligação não seja explícita, o leitor pode perceber da sua posição privilegiada que o Humanitismo funciona como elemento unificador do enredo, que explica e conecta simultaneamente todos os episódios e destinos das personagens em uma só rede intricada de causas e efeitos.

Precisamos ainda discutir a forma como o Humanitismo é apresentado, porque, colocado em prática como no romance, ele entra em choque com valores morais cristãos que se encontram sintetizados em três dos dez mandamentos: não furtarás, não desejarás a mulher do próximo e não cobiçarás nenhum de seus bens.

---

20   *Quincas Borba*, cap. 18, p. 126-7. No folhetim, a expressão só aparecerá no capítulo 194. Isso atesta que a elaboração da filosofia do Humanitismo se efetivou durante a redação da segunda versão, como veremos ainda neste capítulo.

21   *Quincas Borba*, cap. 18, p. 126. Trecho ausente em *A*.

O romancista escolheu estrategicamente um narrador onisciente para infundir no leitor a sensação de que possui uma visão privilegiada, que lhe permite ultrapassar a camada superficial das aparências e penetrar na mente das personagens. O pacto de confiabilidade entre o leitor e o narrador se fundamenta no fato de que ao leitor é dado saber mais sobre as personagens do que elas sabem sobre si mesmas ou umas sobre as outras, como no caso das impressões que as personagens guardaram daquelas duas reuniões sociais e que são compartilhadas pelo leitor e pelo narrador, mas não pelas personagens. O narrador mantém o leitor entretido com o elemento romanesco: com a trama e, mais importante ainda, com a capacidade que lhe é dada de distinguir o fato real do imaginado. É certamente uma forma de ganhar a confiabilidade do leitor, de adulá-lo, fazendo-o crer-se perspicaz. No entanto, evita ao mesmo tempo que ele julgue as personagens de acordo com padrões morais vigentes. Pouco a pouco o leitor compreenderá que as normas de conduta mudaram, que as pessoam se governam mais pelas regras do Humanitismo do que pelos padrões tradicionais de fidelidade e benevolência. Por isso a mudança não acontece de vez. Há momentos em que Palha pensa no futuro de Maria Benedita, como na citação a seguir:

> Pode acontecer, que Maria Benedita fique ao desamparo... Ao desamparo, não digo; enquanto vivermos somos todos uma só pessoa. Mas não é melhor prevenir? Podia ser até que, se lhe faltássemos todos, ela vivesse à larga, só com ensinar francês e piano. Basta que os saiba para estar em condições melhores. É bonita, como a senhora foi no seu tempo; e possui raras qualidades morais. Pode achar marido rico[22].

Palha também dá avisos a Rubião, de que sua fortuna rendia-lhe menos, de que o capital precisava recuperar as forças. Como depositário das ações, apólices, escrituras e cobrador de aluguéis de três casas de Rubião, Palha adverte o mineiro a não desembolsar tanto dinheiro para a causa da Comissão de Alagoas. O sócio tenta mesmo resistir ao pedido de liberação de dez contos para mais um empréstimo perdido:

---

22 *Quincas Borba*, cap. 68, p. 190; *A Estação*, 15 de junho de 1887; *Quincas Borba apêndice*, cap. 68, p. 67.

> Basta de ceder a tudo; o meu dever é resistir. Empréstimos seguros? Que empréstimos são esses? Não vê que lhe levam o dinheiro, e não lhe pagam as dívidas? Sujeitos que vão ao ponto de jantar diariamente com o próprio credor, como um tal Carneiro que lá tenho visto. Dos outros não sei se lhe devem também; é possível que sim. Vejo que é demais. Falo-lhe por ser amigo; não dirá algum dia que não foi avisado em tempo. De que há de viver, se estragar o que possui? A nossa casa pode cair[23].

No entanto, mesmo aqui, Palha pensa também nos seus próprios interesses: que quer um eventual marido se responsabilize por Maria Benedita. Além disso, como o narrador está a todo momento girando o caleidoscópio, há personagens como Siqueira que vê Palha sob uma luz negativa:

> Ora o Palha, um pé-rapado! Já o envergonho. Antigamente: major, um brinde. Eu fazia muitos brindes, tinha certo desembaraço. Jogávamos o voltarete. Agora está nas grandezas; anda com gente fina. Ah! vaidades deste mundo! Pois não vi outro dia a mulher dele, num *coupé*, com outra? A Sofia de *coupé*! Fingiu que me não via, mas arranjou os olhos de modo que percebesse se eu a via, se a admirava. Vaidades desta vida! Quem nunca comeu azeite, quando come se lambuza[24].

O mesmo princípio que relativiza nosso julgamento se aplica à única personagem que poderíamos colocar acima de qualquer suspeita no romance: Dona Fernanda. Sob esse ângulo, mesmo a bondade

---

23 *Quincas Borba*, 1975, cap. 108, p. 240; *A Estação*, 30 de novembro de 1889, cap. 108; *Quincas Borba apêndice*, p. 140. Variantes: A: dívidas? Alguns sujeitos; A: que lá vi algumas vezes. Dos outros; A: também alguma coisa; é possível.

24 *Quincas Borba*, cap. 130, p. 272; *A Estação*, 15 de março de 1890, cap. 131; *Quincas Borba apêndice*, p. 166.

de Dona Fernanda pode ser relativa. Na verdade, já existe na fortuna crítica uma pequena tradição de estudos sobre Dona Fernanda, que defendem ou desmentem a sua bondade imanente. Um representante do primeiro time é Guilhermino César. No segundo time encontram-se John Kinnear e Ingrid Stein. Acredito no entanto que Dona Fernanda não é nem bondosa por natura nem tão-pouco age movida somente por interesse próprio[25]. Seu altruísmo é antes simples exercício da liberdade limitada de uma mulher dependente (como todas as do romance, menos talvez a comadre Angélica de Barbacena), da qual, na sua posição social e como sinal de status, se espera que se preocupe com o próximo, com os mais pobres e desprotegidos.

Voltando ao casal Palha, o fato é que o leitor só perceberá que a sua lenta e constante ascensão social é inevitável perto do final do romance, quando se dá conta de que tal ascensão na verdade atesta os novos valores em vigor na sociedade ficcionalizada no romance. Machado não parte, no entanto, do zero. Como a obra representa uma sociedade em mutação e se destina originalmente a um público que observa, sofre ou se beneficia com as mudanças que a sociedade real presencia, há uma concordância de que a fronteira entre os vícios e as virtudes, entre a generosidade e a cobiça, a bondade e a brutalidade, é movediça. Talvez um grupo até concorde que, da mesma forma que a sociedade está mudando, as antigas normas estão se adaptando aos novos meios de sobrevivência ou ascensão. No final do livro, o leitor vai presenciar, junto com a inversão da fortuna de Rubião (simbolizada pelo coroamento sem coroa), uma reviravolta, um ajustamento dos valores ou pelo menos a confirmação de que as regras de sobrevivência em sociedade estão mudando ou já mudaram.

---

25 Guilhermino César, "Dona Fernanda, a gaúcha do Quincas Borba", *O Instituto: Revista Científica e Literária*, CXXVII, tomo I (1965), 75-87; John Kinnear, "The Role of Dona Fernanda in Machado de Assis' novel *Quincas Borba*", *Aufzätze zur portugiesischen Kulturgeschichte*, 14 (1977), 118-130; e Ingrid Stein, *As figuras femininas nos romances de Machado de Assis* (tese de doutorado publicada, Philosophischen Fakultät der Rheinischen Friedrich-Wilhelms-Universität zu Bonn, 1983), p. 115-118. O título do livro de Stein é *Figuras femininas em Machado de Assis* (Rio de Janeiro: Paz e Terra, 1984).

O ROMANCE COMO EXEMPLIFICAÇÃO DO HUMANITISMO

A elaboração da filosofia do Humanitismo e a sua função enquanto elemento unificador do enredo é uma construção tardia, que se efetiva na verdade no livro. Vimos nos capítulos anteriores que a reescrita de *Quincas Borba* é, sobretudo, feita de cortes, e começamos também a estudar os acréscimos, que, apesar de poucos, são igualmente importantes para a definição do padrão de leitura da narrativa como um todo, ou seja, para a formação da visão global do romance. O desenvolvimento da loucura de Rubião, assunto do capítulo 6 deste livro, é melhor compreendido na segunda versão por causa dos trechos acrescidos, principalmente na primeira metade do romance. Da mesma forma que os estágios progressivos da loucura de Rubião, a elaboração da filosofia do Humanitismo se efetivou durante a redação da segunda versão. Como escreve José Chediak, na introdução crítico-filológica à edição crítica de *Quincas Borba*,

> com efeito, o que há sobre Humanitas na primeira redação pública do romance não vai além do que se lê em dois curtos parágrafos – 24 e 26 –, no Capítulo 4 em A (folhetim) e V em B (edição de 1891), na breve referência na carta que Rubião escreve a Quincas Borba, e na lenda que refere o Autor ter-se criado em torno do Rubião (cap. 132, em B: 133 em A). A essência mesma da filosofia, exposta e exemplificada no capítulo 6 de B em diante, inexiste em A. O próprio sinete – "Ao vencedor, as batatas" – só aparece, em A, no final do livro, quando Rubião, ensandecido, está de regresso a Barbacena[26].

---

26 *Quincas Borba*, p. 60.

Na versão em livro, a metáfora "Ao vencedor, as batatas!" já aparece no capítulo 6, o qual traz para dentro da narrativa um exemplo de como o Humanitismo atua na prática. Em primeiro lugar, Quincas Borba (agora claramente na posição de mestre) conta a Rubião o caso do atropelamento de sua avó por uma carruagem desgovernada. Logo em seguida, ainda na tentativa de explicar o funcionamento da teoria a Rubião, conta ainda a história de duas supostas tribos famintas e um campo de batatas, que apenas chega para alimentar uma das tribos. Este capítulo funciona como um *mis en abîme*, que estabelece um paralelo entre, de um lado, a história narrada e o exemplo didático e, do outro, a história exterior da qual participam Rubião, Quincas Borba e as personagens que ainda serão introduzidas na história. Narradas pela boca do mestre, essas duas historietas internas à narrativa antecipam (porém com pouca credibilidade) o sentido global do conjunto de todas as histórias individuais de cada personagem.

No capítulo 18, acrescentado na segunda versão, do qual já vimos alguns trechos anteriormente, a fórmula é repetida várias vezes por Rubião no momento em que a personagem associa o reverso de sua fortuna ao Humanitismo em ação:

> – Ao vencedor, as batatas!
>
> Tão simples! tão claro! Olhou para as calças de brim surrado e o rodaque cerzido, e notou que até há pouco fora, por assim dizer, um exterminado, uma bolha; mas que ora não, era um vencedor[27].

Ao contrário do que acontece na primeira versão, o leitor pode mais facilmente associar o Humanitismo à trajetória do protagonista e, posteriormente, ao movimento constante de ascensão ou decadência social de todas as personagens do romance, sem nenhuma exceção. No folhetim, Humanitas é uma sátira às filosofias científicas da época, ao Positivismo de Comte e ao Evolucionismo de Darwin. É uma invenção

---

27 *Quincas Borba*, p. 126. Trecho ausente em A.

da personagem Quincas Borba, caracterizando, assim, o seu perfil excêntrico. Na segunda versão, o Humanitismo ganha uma dimensão muito mais abrangente. Está ainda carregado de sátira, mas passa de traço característico de uma personagem excêntrica e louca a elemento unificador do enredo[28].

A verdade do Humanitismo e sua aplicabilidade à história narrada não são abertamente reveladas às personagens, muito menos ao leitor. Cabe a este estabelecer a relação, o que na verdade não exige muito esforço físico nem interpretativo. No formato *in-8º*, folhear de trás para a frente um texto leva apenas alguns segundos e apenas dois dedos, o que se pode inclusive fazer tendo uma xícara de café ou um charuto à mão, se o livro estiver apoiado sobre a mesa. O esforço interpretativo também não é muito grande porque existem realmente elementos suficientes na segunda versão que nos ajudam a estabelecer a relação. Além da própria trajetória das personagens em conjunto, há alguns símbolos espalhados pelo romance. Dois deles são o par de estatuetas de bronze de Mefistófeles e Fausto do capítulo 3, e a cigarra e as formigas do capítulo 90.

O par de estatuetas de bronze, que Rubião adquiriu a conselho de Palha, são ao mesmo tempo, como explica Marta de Senna, parte do "*décor* luxuoso" do novo milionário e um prenúncio da dissolução mental de Rubião, "que, de certa maneira, perderá a alma, sob a tutela de Cristiano Palha, arremedo tropical da sofisticação civilizada do Mefistófeles goethiano"[29]. O paralelo insinuado, de um lado, entre Palha e Mefistófeles e, do outro, Rubião e Fausto, não está, no entanto, presente na primeira versão. Em vez de Mefistófeles, encontramos a estatueta de D. Quixote, a qual, ao lado da de Fausto, prenuncia duas vezes a loucura final de Rubião,

---

28   Em um estudo do romance sobre o ponto de vista da semiótica, Teresa Pires Vara vê o Humanitismo como uma forma reduzida do romance como um todo. Ver *A mascarada sublime: estudo de Quincas Borba* (São Paulo: Duas Cidades, 1976).

29   *Quincas Borba*, cap. 3, p. 108. Marta de Senna, *Alusão e zombaria: considerações sobre citações e referências na ficção de Machado de Assis* (Rio de Janeiro: Fundação Casa de Rui Barbosa, 2003), p. 45.

mas não sugere a relação orgânica entre essas duas personagens, cujos destinos se encontram atados desde o primeiro capítulo da segunda versão. Por sua vez, a oposição clássica entre a cigarra e a formiga também aparece somente na segunda versão, num episódio em que Rubião, enciumado, conjectura o caso contado pelo cocheiro e mata com uma toalha uma fileira de formigas que passava pelo peitoril da janela. A brutalidade da ação é compensada por uma cigarra que começa a cantarolar as sílabas do nome de Sofia. Em seguida encontramos o seguinte comentário:

> Felizmente, começou a cantar uma cigarra, com tal propriedade e significação, que o nosso amigo parou no quarto botão do colete. *Sôôôô... fia, fia, fia, fia, fia, fia... Sôôôô... fia, fia, fia, fia... fia...*
>
> Oh! precaução sublime e piedosa da natureza, que põe uma cigarra viva ao pé de vinte formigas mortas, para compensá-las. Essa reflexão é do leitor. Do Rubião não pode ser. Nem era capaz de aproximar as coisas, e concluir delas, – nem o faria agora que está a chegar ao último botão do colete, todo ouvidos, todo cigarra. Pobres formigas mortas! Ide agora ao vosso Homero gaulês, que vos pague a fama; a cigarra é que se ri, emendando o texto:
>
> Vous marchiez? J'en suis fort aise.
>
> Eh bien! mourez maintenant[30].

Na primeira versão, a cigarra era na verdade um passarinho, que é muito mais melodioso e gracioso (além de mais romântico) do que uma cigarra, de canto estridente. Este é o trecho correspondente em *A Estação*:

---

30 *Quincas Borba*, p. 219.

Felizmente, começou a trilhar na chácara um passarinho, com tal melodia e graça que o nosso Rubião esqueceu por um instante as cogitações de outra espécie. Chegou a parar no quarto botão do colete, tão namorados eram os trilhos do animal: So, so, so... fia, fia, fia... So, so, so... fia, fia, fia[31].

Além disso, não se encontra no folhetim a tradicional oposição às formigas. A fábula moralizante de La Fontaine (o Homero gaulês da citação acima) faz o contraste entre a formiga trabalhadora e a cigarra preguiçosa. No romance, a moralidade se inverte, porque a chegada da cigarra compensa a eliminação das formigas. Esse é um trecho que chama a atenção do leitor para o sentido simbólico do episódio, julgando-o ao mesmo tempo mais apto a interpretar do que o ingênuo Rubião.

Transportados pela trajetória das personagens e por esses elementos simbólicos que foram pincelados ao longo da narrativa, o padrão do romance (usando um termo de E. M. Forster) e, consequentemente, seu sentido globalizante se elevam sobre as personagens e sobre a trama amorosa, tornando-se, assim, o princípio a partir do qual a narrativa se estrutura na segunda versão[32]. Vemos, assim, que não somente a centralização do foco em Rubião, mas também a elaboração da teoria do Humanitismo agem na redefinição do enredo e, consequentemente, na forma como lemos a segunda versão, ou seja, na definição de um novo padrão de leitura para o romance em volume. O Humanitismo seria nesse sentido o arremate final para a criação da visão global do romance e, ao mesmo tempo, uma das saídas encontradas para o impasse criativo.

Na segunda versão, a nova doutrina foi apresentada alegoricamente sob a forma de uma teoria: o Humanitismo. Porém, como ela vem associada a Quincas Borba, personagem que o narrador julga

---

31   *A Estação*, 31 de maio de 1888, cap. 94; *Quincas Borba* apêndice, p. 107.

32   E.M. Forster, *Aspects of the Novel* (London: E. Arnold, 1949).

louco e excêntrico, no começo o leitor não leva nem a personagem nem a doutrina a sério. O leitor é desencorajado a perceber que as trajetórias de todas as personagens, inclusive a de Rubião, atestam na verdade a lucidez de Quincas Borba e a aplicabilidade da sua teoria. Essa é a retórica ficcional utilizada por Machado em *Quincas Borba*. Ele usa o narrador para despistar a atenção do leitor (de um julgamento moral das personagens) enquanto o autor implícito constrói uma história que se resume no final das contas a uma exemplificação da teoria do Humanitismo.

Lembrando-nos das palavras de Alfredo Bosi, encontramos em *Quincas Borba* não só o "intervalo social menor" no tratamento das relações entre as personagens, mas também a "violência real das interações mal dissimulada pela distância aparentemente diminuída"[33]. O embate entre Rubião e Palha pode ser caracterizado pelo par mais fraco/mais forte da teoria de Darwin do *struggle for life*, ou mais especificamente, pelo par mais apto/menos apto ao novo código vigente na sociedade, dominado pelo comércio e não mais pelas "velhas relações da burguesia e nobreza terra tenentes"[34]. Como Darwin escreve, "a luta quase sempre será mais intensa entre os indivíduos da mesma espécie, pois frequentam os mesmos distritos, exigem o mesmo tipo de alimento, e estão expostos aos mesmos perigos" ["struggle almost invariably will be most severe between the individuals of the same species, for they frequent the same districts, require the same food, and are exposed to the same dangers"][35].

Não pretendo explicar toda a complexidade do romance ou limitar as intenções artísticas do escritor à experimentação de uma teoria. Mas, enquanto artista, Machado precisava encontrar soluções estruturais para uma obra cuja composição e publicação já se encontravam

---

33 Ver nota 208.

34 Passos, p. 65.

35 Charles Darwin, *On Natural Selection* (London: Penguin Books, 2004), p. 15-16.

em andamento. O Humanitismo, a eliminação dos episódios que beiravam o melodramático, a envergadura do enredo em longas articulações narrativas e a concentração do foco em Rubião cumpriram em conjunto esse papel. Nada precisou ser criado do zero, porque esses elementos já se encontravam em germe ou mesmo bem desenvolvidos na primeira versão.

Vemos, assim, que, apesar de não conhecermos nenhum manuscrito do processo criativo de *Quincas Borba*, podemos investigar a gênese da visualização artística de Machado para esse romance, graças à herança temática e estrutural deixada pelo folhetim à versão em livro, que é no final das contas a versão à qual o leitor tem acesso desde 1891 e a qual, ainda hoje, continuamos a ler.

CONCLUSÃO

QUINCAS BORBA: O INÍCIO DO DECLÍNIO DO FOLHETIM?

Este estudo examinou e comparou as duas versões de *Quincas Borba* sob o ponto de vista de estudos bibliográficos, ou seja, considerando-as como registros de um processo de produção literária que se manifestou em dois meios de publicação diferentes: o jornal e o livro. Analisei, em primeiro lugar, o papel desempenhado pela inclinação editorial de *A Estação* na construção imaginária do romance. Partindo de um estudo detalhado da história da revista, pude identificar que seus temas ecoam nos dois eixos centrais do romance. O tema da ascensão social está por trás não somente da moda europeia divulgada nas páginas de *A Estação*, mas também por trás da trajetória individual das personagens de *Quincas Borba*. Em segundo lugar, a megalomania imperial de Rubião dialoga com a inclinação imperial dessa revista internacional, que exalta a instituição imperial em suas gravuras importadas da Alemanha. A maneira como Machado trata esses dois temas no romance é, no entanto, muito irônica, porque, por um lado, o romance insinua os riscos que correm as assinantes ao entrarem no jogo de ascensão social e, por outro, estabelece a relação entre o estado decadente da monarquia antes da Proclamação da República e a pompa imperial importada, que a revista exibia em suas gravuras.

Este estudo partiu então das impressões que a primeira versão de *Quincas Borba* causou em mim, leitora moderna, distante no tempo e no espaço do contexto original de publicação dos folhetins. Pode, por vezes, sugerir experiências de leitura do romance em um formato do qual o próprio escritor logo em seguida se afastou, as quais ele certamente queria que fossem substituídas pela experiência da leitura em livro, por razões ao mesmo tempo estéticas e comerciais. Ao lado do estudo histórico da revista, a recriação do ambiente original em que o romance foi publicado e lido mostrou-se também de grande utilidade para o entendimento da segunda versão, em primeiro lugar porque os dois eixos centrais do romance se mantêm de uma versão para a outra. A versão definitiva, que continuará a ser lida pelo leitor moderno, é dessa forma inteiramente dependente de sua aparição em uma revista internacional de moda do século XIX. Não levar em conta seu contexto e formato originais de publicação limita as possibilidades interpretativas de *Quincas Borba* e a percepção de que Machado possuía um conhecimento profundo do seu público e de que levou em consideração as suas expectativas, inclusive para que o efeito transgressor do romance fosse mais sutil e ao mesmo tempo mais eficiente e imediato.

Não me limitei ao estudo das relações temáticas entre *Quincas Borba* e a revista *A Estação*. Também tentei explicitar a fórmula narrativa encontrada por Machado para representar ficcionalmente uma sociedade em transformação, sociedade, diga-se de passagem, que era o público potencial da revista. Vimos que Machado optou por montar a trama romanesca pelos pontos de vista de várias personagens, os quais são gerenciados por um narrador em terceira pessoa. Juntos, formam o que chamei de caleidoscópio narrativo e refletem não os eventos como eles de fato ocorreram, mas antes as impressões que cada personagem guardou deles. É um mecanismo que certamente nos faz pensar no posicionamento de Machado dentro da escola realista, já que em *Quincas*

Borba o escritor testa e subverte a capacidade da ficção de representar a verdade nua e crua. O fato narrado não é o fato ocorrido, mas antes o deduzido, imaginado. Nessa perspectiva, este livro pode servir como ponto de partida para um estudo mais profundo da evolução do realismo de Machado de *Memórias póstumas de Brás Cubas* a *Dom Casmurro*.

Ainda no que diz respeito à estrutura do romance, tentei verificar se existia alguma relação entre o emprego da estrutura do caleidoscópio narrativo e a crise criativa por que passou a escrita, a qual fica evidente nas interrupções que a serialização sofreu durante os seus cinco anos de publicação. Machado se valeu do caleidoscópio narrativo para montar a trama romanesca, porém, uma vez montada a trama, o autor precisou buscar outra solução narrativa para chegar a um desfecho, o que não se deu de imediato. É nesse momento de crise que o romance mais se aproxima do folhetim. O escritor se apoia em recursos melodramáticos e acrescenta um grande número de episódios sem interesse para o enredo, até encontrar um recurso narrativo que resolva o impasse da trama.

Não podemos nos esquecer de que uma das consequências da multiplicação dos pontos de vista é a dilatação do tempo e a construção de sentido em unidades narrativas muito longas. Se, na primeira unidade narrativa, a passagem de tempo na história imitava o tempo real, da publicação dos fascículos, a partir da segunda a ação se concentra em um dia. Quando os vários acontecimentos, pensamentos, sonhos que compõem esse único dia são divididos em fascículos, a percepção pelo leitor de que eles fazem parte de uma mesma unidade temporal fica prejudicada. Desta forma, se Machado havia começado sua narrativa à maneira de um folhetinista, com a mudança de Rubião para a capital o romancista também muda o seu modo de escrever, parecendo não ter mais em mente um folhetim, mas antes um livro. Na verdade, em todos os momentos mais evidentes de metalinguagem, o narrador sempre se refere ao texto como sendo um livro[1]. O leitor também precisará mudar

---

1   *A Estação*, 15 de março de 1887, cap. 57; 31 de janeiro de 1888, cap. 86; 15 de novembro de 1888, cap. 102; 30 de abril de 1889, cap. 115; 30 de novembro de 1889, cap. 106 (sic); 15 de dezembro de 1889, caps. 112 e 113; 15 de janeiro de 1890, cap. 117; 15 de setembro de 1891, cap. 201. *Quincas Borba apêndice*, p. 57, 96, 113, 127, 138, 144, 150, 248. *Quincas Borba*, cap. 56, p. 173; cap. 106, p. 237; cap. 112, p. 245; caps. 112 e 113, p. 245; cap. 102, p. 246.

a sua maneira de ler o romance, aproximando-a da leitura de um livro. Coexistem dessa forma na primeira versão dois padrões de leitura: em folhetins e em volume.

O que torna a produção de *Quincas Borba* ainda mais interessante é que Machado iniciou a preparação do livro antes mesmo de encerrada a publicação em *A Estação*. Assim, os mesmos recursos que o autor usou para finalizar o folhetim, como a introdução de Dona Fernanda e seu núcleo social, valem para a sua transformação em volume. Torna-se assim quase impossível analisar cada uma das versões de forma independente, porque uma nasce da outra e ambas lucraram com as mesmas soluções tardias para o desenlace da trama romanesca.

O que, no entanto, é exclusivo da segunda versão é a presença da visão global do romance, a que Machado chega com a sobreposição da visão do autor implícito sobre a do narrador, sendo aquele responsável por transportar o sentido totalizante que o Humanitismo concede à soma dos destinos individuais de todas as personagens. Isso só se efetiva na segunda versão, porque deveu-se muito à reescrita dos primeiros capítulos do romance, depois que eles já haviam sido publicados. Dois outros elementos que ganham maior relevo na segunda versão são, como vimos, a trajetória de Rubião (por meio de estágios mais bem marcados do seu enlouquecimento progressivo) e a dilatação do tempo. Esta resulta da reorganização das duas primeiras unidades narrativas do romance, que no livro formam um todo temporal de um dia, distribuídos em cinquenta capítulos. Isso é na verdade uma consequência da percepção de Machado de que é impossível reconstruir com fidelidade mesmo que seja apenas um dia na vida de um grupo de personagens. Para recompô-lo, é preciso levar em conta não somente os eventos que se sucedem da manhã até a noite, mas também os pensamentos no futuro, as lembranças do passado, os delírios e sonhos. E, em relação aos fatos, não se pode apalpá-los a não ser pelo viés desta ou daquela personagem.

Comparando *Quincas Borba* com os outros romances de Machado publicados originalmente no mesmo formato, pude verificar que a relação do escritor com o folhetim entrou em crise durante a sua composição e com ele se encerrou. Em primeiro lugar, *Quincas Borba* foi o romance que sofreu o maior número de interrupções durante a serialização. Em segundo, é aquele cuja publicação se estendeu por um período mais longo. Em terceiro, foi o mais revisado, sendo desta forma o único que possui duas versões. Finalmente, foi o último romance publicado originalmente de forma seriada.

A trajetória editorial dos romances de Machado publicados em folhetins, coincidindo *Quincas Borba* com o seu fim, talvez seja um bom exemplo do percurso traçado pela alta literatura, cuja produção esteve vinculada à forma seriada durante o século XIX, até ir pouco a pouco se afastando deste formato a partir do final do século XIX até as primeiras décadas do século XX. Ainda não existe, no entanto, um estudo sistemático sobre a evolução do folhetim no Brasil, desde sua importação da Europa até o momento em que ele começa a perder lugar para o livro como principal veículo de publicação de romances[2]. Apesar de não conhecermos a história da evolução do gênero no Brasil, sabemos que em outros países o folhetim entrava em declínio no final do século XIX. Por exemplo, na Inglaterra do final do século XIX, ele começou a perder lugar como meio de publicação original da alta literatura, e passou a

---

2   Existem vários estudos sobre o folhetim no Brasil, seja sobre a técnica do romance-folhetim, sobre a influência estrangeira, seja ainda sobre algumas obras ou autores em específico. Nenhum, no entanto, traça a evolução do gênero no Brasil, no século XIX. Ver por exemplo, Brito Broca, 'O romance-folhetim no Brasil', *Românticos, pré-românticos, ultra-românticos, vida literária e romantismo brasileiro* (São Paulo: Polis, Ministério da Educação e Cultura, Instituto Nacional do Livro, 1974), p. 174-181; Vera Maria Chalmers, 'A literatura fora da lei; um estudo do folhetim', *Remate de males* (Campinas: UNICAMP, Instituto de Estudos da Linguagem, n° 5, 1985), p. 136-145; Pina Maria Arnoldi Coco, 'O triunfo do bastardo: uma leitura dos folhetins cariocas do século XIX', *Anais do II Congresso da Abralic*, v. 3 (Belo Horizonte: Abralic, 1991), p. 19-24; Maria Helena Werneck, 'Uma produção para o esquecimento', *Anais do II Congresso da Abralic*, p. 13-18; Marlyse Meyer, *Folhetim: uma história* (São Paulo: Companhia das Letras, 1996); José Ramos Tinhorão, *Os romances em folhetins no Brasil: 1830 à atualidade* (São Paulo: Livraria Duas Cidades, 1994); Tania Rebelo Costa Serra, *Antologia do romance-folhetim*: 1839 a 1870 (Brasília: Editora da UNB, 1997); Marcus Vinícius Nogueira Soares, 'Literatura e imprensa no Brasil do século XIX' (tese de doutorado não publicada, Universidade do Estado do Rio de Janeiro, UERJ, 1999); e do mesmo autor 'O folhetinista José de Alencar e *O guarani*', *Literatura brasileira em foco*, ed. por Fátima Cristina Dias Rocha (Rio de Janeiro: EdUERJ, 2003), p. 107-114.

ser usado sobretudo para a literatura popular³. Talvez tenha ocorrido o mesmo no Brasil. É pelo menos o que se conclui do levantamento, realizado por José Ramos Tinhorão, de romances em folhetins publicados no Brasil de 1830 a 1994. Mesmo que sua lista não seja exaustiva, Tinhorão mostra-nos que o formato foi sem dúvida muito popular até os anos 1930.

Na época em que Machado de Assis finalizava a serialização de *Quincas Borba*, Aluísio Azevedo publicava *A mortalha de Alzira* e *Paula Matos ou O Monte de Socorro*, e Júlia Lopes de Almeida *A família Medeiros*, na *Gazeta de Notícias*⁴. Nos anos de 1890 e nas primeiras duas décadas do século XX, além de Júlia Lopes de Almeida, autores pré-modernistas como Domingos Olímpio, Lima Barreto, João do Rio, Godofredo Rangel, Coelho Neto, e modernistas como Menotti del Picchia e Afonso Schmidt ainda publicavam romances em folhetins. Na década de 1930 encontramos trabalhos de Afonso Schmidt e Jorge Amado, por exemplo. Tinhorão ainda registra os nomes de Nelson Rodrigues, Raquel de Queiroz, José Lins do Rego, Marcos Rey, Orígines Lessa e Janete Clair, entre os folhetinistas da segunda metade do século XX. Na verdade, até a década de 1990 ainda havia autores adeptos desse formato. O último folhetim no levantamento de Tinhorão é da autoria de Mário Prata e foi publicado em *O Estado de São Paulo*, de 21 de novembro de 1993 a 20 de fevereiro de 1994⁵.

---

3   Ver por exemplo Linda K. Hughes e Michael Lund, *The Victorian Serial* (Charlottesville: University Press of Virginia, 1991); N. N. Feltes, *Modes of Production of Victorian Novels* (Chicago: The University of Chicago, 1986); Graham Law, *Serializing Fiction in the Victorian Press* (Hampshire: Palgrave, 2000).

4   Aluísio Azevedo, *A mortalha de Alzira*, sob o pseudônimo de Victor Leal, *Gazeta de Notícias*, Rio de Janeiro, 18 de fevereiro a 24 de março de 1891, e *Paula Matos ou O Monte de Socorro* com Coelho Neto, Olavo Bilac e Pardal Mallet, sob o pseudônimo único de Victor Leal, *Gazeta de Notícias*, 30 de junho a 14 de agosto de 1891; Júlia Lopes de Almeida, *A família Medeiros, Gazeta de Notícias*, 16 de outubro a 17 de dezembro de 1891. Ver Tinhorão, p. 77-78.

5   *James Lins, 51 (O playboy que não deu certo)* tem no total quarenta capítulos. Tinhorão anota que, tendo sido 'publicado duas vezes por semana como folha de encarte do jornal, dobrável para formato tabloide, o romance foi classificado de 'minissérie' pelo autor, indicando sua condição de criador de *scripts* de histórias em capítulos para a televisão' (Tinhorão, p. 95).

Conclusão

Numericamente, o levantamento de Tinhorão nos mostra que, também no Brasil, o folhetim foi de fato muito mais popular no século XIX, e que foi sendo gradativamente abandonado no decorrer do século XX: de 1839 a 1999, ele registra 198 folhetins; sendo que de 1900 a 1949, 74; e de 1950 a 1994, apenas 36. Além disso, a presença de Janete Clair na lista dos folhetinistas brasileiros da segunda metade do século XX é um indício de que no Brasil a técnica do romance-folhetim migrou de um formato para o outro, com o desenvolvimento dos meios de comunicação de massa: do jornal para o rádio e logo em seguida para a televisão. Ou seja, a ficção publicada em parcelas sobreviveu também no Brasil como um formato popular, usando para a sua divulgação outro suporte que o impresso.

Para o argumento deste livro, mais importante do que definir a posição de *Quincas Borba* no contexto da história de desenvolvimento do gênero no Brasil, foi, na verdade, localizá-lo dentro do contexto de publicação dos romances de Machado. Mesmo que tenha sido uma decisão inconsciente, foi depois de *Quincas Borba* que Machado abandonou o formato enquanto meio original de publicação dos seus romances. Fugiu assim aos meus objetivos o fornecimento de um panorama do desenvolvimento do gênero no Brasil e na Inglaterra, e a comparação entre *Quincas Borba* e alguns folhetins estrangeiros que atestam o mesmo processo de transformação do romance no século XIX, como *The Woodlanders* de Thomas Hardy e *Lord Jim* de Joseph Conrad[6]. Meu principal objetivo foi a análise de *Quincas Borba*, a partir da comparação de suas duas versões.

Não podemos perder de vista, no entanto, que *Quincas Borba* talvez represente o marco inicial do declínio do gênero no Brasil. Na verdade, lembrando-nos de que o folhetim havia sido importado da Europa no começo do século XIX, é sempre bom ter no horizonte que a composição de *Quincas Borba* faz parte do processo histórico de transformação do romance no Ocidente. *Quincas Borba* talvez comprove assim que a sensibilidade artística de Machado de Assis percebeu as transformações por que o romance estava passando no final do século XIX e enfrentou-as corajosamente na reescrita.

---

6   Sobre o assunto, ver o já mecionado livro de Hughes e Lund.

APÊNDICE

CAPÍTULOS 58 A 62

A Estação, 15 de abril de 1887, n° 7.

LVIII

Dias antes, indo passar a noite em casa de um conselheiro, viu ali Rubião. Falava-se de política. O principal assunto da noite foi a mudança da situação, com a chamada dos conservadores ao poder, e a dissolução da Câmara. Rubião assistira à reunião em que o Ministério Itaboraí pediu os orçamentos. Tremia ainda ao contar as suas impressões, descrevia a Câmara, tribunas, galerias cheias que não cabia um alfinete, o discurso de José Bonifácio, a moção, a votação... Toda essa narrativa nascia de uma alma simples; era claro. A desordem dos gestos, o calor da palavra tinham a eloquência da sinceridade. Camacho escutava-o atento. Teve modo de o levar a um canto da janela e fazer-lhe considerações graves sobre a situação. Rubião opinava de cabeça, ou por palavras soltas e aprobatórias.

– Os conservadores não se demoram no poder, disse-lhe finalmente Camacho.

– Não?
– Não; eles não querem a guerra, e têm de cair por força. Veja como andei bem no programa da folha.
– Que folha?
– Conversaremos depois.

No dia seguinte, almoçaram no *Hotel de la Bourse*, a convite de Camacho. Este referiu ao outro que fundara, meses antes, uma folha com o único programa de continuar a guerra a todo transe... Andava muito acesa a dissensão entre liberais; pareceu-lhe que o melhor modo de servir ao próprio partido era dar-lhe um terreno neutro e nacional.

– E isto agora serve-nos, concluiu ele, porque o governo inclina-se à paz. Já amanhã sai um artigo meu, furibundo.

Rubião ouvia tudo, quase sem tirar os olhos do outro, comendo rapidamente, nos intervalos em que o próprio Camacho inclinava a cabeça ao prato. Folgava de ver-se confidente político; e, para dizer tudo, a ideia de entrar em luta para colher alguma coisa depois, um lugar na Câmara, por exemplo, espanejou as asas de ouro no cérebro do nosso amigo. Camacho não lhe falou em mais nada; procurou-o no dia seguinte, e não o achou. Agora, pouco depois de entrar, vinha o Palha interrompê-los.

LIX

– Sim, mas eu preciso ir a Minas, teimou Rubião.
– Para quê? pergunta Camacho.

E o Palha fez-lhe igual pergunta. Para que iria a Minas, salvo se era negócio de pouco tempo? Ou já estava aborrecido da Corte?

– Não, aborrecido não estou; ao contrário...

Ao contrário, gostava muito dela; mas a terra natal, – por menos bonita que seja, – um lugarejo, – dá saudades à gente; – ainda mais quando a pessoa veio de lá homem. Queria ver Barbacena. E Barbacena era a primeira terra do mundo. Durante alguns minutos, Rubião pôde subtrair-se à ação dos outros. Tinha a terra natal em si mesmo: ambições, vaidades da rua, prazeres efêmeros, tudo cedia ao mineiro saudoso da província. Se a alma dele foi alguma vez dissimulada, e escutou a voz do interesse, agora era a simples alma de um homem arrependido do amor, e do gozo, e mal acomodado na própria riqueza.

Palha e Camacho olharam um para o outro... Oh! esse olhar foi como um bilhete de visita trocado entre as duas consciências. Nenhuma disse o seu segredo, mas viram os nomes no cartão, e cumprimentaram-se. Sim, era preciso impedir que o Rubião saísse ainda que por algum tempo; Minas podia retê-lo. Que era ele mais que um hóspede de alguns meses? Entenderam-se os dois, e uniram-se na ação. Concordaram que lá fosse; mas depois, – alguns meses depois; – e talvez o Palha fosse também. Nunca vira Minas; seria excelente ocasião.

– O senhor? perguntou Rubião.

– Sim, eu; há muito que desejo ir a Minas e a São Paulo. Olhe, há mais de um ano que estivemos vai não vai... Sofia é companheira para estas coisas. Lembra-se quando nos encontramos no trem da estrada de ferro?... Vínhamos de Vassouras; mas esta ideia de Minas nunca nos deixou. Iremos os três.

Rubião agitava-se no canapé, um pouco trêmulo. Sorria, abanava a cabeça. Camacho alegava os sucessos políticos...

– Por isso mesmo, as eleições, interrompia Rubião.

– Não, deixe lá as eleições. Cá temos muito que fazer por ora. Precisamos lutar aqui mesmo, na capital; aqui é que devemos esmagar a cabeça da cobra. Lá irá quando for tempo; irá então receber a recompensa e matar as saudades... E saiba que político não tem saudades; e o dever do cidadão é entregar-se ao seu partido, militar no ostracismo para triunfar no dia da vitória.

A recompensa era, com certeza, o diploma de deputado. Rubião entendeu bem, posto que o outro não lhe falasse em tal. Visão deliciosa, ambição que nunca teve, quando era um pobre diabo... Ei-la que o toma, que lhe aguça todos os apetites de grandezas e de glória... De outro lado, o amigo Cristiano continua a falar da necessidade de ficar, por enquanto, – mormente agora que acaba de saber da vocação política do amigo. Concorda com o outro, sem saber bem por que, nem para quê. Tudo é que fique.

– Mas uma viagem de alguns dias, disse Rubião sem desejo de lhe aceitarem a proposta.

– Vá de alguns dias, concordou Camacho.

A lua estava então brilhante...; a enseada, vista pelas janelas, apresentava aquele aspecto sedutor que nenhum carioca pode crer que exista em outra parte do mundo. A figura de Sofia passou ao longe, na encosta do morro, e diluiu-se no luar; a última sessão da Câmara, tumultuosa, ressoou aos ouvidos do Rubião... Camacho foi até à janela e voltou logo.

– Mas quantos dias? perguntou ele.

– Isso é que não sei, mas poucos.

– Em todo o caso, amanhã falaremos.

Camacho despediu-se. Palha ficou ainda alguns instantes, para dizer-lhe que seria esquisito voltar a Minas, sem que eles liquidassem as contas... Rubião interrompeu-o. Contas? Quem lhe falava em contas?

– Bem se vê que o senhor não é homem de comércio, redarguiu Cristiano.

– Não sou, é verdade; mas as contas pagam-se quando se pode. Entre nós, tem sido isto. Ou, quem sabe? Seja franco; precisa de algum dinheiro?

– Não, não preciso. Obrigado. Tenho que propor um negócio, mas há de ser mais demoradamente. Vim vê-lo para não botar anúncios nos jornais: "Desapareceu um amigo, por nome Rubião, que tem um cachorro..."

Rubião gostou da facécia. Palha saiu e ele foi acompanhá-lo até a esquina da Rua Marquês de Abrantes. Ao despedir-se prometeu ir visitá-lo em Santa Teresa, antes de ir a Minas.

LX

Pobre Minas! Rubião voltou para casa, sozinho, a passo lento, pensando no modo de lá não ir agora, visto que era necessário ficar. E as palavras dos dois andavam-lhe no cérebro, como peixinhos de ouro em globo de vidro, abaixo, acima, rutilantes: *"aqui é que se deve esmagar a cabeça da cobra"*; – *"Sofia é companheira para estas coisas"*. Pobre Minas!

LXI

No dia seguinte recebeu um jornal que nunca vira antes, a *Atalaia*, sem nome de redator, artigos anônimos, várias notícias, poucos anúncios e de grandes letras. O artigo editorial desancava o ministério; a conclusão, porém, estendia-se a todos os partidos e à nação inteira: – *Mergulhemos no Jordão constitucional.* Rubião achou-o excelente; tratou de ver onde se imprimia a folha para assiná-la. Freitas, que veio almoçar com ele, deu-lhe explicações sobre a *Atalaia*. Era redigido pelo Dr. Camacho, um Camacho...

– Conheço; ainda ontem esteve aqui comigo, interrompeu Rubião.

– É dele, e não é má. Que diz o número de hoje?

Freitas leu o artigo com ênfase, por modo que o Rubião ainda o achou melhor do que quando o lera na cama. Concordaram que era magnífico. Ao almoço, falaram muito do Camacho, confessando Rubião que simpatizava com ele, e pedindo ao outro a sua opinião. A opinião era a mesma. Depois indagou dos costumes da pessoa, da consideração em que a tinham, e todas as respostas foram agradáveis; era homem circunspecto, estimado, perfeito cavalheiro, um *gentleman*.

LXII

Nesse mesmo dia foi ao escritório de Camacho. Queria elogiar o artigo e assinar a folha. Ia andando pela Rua da Ajuda, quando sucedeu dar com um menino de dois anos, se tanto, no meio da rua, e um carro que descia a trote largo, com o cocheiro distraído. A mãe, que estava à porta de uma colchoaria, deu um grito angustioso, mas não teve forças para correr a salvá-lo.

– Deolindo!... bradou a pobre mulher.

Rubião ouviu o grito primeiro; depois é que viu o perigo. Tudo foi rápido. O carro vinha já sobre a criança. Rubião correu ao meio da rua, bradou ao cocheiro que parasse. A criança, tendo ouvido a mãe, ia a voltar para ela, mas deu com o carro, atarantou-se e caiu. O cocheiro refreou os animais, mas a marcha em que vinha não permitia fazê-los parar de súbito. Então o nosso amigo deitou a mão com força ao freio de um deles, e com a outra pegou do menino, que já estava entre as patas de ambos. Podia ser envolvido por eles, mas conseguiu salvar a criança.

A mãe, quando o recebeu das mãos do Rubião, não podia falar; estava pálida, trêmula. Algumas pessoas puseram-se a altercar com o cocheiro, mas um homem calvo, que vinha dentro, ordenou-lhe que fosse andando, sem demora. O cocheiro continuou o seu caminho. Assim, quando o pai, que estava no interior da colchoaria, veio fora, já o carro dobrava a esquina de São José.

– Ia quase morrendo, disse a mãe. Se não fosse este senhor, não sei o que seria do meu pobre filho.

Era um acontecimento no quarteirão. Vizinhos entraram a ver o que sucedera ao pequeno; na rua, crianças e moleques, espiavam pasmados. A criança tinha apenas um arranhão no ombro esquerdo, e certamente produzido pela queda, não pelos cavalos.

– Ah! mas você é descuidada, Josefina! dizia o marido. Como é que você deixa sair assim o menino?

– Estava aqui na calçada, redarguiu a mãe.

– Qual calçada! A criança o que quer é brincar. Você é muito distraída...

– E você também não é? Quero ver se você também não se distrai.

– Não foi nada, interveio Rubião; em todo caso, não deixem o menino sair à rua; é muito pequenino.

– Obrigado, disse o marido; mas onde está o seu chapéu?

Rubião advertira então que perdera o chapéu. Um rapazinho esfarrapado, que o apanhara, estava à porta da colchoaria, aguardando a ocasião de restituí-lo. Rubião deu-lhe uns cobres em recompensa, coisa em que o rapazinho não pensava, ao ir apanhar o chapéu. Não o apanhou senão para ter uma parte na glória e nos serviços. Entretanto, aceitou os cobres com prazer; foi talvez a primeira ideia que lhe deram da venalidade das coisas.

– Mas, espere, tornou o colchoeiro, o senhor feriu-se?

Com efeito, a mão do nosso amigo tinha sangue; havia um ferimento na palma, coisa pequena, e que ele não podia saber se era obra do dente do cavalo, se de algum ferrão das correias. A verdade é que só agora começou a senti-lo. A mãe do pequeno correu a buscar uma bacia e uma toalha, apesar de dizer o Rubião que não era nada, que não valia a pena. Veio a água; enquanto ele lavava a mão, o colchoeiro correu à farmácia próxima, e trouxe o medicamento necessário. Rubião curou--se, atou o lenço na mão; a mulher do colchoeiro escovou-lhe o chapéu, e, quando ele saiu, um e outro agradeceram-lhe muito o benefício da salvação do filho. A outra gente, que estava à porta e na calçada fez-lhe alas. Rubião seguiu o seu caminho.

(Continua.)

REFERÊNCIAS

FONTES PRIMÁRIAS

PERIÓDICOS

A Estação, Rio de Janeiro e Porto, 1886-1891.
Die Modenwelt, Berlim, 1865-1867, 1886-1891.
Illustrirte Frauen-Zeitung, Berlim, 1874, 1886-1891.
La Estación, Madri e Buenos Aires, 1886.
La Estagione, Milão, 1892.
La Saison, Paris, 1868-1873, 1887-1891.
Les Modes de la Saison, Paris, 1881-1885.
O Cruzeiro, Rio de Janeiro, 1878.
O Globo, Rio de Janeiro, 1874-1876.
Revista Brasileira, Rio de Janeiro, 1880.
The Season, Londres, 1886.
The Young Ladies' Journal, Londres, 1864, 1886-1891.

OUTROS

Assis, Machado de. *A mão e a luva*. Rio de Janeiro: Editores Gomes de Oliveira & Cia, 1874.

_____. *Casa velha*. São Paulo: Livraria Martins Editora, 1944.

_____. *Edições críticas de obras de Machado de Assis*. Rio de Janeiro: Civilização Brasileira, INL, 1975.

_____. *Helena*. Rio de Janeiro: B. L. Garnier, 1876.

_____. *Iaiá Garcia*. Rio de Janeiro: G. Vianna & C., Editores, 1878.

_____. *Memórias póstumas de Brás Cubas*. Rio de Janeiro: Tipografia Nacional, 1881.

_____. *Obra Completa*, 3 volumes. Rio de Janeiro: Editora Nova Aguilar, 1992.

_____. *Quincas Borba apêndice*. Rio de Janeiro: Civilização Brasileira, INL, 1975.

_____. *Quincas Borba*. Rio de Janeiro: B. L. Garnier, 1891.

_____. *Quincas Borba*. Rio de Janeiro: Civilização Brasileira, INL, 1975.

_____. *Ressurreição*. Rio de Janeiro: B. L. Garnier, 1872.

Balzac, Honoré de. *La Muse du Département,* edição eletrônica <http://fr.wikisource.org/wiki/La_Muse_du_Departement>, acessado em 15 de julho de 2006.

Dickens, Charles. *David Copperfield*. Oxford: Oxford University Press, 1983.

_____. *Great Expectations*. Oxford: Oxford University Press, 1953, 1987.

Exposição comemorativa do sexagésimo aniversário do falecimento de Joaquim Maria Machado de Assis (20/IX/1908 – 29/IX/1968). Rio de Janeiro: Biblioteca Nacional, 1968.

Gogol, Nikolas. *Altväterische Leute und andere Erzählungen von Nikolas W. Gogol,* Deutsch von Julius Meixner, Collection Spemann, Stuttgart, Verlag von W. Spemann, [s.d].

_____. *Nouvelles choisies*. Paris, Hachette, 1845.

Mendonça, Salvador de. *Marabá*. Rio de Janeiro: Editores Gomes de Oliveira & Cia, Tipografia do Globo, 1875.

FONTES SECUNDÁRIAS

Bakhtin, Mikhail. *Problems of Dostoevsky's Poetics*. London, Minneapolis: University of Minnesota Press, 1984.

Barbieri, Ivo (org.). *Ler e reescrever Quincas Borba*. Rio de Janeiro: Eduerj, 2003.

Belgum, Kristen. *Popularizing the Nation: Audience, Representation, and the Production of Identity in* Die Gartenlaube, 1853-1900. Lincoln: University of Nebraska Press, 1998.

Booth, Wayne. *The Rhetoric of Fiction*. Chicago: The University of Chicago Press, 1961.

Bosi, Alfredo. *Machado de Assis: o enigma do olhar*. São Paulo: Ática, 1999.

Braithwaite, Brian. *Women's Magazines*. London: Peter Owen, 1995.

Bramsted, Ernest K. *Aristocracy and the Middle-Classes in Germany*. Revised Edition, Chicago & London: The University of Chicago Press, 1964.

Broca, Brito. *Românticos, pré-românticos, ultra-românticos, vida literária e romantismo brasileiro*. São Paulo: Polis, Ministério da Educação e Cultura, Instituto Nacional do Livro, 1979.

Brooks, Peter. *Reading for the Plot: Design and Intention in Narrative*. Cambridge, Massachusetts: Harvard University Press, 1984.

Buitoni, Dulcilia. *Mulher de papel*. São Paulo: Editora Loyola, 1981.

Camara Jr., Mattoso. *Ensaios machadianos*. Rio de Janeiro: Livraria Acadêmica, 1962.

Carvalho, José Murilo de. *A construção da ordem: a elite política brasileira*. Rio de Janeiro: Civilização Brasileira, 2003.

Carvalho, José Murilo de. *Os bestializados: o Rio de Janeiro e a República que não foi*. São Paulo: Companhia das Letras, 1987.

César, Guilhermino. "Dona Fernanda, a gaúcha do Quincas Borba". *O Instituto: revista científica e literária*, CXXVII, tomo I (1965), 75-87.

Chalmers, Vera Maria. "A literatura fora da lei (um estudo do folhetim)". *Remate de males,* 5 (1985) 136-145.

Chaves, Flávio Loureiro. *O mundo social do Quincas Borba.* Porto Alegre: Movimento, 1974.

Coco, Pina Maria Arnoldi. "O triunfo do bastardo: uma leitura dos folhetins cariocas do século XIX". *Anais do II Congresso da Abralic,* vol. 3. Belo Horizonte: Abralic, 1991, p. 19-24.

Coutinho, Afrânio. *A literatura no Brasil,* vol. 3. Rio de Janeiro: José Olympio e UFF, 1986.

Darnton, Robert. *The Kiss of Lamourette.* London: Faber and Faber, 1990.

Darwin, Charles. *On Natural Selection.* London: Penguin Books, 2004.

El Far, Alessandra. *Páginas de sensação: literatura popular e pornográfica no Rio de Janeiro, 1870-1924.* São Paulo: Companhia das Letras, 2004.

Feltes, N. N. *Modes of Production of Victorian Novels.* Chicago: The University of Chicago, 1986.

Forster, E. M. *Aspects of the Novel.* London: E. Arnold, 1949.

Freitas, Luiz Alberto Pinheiro de. *Freud e Machado de Assis: uma interseção entre psicanálise e literatura.* 2. ed. Rio de Janeiro: Mauad, 2001.

Genette, Gérard. *Narrative Discourse, an Essay in Method.* Ithaca: Cornell University Press, 1980.

Gledson, John. *Machado de Assis: impostura e realismo. Uma reinterpretação de Dom Casmurro.* Tradução de Fernando Py. São Paulo: Companhia das Letras, 1991.

_____. *Machado de Assis: ficção e história.* 2. ed. rev. São Paulo: Paz e Terra, 2003.

_____. "'Machado de Assis'" View of Brazilian History", Daniel Balderston (ed.). *The Historical Novel in Latin America.* New Orleans: Ediciones Hispamerica, 1986, p. 97-105.

_____. *The Deceptive Realism of Machado de Assis.* Liverpool: Francis Cairns, 1984.

Gomes, Eugênio. *Machado de Assis.* Rio de Janeiro: Livraria São José, 1958.

Gross, Robert. "Books, Nationalism, and History". *Papers of the Bibliographical Society of Canada*, 36/2 (1998), 107-23.

Guimarães, Hélio de Seixas. *Os leitores de Machado de Assis: o romance machadiano e o público de literatura no século XIX*. São Paulo: Nankin Editorial e Editora da Universidade de São Paulo, 2004.

Hallewell, Laurence. *Books in Brazil*. London and Metuchen: The Scarecrow Press, 1982.

Hughes, Linda K., Lund, Michael. *The Victorian Serial*. Charlottesville: University Press of Virginia, 1991.

Jobim, José Luís (org.). *A Biblioteca de Machado de Assis*. Rio de Janeiro: Topbooks, Academia Brasileira de Letras, 2001.

Kinnear, J. C. "Machado de Assis: To Believe or Not to Believe?". *Modern Language Review*, 71: 1 (1976), 54-60.

_____. "'The Role of Dona Fernanda in Machado de Assis' novel *Quincas Borba*". *Aufzätze zur portugiesischen Kulturgeschichte*, 14 (1977), 118-130.

Koseritz, Karl von. *Bilder aus Brasilien*. Leipzig e Berlim: W. Friedrich, 1885.

_____. *Imagens do Brasil*. Tradução, prefácio e notas de Afonso Arinos de Melo Franco. São Paulo: Martins, 1972.

Laver, James. *Taste and Fashion: from the French Revolution to the Present Day*. London: George G. Harrap, 1945.

Law, Graham. *Serializing Fiction in the Victorian Press*. Hampshire: Palgrave, 2000.

Lima, Luiz Costa. *Dispersa demanda: ensaios sobre literatura e teoria*. Rio de Janeiro: Francisco Alves, 1981.

Martins, Ana Luíza. *Revistas em revista: imprensa e práticas culturais em tempos de República, São Paulo (1890-1922)*. São Paulo: Fapesp, Edusp, 2001.

McKenzie, D. F. *Bibliography and the Sociology of Texts*. Cambridge: Cambridge University Press, 1999.

Melford, Friedrich. *Zum fünfundzwanzigjährigen Bestehen der Modenwelt 1865-1890*. Berlin: Editora Lipperheide, 1890.

Merquior, José Guilherme. "Género e Estilo das Memórias Póstumas de Brás Cubas", Colóquio/Letras, 8 (1972), 12-20.

Mérimée, Prosper. "La littérature de Russie. Nicolas Gogol". *La Revue des Deux-Mondes,* Nouvelle Période, XII (1851), 631.

Meyer, Augusto. *A chave e a máscara*. Rio de Janeiro: Edições Cruzeiro, 1964.

Meyer, Marlyse. *As mil faces de um herói canalha e outros ensaios*. Rio de Janeiro: Editora da UFRJ, 1998.

_____. *Caminhos do imaginário no Brasil*. São Paulo: Edusp, 1993.

_____. *Folhetim: uma história*. São Paulo: Companhia das Letras, 1996.

Miguel-Pereira, Lucia. *Machado de Assis: estudo crítico e biográfico*. 5. ed. Rio de Janeiro: J. Olympio, 1955.

Muricy, Kátia. *A razão cética: Machado de Assis e as questões do seu tempo*. São Paulo: Companhia das Letras, 1988.

Needell, Jeffrey. *Belle époque tropical: sociedade e cultura de elite no Rio de Janeiro na virada do século*. Companhia das Letras, 1993.

Queffélec, Lisa. *Le romain-feuilleton français*. Paris: Presses Universitaire de France, 1989.

Passos, Gilberto Pinheiro. *O Napoleão de Botafogo: presença francesa em Quincas Borba de Machado de Assis*. São Paulo: Annablume, 2000.

Rasche, Adelheid. *Frieda Lipperheide: 1840-1896*. Berlin: SMPK, Kunstbibliothek, 1999.

Rego, Enylton de Sá. *O calundu e a panacéia: Machado de Assis, a sátira menipéia e a tradição luciânica*. Rio de Janeiro: Forense Universitária, 1989.

Ridley, Jasper. *Napoléon III and Eugénie*. London: Constable, 1979.

Rouanet, Sergio Paulo. "The Shandean Form: Laurance Sterne and Machado de Assis", in Rocha, João Cezar de Castro (ed.). *The Author* as Plagiarist, the Case of Machado de Assis. Dartmouth: University of Massachusetts, 2006, p. 81-103.

Sainte-Beuve. "Revue Littéraire: *Nouvelles russes*, par M. Nicolas Gogol". *La Revue des Deux-Mondes*, Nouvelle Série, XII (1845), 883-9.

Saint-Julien, Charles de. "La littérature en Russie, Le comte W. Solohoupe". *La Revue des Deux-Mondes*, Nouvelle Période, XII (1851), 70-74.

Schwarcz, Lília. *As barbas do imperador: D. Pedro II, um monarca nos trópicos*. São Paulo: Companhia das Letras, 1998.

Schwarz, Roberto. *Ao vencedor as batatas*. 4. ed. São Paulo: Duas Cidades, 1992.

_____. *Um mestre na periferia do capitalismo: Machado de Assis*. São Paulo: Livraria Duas Cidades, 1990.

Senna, Marta de Senna. *Alusão e zombaria: considerações sobre citações e referências na ficção de Machado de Assis*. Rio de Janeiro: Fundação Casa de Rui Barbosa, 2003.

Serra, Tania Rebelo Costa. *Antologia do romance-folhetim: 1839 a 1870*. Brasília: Editora da UNB, 1997.

Soares, Marcus Vinícius Nogueira. "Literatura e imprensa no Brasil do século XIX". Tese de doutorado não publicada, Universidade do Estado do Rio de Janeiro, UERJ, 1999.

Soares, Marcus Vinícius Nogueira. "O folhetinista José de Alencar e *O guarani*". *Literatura brasileira em foco,* in Rocha, Fátima Cristina Dias (ed.). Rio de Janeiro: Eduerj, 2003, p. 107-114.

Sousa, Galante de. *Bibliografia de Machado de Assis*. Rio de Janeiro: INL, 1955.

Souza, Gilda de Mello e. "Macedo, Alencar, Machado e as roupas". *Novos Estudos Cebrap*, 41 (março de 1995), 111-19.

Souza, Gilda de Mello e. *O espírito das roupas: a moda no século XIX*. São Paulo: Companhia das Letras, 1987.

Stein, Ingrid. "As figuras femininas nos romances de Machado de Assis". Tese de doutorado publicada, Philosophischen Fakultät der Rheinischen Friedrich-Wilhelms-Universität zu Bonn, 1983.

Stolze, Helmut. *Die Französiche Gogolrezeption*. Wien und Köln: Böhlau Verlag, 1974.

Sullerot, Evelyne. *La Presse Féminine*. Paris: A. Colin, 1963.

Tarde, Gabriel. *Les lois de l'imitation*. Paris: Feliz Alcan, 1895.

Teixeira, Ivan. *Apresentação de Machado de Assis*. São Paulo: Martins Fontes, 1987.

Tinhorão, José Ramos. *Os romances em folhetins no Brasil: 1830 à atualidade*. São Paulo: Livraria Duas Cidades, 1994.

Todorov, Tzvetan. *Introduction to Poetics*. Tradução de Richard Howard. Brighton: Harvester, 1981.

Trindade, Diamantino Fernandes; Trindade, Laís dos Santos Pinto. "As telecomunicações no Brasil: do Segundo Império até o Regime Militar". <http://www.cefetsp.br/edu/sinergia/8p6c.html>, acessado em 28 de março de 2007.

Vara, Teresa Pires. *A mascarada sublime: estudo de Quincas Borba*. São Paulo: Duas Cidades, 1976.

Vergara, Moema de Resende. "A Revista Brasileira: a vulgarização científica e construção da identidade nacional na passagem da Monarquia para a República". Tese de doutorado não publicada, Pontifícia Universidade Católica do Rio de Janeiro, 2003.

Vergara, Moema de Resende. "La Vulgarisation scientifique au Brésil: la cas de la *Revista Brasileira*", *Colloque international pluridisciplinaire 'Sciences et écritures'*". Besançon: Maison des Sciences de l'Homme Claude Nicolas Ledoux, 13-14 de maio de 2004, <http:msh.univ-fcomte.fr/programmation/col04/documents/preactes/Vergara.pdf>, acessado em 10 de outubro de 2004.

Waugh, Norah. *Corsets and Crinolines*. London: Batsford, 1954.

Werneck, Maria Helena. "Uma produção para o esquecimento". *Anais do II Congresso da Abralic*, vol. 3. Belo Horizonte: Abralic, 1991, p. 13-18.

markpress
BRASIL

Tel.: (11) 2225-8383
WWW.MARKPRESS.COM.BR